Classic Books of All Time

世界名著一本读

[英]查尔斯·狄更斯 等 著　波点童趣 编译

江苏凤凰文艺出版社
JIANGSU PHOENIX LITERATURE AND ART PUBLISHING

目录

鲁滨孙漂流记

一、 初航遇险/2
二、 在海盗手下求生/6
三、 定居巴西/12
四、 荒岛生存/17
五、 打造荒岛家园/22
六、 荒岛日记/25
七、 播种庄稼/32
八、 第一次环岛航行/36
九、 沙滩上的脚印/40
十、 收留“星期五”/43
十一、 追击野人/51
十二、 制服叛乱水手/58
十三、 离开荒岛回家乡/64
十四、 走陆路遇到狼和熊/73
十五、 旧地重游回荒岛/79

绿山墙的安妮

一、 初来乍到/84
二、 孤儿安妮/89
三、 在绿山墙安家/96
四、 得罪林德太太/100
五、 结识黛安娜/106
六、 水晶胸针风波/112
七、 茶会惹来的大麻烦/116
八、 安妮救了米尼/121
九、 老巴里小姐/125
十、 爱惹祸的孩子/132
十一、 一场精彩的演出/136
十二、 考入奎因学院/141
十三、 学院的新生活/145
十四、 获得奖学金/149
十五、 失去马修/153
十六、 陪伴玛瑞拉/156

雾都孤儿

一、 救济院中的新生命/162
二、 被救济院驱逐/165

三、 备受欺凌的学徒生涯/171
四、 前往伦敦/178
五、 老奸巨猾的费金/184
六、 被当作小偷/190
七、 无罪释放/196
八、 第一次感受温暖/200
九、 重陷贼窟/206
十、 被迫与窃贼为伍/212
十一、 破门而入/216
十二、 女医护的临终忏悔/223
十三、 阴谋背后的人/228
十四、 短暂的幸福时光/232
十五、 销毁遗物/239
十六、 南希良心发现/246
十七、 深夜会谈/251
十八、 南希被跟踪/256
十九、 南希遇害/261
二十、 恶人受到惩罚/266
二十一、 与亲人团聚/271

野性的呼唤

一、一只宠物狗的蜕变/280
二、残酷的生存之道/286
三、成为王者/295
四、雪橇犬的荣耀/304
五、历经磨难/312
六、霸气护主/330
七、追随野性/343

银河铁道之夜

一、 忧伤的午后课堂/356
二、 印刷厂的小工人/362
三、 温暖的家/366
四、 银河节之夜/371
五、 黑色小山丘上的天空/376
六、 前方到站：银河站/378
七、 葡力奥辛海岸一游/386
八、 神秘的捕鸟人/394
九、 来自三维空间的车票/402
十、 与好友告别/421

ROBINSON CRUSOE

丹尼尔·笛福

英国小说家。他原本是一位商人，在快 60 岁的时候才开始创作《鲁滨孙漂流记》，并因此大获成功，被称为“欧洲小说之父”。

鲁滨孙漂流记

害怕危险比危险本身更可怕

一、初航遇险

我叫鲁滨孙，1632年出生在约克城一个富裕的家庭。我的爸爸来自德国不来梅市，他在那里靠做生意赚到了许多钱，然后搬到了约克城。我有两个哥哥，大哥是英国步兵团的中校，他在与西班牙人打仗时被杀害了。而我的二哥，他在哪里我一无所知，就像妈妈后来对我在哪里一无所知一样。

作为家里的老三，我满脑子都是航海的想法，但是爸爸希望我把精力都放在学业上，不希望我到处去玩，更别提去航海了。

每次，当我的脑海里有了航海的想法，他总是能提出许多理由来阻止我。

可是，我一心想去航海，无论爸爸妈妈和朋友们怎么劝说，也不能改变我的想法。终于，在1651年9月1日，我登上了前往伦敦的大船，开始了我的初次冒险。

天晓得，我有多倒霉。我相信，没有一个年轻的探险者会像我一样，出海第一天就碰到了飓风和巨浪。

第一次经历巨浪的颠簸，我的胃里难受得要命，心里又怕得要命。我在恐惧中反思自己的行为：一定是不听爸爸妈妈的忠告，坚持要出海，所以受到了上天的惩罚！

汹涌的浪头随时会把我们吞没，每一次轮船跌入浪底的

时候，我都以为我们再也浮不起来了。我的脑海里全是父亲的眼泪和母亲的恳求。那一刻，我发誓，要是让我平安度过这次风浪，只要还能踏上陆地，我一定立刻回到爸爸妈妈身边，这辈子再也不坐船了！

第二天，风越来越小，海面也平静多了，我开始适应海上的生活了。

不过这一整天，我的脸色还是很难看，因为我还有一点晕船。

到了傍晚，天完全放晴了，夕阳照在风平浪静的海面上，那种美景是我从来没见过的。

那天晚上我睡得很好。

第三天，我再也不晕船了，整个人神清气爽。我看着前天汹涌狂暴的大海此刻变得如此平静安宁，感觉很不可思议。

那个拉我出海的朋友过来找我："嘿！伙计！现在觉得怎么样？前天刮了点微风，吓坏了吧？"

"微风？你管那叫微风？"我说。

"当然，那算得了什么？这样的风我们根本不放在眼里的！来吧，现在天气多好啊，我们去整碗甜酒喝。"

按照水手的惯例，经历风暴之后都要喝甜酒，目的是让自己克服恐惧，并庆祝自己逃过一劫。

我喝了很多，醉得稀里糊涂。暴风雨过后，我在危急时刻立下的誓言统统被抛在了脑后，我对航海的热情又熊熊燃烧了起来。

五六天后，我们的船只到达了一个叫作雅茅斯的港口。

那时海上刮着逆风，我们不得不抛锚等待。

四五天后，风势更猛了。但是，这个地方一直很安全，我们的船又很坚固，所以大家一点儿都不担心，在船上仍旧除了休息就是玩耍。

到了第八天早上，风势突然变大了，海面掀起了山一样高的巨浪，每隔三四分钟就朝我们扑过来一次。我们的船虽然坚固，但是船太重，吃水太深，一直在水里剧烈地摇晃，就连船长也惊恐地不停念叨：“天啊，可怜可怜我们吧！”

我吓得一动不动地躺在舱室里。

然而，最糟糕的时刻还没有到来。

到了半夜，检查船舱的人突然大声喊：“船底漏水了！”

我一听船底漏水了，一下子吓晕在船舱里。有人把我叫醒，说我至少可以跟大家一起去抽水。听了这话，我打起精神来，和大家一起跑到抽水机前卖力地干起来。

海水还在不断地涌进货舱，眼看我们的船就要沉没了。这时一艘轻型船刚好经过，它放下一艘小艇来救我们。但是浪太大了，小艇上的人无法靠近我们。

我们从船尾抛下一根带有浮筒的绳子，小艇上的人努力抓住绳子。我们奋力把小艇拖到船尾，这才让所有船员都上了小艇。

我们离开大船不到一刻钟，就眼睁睁看着它沉了下去。

二、在海盗手下求生

就这样，我们乘着小艇在大海里随波逐流。终于，我们看见了海岸，可是小艇怎么也靠不了岸，最后漂到了一座灯塔后面。多亏这座灯塔替我们挡住了风，我们费了九牛二虎之力，才在这里上了岸。

当地的官员、富商和船主们热情地接待我们，还给了我们回家的路费。所有人都劝我回去，但我一想到回家后，街坊邻居们会怎样嘲笑我，就感到极其羞耻。

于是我一个人去了伦敦。

这次我运气还不错，在伦敦结识了一个好朋友。他也是一位船长，为人正直坦率，曾经靠出海挣了不少钱。他听我说想去见见世面，就对我说，如果跟他一起去航海，可以免费搭船和吃饭。要是我能顺便带点货，赚多少都归我。

我立刻接受了船长的邀请。

多亏了船长的帮助，我在这次航行中大赚了一笔。这是我所有冒险生涯中唯一一次成功的远航。更重要的是，在他的帮助下，我学会了通过观察子午圈高度来计算纬度、通过天气和水流推断航程、记录航海日记……总之，我学会了许多航海知识。

不幸的是，我的船长朋友回到伦敦后不久就去世了，这让我十分伤心。

船长去世后，副船长做了船长。我决定再跟他出海一次。

我没想到会经历有史以来最倒霉的一次航行——我们碰到了海盗。

灾祸发生在一个早晨。我们正在海面上行驶，突然有一艘海盗船出现在远方，我们立刻加速准备逃走，海盗船也张满风帆来追我们。

几个小时过去了，我们仍然没有甩掉海盗，只好准备与他们决一死战。

我们向他们开炮，他们也向我们开炮，但是他们的人太多了，他们的船一靠近，马上就有六十个海盗冲到我们的船上来，用大刀破坏了我们的甲板和工具。我们死了三个人，伤了八个人，只能投降。

大多数俘虏被送去了遥远的皇宫接受处置。我因为比较年轻机灵，海盗船船长就把我留了下来，做他的奴隶。

我从一个商人变成了可怜的奴隶！

我的主人把我带回了家，命我照看他的小花园。晚上，我只能睡在他的船舱里，替他看船。

我一直想要逃跑，可是根本没有逃跑的机会。于是，我就在那里做了两年悲苦的奴隶。直到有一天，我的心里重新燃起了争取自由的希望。

那一天，主人说晚上有客人来，叫我乘着小船去抓几条鱼回来。我原本打算听命照办。可是，我的脑海里一瞬间闪过

一个念头——我有了一条归自己使用的船！

主人转身刚走，我就开始准备。不是准备捕鱼，而是准备逃跑。至于去哪儿，我也不知道。

我偷偷地往船上搬运饼干、饮用水和酒，还搬运了半担蜜蜡、一包麻绳、一把短的斧头、一把锯子和一把锤子。最为重要的是，我将主人的几支枪和火药给偷来了。

我的船上还有一个叫佐立的孩子，他发誓永远效忠我，于是我答应带他一起逃跑。在船离岸边足够远的时候，我把帆全部打开，船快速地向大海深处驶去……

我的船一直顺风行驶，一秒也不敢休息，我怕主人追上来。就这样，我们在海上航行了五天，直到主人再也追不上我们了，我才感到有点放松。

紧接着，我们就遇到麻烦了。船上的淡水快没了，我们需要补充足够的水。于是，我大胆掉转方向，驶向一个河口。我不知道这是什么地方、什么国家、什么部落或什么河流，我不希望看到任何人，我现在只需要饮用水。

那时天刚黑下来，我们突然听到一声可怕的咆哮。一只巨兽喘着粗气朝我们游过来。我和佐立都被吓坏了。听它的呼气声，就知道这是一头非常凶猛的巨兽。

佐立哭喊着让我赶快把船划走。

我说：“不！佐立，我们就让船往海里漂，这个野兽不会追得太远的。”

话音刚落，我们就发现猛兽离我们不到三米远了。我大吃一惊，对着它开了一枪，它立刻掉头朝岸上游去。岸上的野兽们听见枪声，也纷纷怒吼了起来。那个声音，太可怕了！

晚上绝对不能上岸了，岸上肯定还有什么野兽或野人，又或者是其他未知的危险。

但现在的情况十分糟糕，我们必须弄一点水来。这时，佐立特别勇敢地提出要独自上岸去找淡水。我很高兴他这样说，这让我感受到他值得信任。

佐立说："要是野人来了，就让他把我吃掉，你逃走！"

我说："佐立，我们两个一起去。要是野人来了，我们就把他们打死！"

我们把船停在一个比较合适的地方，然后上岸了。

事实上，那里并没有我们想的那么凶险。也许是我们运气比较好，我们发现了一条小河。把所有的罐子都装满了水后，我们还打到了一只猎物。饱餐一顿之后，我们就回船上了。

三、定居巴西

我们继续沿着海岸航行，一连往南走了十一二天。粮食迅速减少，我们只好每次都省着吃。除了不得不取饮用水的时候，我们很少上岸。

我们在海上又航行了十多天之后，终于看到了陆地。那里有黑人居住，他们浑身漆黑，站在岸上望着我们。有一次我想上岸去找他们，但是佐立阻止了我，说他们可能会杀了我们。

但是我还是想跟这些黑人聊两句。我用力地打着手势，比画着告诉他们，我们想要吃的。他们好像明白了我的意思，招手示意我停船，然后有两个人往村子里跑去……不到半个小时，那两个人就回来了，手里拿着两块肉干和一些谷物。

我和佐立很想要，可是怎么去拿是个问题。我们害怕他们，而他们也同样害怕我们。最后，他们把东西放在岸边，然后到远处等着我们把东西搬上船再过来。

我们打着手势向他们表示感谢。就在这时，突然有两头野兽恶狠狠地从山上向海边冲过来。那些黑人惊恐万分，吓得四散溃逃。

两头巨兽朝我们的船游过来。我迅速地将弹药装好，开枪击中了一头巨兽的脑袋，另一头巨兽被枪声吓得跑回了山上。黑人听见枪声，也被吓得跌坐在地上。

我用绳子把巨兽套住，然后把绳子递给黑人，让他们把它拖上岸。这是一只满身斑纹的豹子。黑人们十分敬佩地向我举起双手。

我发现那些黑人想吃豹子肉，于是我只留下了豹皮，将豹肉全数送给了他们。他们十分感激，又送给我一堆粮食和饮用水。现在我们有了足够的食物和水，就告别了那些友好的黑人。

我们又航行了十一天，中间一次都没有靠岸。我们不知道自己在哪里，又害怕再遇到狂风。就在我快陷入绝望的时候，佐立大喊："主人，主人，有一艘大帆船！"那小子吓昏了头，以为是原来的海盗主人来追我们了。

当那艘船靠近一点的时候，我发现它是一艘葡萄牙轮船。我看到了生存下去的希望。于是我开始鸣枪，挥动船上的旗子。他们看见信号后，就停下了船等我们。大约过了三小时，我才赶上他们的船。他们让我们上了船，十分友好地收留了我和我的所有东西。

我想要报答这个船长，准备把我的所有东西都送给他。但是他什么东西都没要。他看见我的小船不错，给了我八十个银币，把它买下来。

接着，他又出六十个银币买我的仆人佐立，我当然不愿意，因为我不想看到他失去自由。我把我的想法告诉了船长，他提出了一个方法，跟这个孩子做个约定：只要他在十年内表现良好，之后就让他恢复自由。听了船长的话，再加上佐立自己也愿意，我才把佐立给了船长。

大约二十二天后，我们到达了巴西。

当我再一次考虑接下来该做什么的时候，这位船长将我的所有东西都买了下来，包括那张豹皮。他给了我一大笔钱。我带着这笔钱，踏上了巴西的海岸。

登陆巴西后不久，这个船长又将我介绍到一个跟他一样善良的人的家里去住。我在他家住了一段时间，学会了种植甘蔗的方法和制糖工艺。于是，我决定在巴西定居，做一个种植园主。我把所有的钱都拿去买了土地，做好了种植的计划。

我的邻居是个葡萄牙人，我们相处得不错。刚开始，我们基本上只种粮食。第三年，我们又买了一大块地，开始种植烟草。

我的货物卖得特别好，这使我赚了一大笔钱。我在巴西的首都居住了将近四年，那里是制糖中心和主要的贸易港口。种植园产业发展得很好，可以让我后半生衣食无忧。因为财富增长得很快，我又有了新的想法，尤其是想再次出海，环游世界。这想法一冒出来，就停不下来了。所以，当一个朋友问我要不要跟他去航行的时候，我告诉他，我很愿意。

在走之前，我拜托朋友们帮我照顾好种植园，然后我再一次踏上了驶向大海的征程。

四、荒岛生存

1659年9月1日，我们登上了轮船。这不是一个好日子，八年前我也是在这个日子离开了家。我们的轮船沿着海岸一路向北，一直到圣奥古斯丁海角，然后从那块高地驶向大海。

轮船在大约十二天后穿过了赤道。这时，一阵飓风突然吹了过来。一连十二天，我们一点儿办法都没有，无助地在海上被风卷着漂来漂去，听任命运和暴风的折磨，船上没有一个人觉得还能活命。

到了第十三天，风浪稍稍平息了一点，我们改变航线，朝西北方向驶去。但是，要往哪里走，我们说了不算，因为我们再次遭遇了暴风的袭击。风势跟前一次一样凶猛，最后我们彻底迷路了。我们知道，就算没有死在大海里，也会被野人吃掉，大家都丧失了活下去的信心。

一天早上，船上突然有人大喊："陆地！"我们冲出船舱，却发现船扎在沙滩上动不了了。几米高的浪头不断打来，大家赶紧钻进舱房，以躲避飞起来的泡沫和浪花。我们坐在那里，互相看着，等待死亡的降临。

这时，我看到大船上还有一艘小船，只要把那艘小船弄到海里去，也许我们就能得救。

我们费了很大的力气，终于将小船丢到了海里，我们十一个人全都爬上了小船。说时迟，那时快，一个巨浪排山倒海般扑来，一下子就将小船掀翻了。我们全都掉进了海里，还没来得及喊救命，就被浪头给吞没了。

我屏住呼吸，努力让自己浮出水面。浪头再次打来，我又被海水淹没。我拼命游动，感觉海浪不停地推着我往岸边送。

等我发现海水开始往后退的时候，便使出全身的力气往岸边游去。浪头再次从我身后打来，猛地把我往前推，我一下子就撞到一块大石头上。这个浪差点要了我的命。

我紧紧抱着一块石头，等海水又一次退去的时候，赶紧朝岸上跑。浪头再次打来，但它已经伤害不到我了。我继续往前跑，终于跑到了沙滩上，这才真正脱离了危险。但我的朋友们，他们就没有我这么幸运了。他们没有一个人从这次灾难中活下来。

虽然脱离了危险，但我的心情十分糟糕。我身上的衣服全都湿了，我不知道自己在什么地方，也没有任何食物。我感觉自己最后不是被冻死，就是被饿死。我一个人在岸上像一个疯子一样跑过来跑过去。

我跑了很久，感到很口渴，我需要喝水。

从岸边往陆地上走了二百多米，就看到了可以喝的水，我很高兴！我又吃了几片树叶用来填饱肚子。我很困，但是又怕被野兽袭击，就爬到一棵树上睡着了。

那一觉，我睡得特别舒服。

当我醒来的时候，天已经亮了。天空晴朗无云，海面上也风平浪静。最让我感到惊讶的是，那艘大船居然还好好的，

没有被损坏，只是被风卷到了海滩附近。小船上没有一个人，他们都被大海吞没了。我忍不住流下了眼泪。

我必须得活下去。我需要食物。大船上有食物。于是我向大船游去。我抓住从大船上垂下来的一根绳子，用力爬了上去。

我一上船便立刻走到面包房，往口袋里塞满了饼干。我发现了一些酒，于是喝了一大杯让自己振作起来。我搬来了三个水手箱，往箱子里装满了食物，有面包、大米、一些干羊肉和一点玉米。

我又找了很久，发现了船匠的箱子，里面有很多工具，这让我十分高兴。最后，我又找到了两支鸟枪、两支手枪和两桶火药。这四支枪对我太重要了，在往后的日子里，它们能保护我不被野人伤害。

把这些东西装好之后，我把它们都送到了岸上。接下来我得去看看周围的情况，确保自己的居住环境是安全的。我拿了一些枪支和弹药朝山顶爬去。

爬上山顶举目四望，我一下子心灰意冷起来。这座岛的四面都是海，只在很远的地方有两座更小的小岛。我没看见野兽，只看见一些鸟。我可以很确定，这是一座无人岛。

五、打造荒岛家园

搬运船上的货物把我累坏了，但是晚上该在哪里睡觉呢？我不敢睡在地上，因为怕被野兽吃掉。我用箱子和木板搭建了一个简单的小木屋，准备在这里落脚。

我开始考虑去大船上把更多有用的东西拿下来。我知道，只要再来一次风暴，就一定会把大船打成碎片。

首先，我在船匠的屋子里又找到一些有用的工具。我拿了几件属于炮手的东西，两桶枪弹、七支短枪和一支鸟枪，还有一些火药、满满一大袋子弹。我还把能找到的衣服都拿上了，这样就不怕没衣服穿了。

我用了整整一天搬运这些东西。那一晚我睡得十分安稳。

第二天醒来的时候，我再一次去到大船上，将一块帆布和一桶已经湿了的火药搬到了岸上。当我以为船上已经没有什么东西的时候，我又找到一大桶面包、三小桶酒、一大盒糖和一桶上好的面粉。我高兴极了。

现在我需要考虑的是怎样保护这些东西。想了很久，我决定给自己搭建一个住所。我发现山坡上有一块小小的平地，平地的旁边是一座山壁，像一堵墙，它能起到很好的保护作用。山壁上有一块凹进去的地方，像一个山洞。我决定在这里搭一个帐篷。

我把木桩大头朝下，用锤子把它打进泥土里，然后再把木桩的顶端削得尖尖的。我按相同的样子又做了很多个，将它们围了一个圈。就这样，我结结实实地将自己围了起来。我没有给自己留出门来进出，而是用一架短的梯子从木桩顶上翻进去。

这里经常会下暴雨，所以我又给自己搭了一个双层帐篷，里面一顶小的，外面一顶大的。这个帐篷有很好的防水性，我将我所有的粮食和工具都搬进了帐篷。

在完成这些任务之后，我又开始挖山洞。

在挖山洞期间，我每天至少都会带枪出去一趟。

我的运气很好，第一次出门就发现了山羊。它们特别机灵，跑得飞快，要捕捉它们恐怕是这个世界上最困难的事情。但是，我不会放弃的。果然，不久之后我就打到了山羊。

我发现了它们经常出没的地方，悄悄地埋伏在那里。第一次开枪，我就打死了一只正在给小羊喂奶的母羊。这个小岛上能吃的东西太少了，我必须吃东西才能活下去。我将羊扛在肩上，回到山洞，用火将羊肉烤熟吃了，补充营养。

起初，我的东西摆放得杂乱无章，把我住的地方全都占满了，弄得我连转身的地方都没有。

于是，我开始扩大并加深自己的山洞。最后我把山壁给挖穿了，有了一个可以进出的门。

接着，我开始专心打造自己最需要的一些东西，特别是桌椅。没有桌子和椅子，我就享受不到生活的乐趣，写字、吃饭都不行。我砍下了一棵树，将它打造成一块块木板，然后用钉子将它们钉起来，这样桌子和椅子就做好了。有了桌椅，我的很多东西就可以好好摆放，一切变得很有秩序，我对这个住所越来越满意。

六、荒岛日记

我每天都爬到小山顶上去，眼巴巴地望着大海，寻找轮船的影子。这天好不容易看见很远的地方出现一片帆影，我顿时欣喜若狂！我紧紧地盯着它，帆影却消失不见了。我一屁股坐在地上，像个孩子似的号啕大哭起来。

有时候，我一个人待在山洞，觉得自己实在太悲惨了。如果不选择航海，那我现在一定过着安稳富足的生活。每次一想到这里，我的眼泪就流了下来。可是，理智又劝自己："你现在的处境确实很糟糕，但是你还活着，其他几个伙伴都丢掉了性命。你是幸运的！"我知道自己即将过上一种很少有人体验过的寂寞生活，我必须想办法让自己不被寂寞打败。因此，我打算按照时间顺序，将自己的生活记录下来。

按照我的推算来看，我应该是9月30日被海浪推到这座小岛的。今天应该是我上岛的第十一天。我忽然想到，没有本子，没有笔和墨水，我肯定会忘记日期。我很快就想到一个办法：用小刀在柱子的侧面刻凹槽。一个凹槽代表一天，每七天就刻一个更长的凹槽。就这样，我的日历就做出来了。

对了，我差点忘记说了。船上原本养着一条狗和两只猫，我把它们一起带了下来。它们成了我很好的朋友。还有笔、墨水和纸，我最后在船长保管的几个背包里找到了。

然后我就开始写日记。

1659年9月30日——我，鲁滨孙，一个可怜的人，在一场可怕的暴风雨中，遭遇海难，流落到这个荒岛上。船上的伙伴都死了，只有我一个人活着。我感到十分痛苦绝望。晚上，为了不被野兽吃掉，我睡到了一棵树上，睡得很香。

10月1日——我看到我们的大船没有被破坏，就去船上拿了一些食物和必需品。

10月26日——我在岸边跑了一整天，终于在一块山岩下找到一个合适的地方，给自己修建了一个可居住的房子。我在房子周围打了两排木桩，将自己保护起来。

10月31日——早晨，我带着枪去察看小岛的环境。我打死了一只母羊。

11月1日——我在山岩下搭了一个帐篷。这是我第一次在帐篷里睡觉。

11月4日——今天早上，我开始安排自己的时间，规定自己什么时候干活，什么时候睡觉，什么时候休息。今天和明天的工作时间全都用来做桌子。

11月5日——我打死了一只野猫，皮毛很柔顺，肉却不能吃。每打死一只动物，我都会剥下皮保存起来。

11月6日——早晨散步回来继续做桌子，终于把它做好了，只是样子不好看，我不是很喜欢。

11月17日——今天我开始在帐篷后面的岩壁上挖洞，扩大空间。可是我什么工具也没有，尤其没有铲子、箩筐，这让我什么也干不好。

11月18日——我到林子里去寻找，找到一棵巨大的树。它的木质特别硬，我花了很多时间才把它做成了一把铲子。但是我还是没有箩筐。

11月23日——有了铲子之后，我又可以开始挖山洞了。我花了整整十八天的时间将山洞加深，用来存放我的东西。

12月10日——糟糕的事情发生了，因为山洞挖得太大了，山洞倒塌了。大量泥土从洞顶掉了下来，把我吓坏了。幸运的是，当时我不在山洞里，否则我可能就没命了。

12月11日——我竖起两根大大的柱子撑住洞顶，每根柱子顶端再钉好木板，用来加固山洞。

12月17日——这几天，我又做了好几根柱子，现在我的山洞更加牢固了，不用害怕它会再次倒塌。

12月26日——天一直下雨，我哪里都去不了。

12月27日——我打伤了一只小羊并把它带回家。我给小羊受伤的腿安装了夹板。在我的仔细照料下，小羊活了下来，腿也好了。它天天在我家门口吃草，哪儿也不去。于是，我开始打算养几只小羊。

1月3日——我开始加固围墙。

……

4月14日——我用了很多天加固围墙。在料理家务的时候，我发现自己还缺好多东西，如蜡烛。但是我很快就想到了解决办法。我将羊油积累起来，放到一个碟子里，然后将几根麻绳放进去，做成了一盏油灯。虽然光不是很亮，但总算有了一点亮光。

我整理东西的时候发现了一个小袋子，从那个小袋子里撒出了一些稻谷。刚开始我没有注意，大约一个月后，它们竟然发芽了。我当时特别感动，因为那样我就可以吃到自己种的粮食了。

4月16日——小岛来了几次地震，山洞塌了！幸好我没有待在山洞里面。地震过后，又来了几场暴雨。经历过这些灾难，我开始考虑给自己换一个地方住。

4月22日——搬家！在开始搬家之前，我花了几天的时间做了一辆小推车，方便运输各类物品。

5月1日——早晨，我往海面望去，看见岸上有一个小圆桶。我走近之后，发现里面装的是火药，但是已经被水淋湿了。但我相信它迟早会派上用处，所以我把它搬回了我住的地方。

6月16日——我走到海边，发现了一只巨大的海龟。我把它给煮了，这是我这辈子吃过的最好吃的食物。

6月20日——很不舒服，浑身发抖，头疼得厉害，我开始胡思乱想。要是我当初听爸爸妈妈、朋友们的话，不选择航海，就不会发生这样的事情。

6月28日——病了很多天之后，我的精神稍微好了一点，于是我就起床了。我做的第一件事是给自己倒了一碗水。晚上，我给自己烤了三个龟蛋。吃完之后，我心情特别糟糕，完全睡不着。

这时，我突然想到巴西人生病的时候几乎什么都不吃，而是用烟叶治疗。于是，我将烟叶丢在酒里，泡了两个小时，然后把它喝了。喝下去之后，我立刻就躺下睡觉了。真的很神奇，第二天我醒来之后，发现自己精神变好了，身体也舒服多了。

7月3日——我的病完全好了。

7月16日——病好之后，我开始对小岛进行更详细的视察。我在这个小岛的林子里发现了很多果实，地上结了很多甜瓜，葡萄藤爬满了大树，挂了一串串甜美多汁的葡萄。我想到一个很好的办法，将它们晒成了葡萄干，这样可以保存很久。我还看到一些酸橙和柠檬，便摘了一点回家。

7月19日——小岛的林子中的美丽景色使我十分高兴。我打算在林子里建一座小小的房子，当作我的林中别墅。

9月30日——今天是我流落这个荒岛一周年纪念日，刚好365天，时间过得真快啊。

七、 播种庄稼

因为我一直都在记日记，所以对岛上的日常生活越来越清楚。我逐渐摸透了雨季和旱季的区别，不过我是付出了一点代价才知道的。

我说过，我有一点大麦和稻谷。当雨季过去，我觉得是时候播种了。

我用木铲挖了一块地。我没有把所有的种子都种下去，只种了一小部分。后来，我为自己的机智感到庆幸。因为当那些种子撒进地里之后，一连几个月都没有下雨，种子没有发芽。

我打算找一块比较潮湿的泥土再试一次。我重新挖了一块地，把剩下的种子全部撒了下去。三四月小岛一直都在下雨，种子开始发芽了。

然后，我第一次收获了粮食。

庄稼生长的时候，我有一个小小的发现：大约十一月的时候，天气开始变晴。我再去看我的林中房子，发现当时用来做木桩的木头居然都活了，变成了一棵棵小小的树木。

看到这些小树，我特别高兴，感受到了神奇的大自然赋予万事万物的生命力。我在距离这些树木一米远的地方又种了一圈小树苗。树苗很快长了起来，将我的小房子很好地藏了起来。

十一月，我在等着收割大麦和稻谷。

我种的土地面积不是很大，但还是收获了很多粮食。

不料，这时突然出现几种敌人，让我面临失去所有粮食的危险。

最开始是山羊和一些野兔。它们尝到了禾苗的甜味儿，种子一发芽，它们就过来偷吃。我只好用木桩把庄稼地围了起来。

这花了我很长时间，大概三个星期，我才把它们都围好。到了晚上，我还把狗绑在木桩上，来吓那些小动物。没过多久，那些敌人就放弃了，小禾苗开始茁壮成长起来了。

当小禾苗长得越来越好的时候，鸟儿又来了。我朝着它们开了一枪，田里偷吃的小鸟就都被吓得飞了出去。等我走开的时候，它们又飞了回来。

我很生气，快步走到它们跟前，连续开了三枪，打死了三只鸟。它们终于放弃了，再也不来了。

大约到了十二月，禾苗都长大了，结出了粮食。庄稼丰收了，我把大麦和稻谷都装进大筐子里扛回了家。

大麦和稻谷都是做面包的材料。因此，我相信自己迟早有一天会吃到面包。虽然我还不知道怎么去做。

于是，我把时间和头脑都用在了做面包这件事情上。

首先，我得完成一件大事：制造一些盆和碗。不然我没法做面包。

怎么做碗？我真的一点思路都没有。

突然有一天，我在火堆里发现了一块泥土，它被烧得像

石头一样坚硬。这一发现让我特别高兴。我知道怎么去做盆和碗了！

我用泥土捏出了碗和盆的形状，然后将它们放到火上烤。它们变得越来越硬——碗和盆做好了。必须说一下，在这期间，我还给自己烧了一个锅。有了锅，我就可以煮汤喝。

我开始真正地做面包了。

第一步，将大麦磨成粉。花了好多时间搞定面粉之后，我突然发现好像没有烤炉。于是，我又用做碗的方法做了一个烤炉。

我把面团放到烤炉上，用一个盆子盖住，在烤炉外面铺满了热炭。过了一会儿，面包就新鲜出炉了！

不久之后，我还学会了用大米做糕点和布丁，我变成了一个出色的糕点师傅。这些事情花去了我在岛上第三年的大部分时间。

八、第一次环岛航行

我很早就想在岛上周游一圈，看看自己居住的这个小岛是什么样子，它的面积到底有多大。

有一天，我带上枪、斧头、狗、大量的弹药和一些食物就出发了。在很远很远的地方，我看到了一个小岛，我不知道那是什么地方，也不知道那上面什么情况，也许上面居住的全是野人。要是我当时被风吹到那个小岛，我现在一定特别惨……我一边走一边想，发现自己步入了一片开阔的草原，绿草如茵，鲜花似锦，到处都是茂密的树林，还有很多鹦鹉。

我捉了一只鹦鹉，把它带了回去。之后我还教会它说话，那真是一件有趣的事情。

走到海边，我惊讶地发现，自己住在整个岛上环境最差的地方。因为这里到处都是海龟，而我住的地方，一年半的时间才找到三只。但我没有搬家的想法，因为我在那边住习惯了。

我沿着海边往东走，估计走了十二英里，在岸边插了一根大柱子做标记，就决定回家去了。下次再来吧！到海岛的另外一边去看看。

我心里一直装着上次看到的那个小岛，想上去看看那里到底还有什么。

有一天，我在沙滩上看到了我上次乘坐的小船，我灵机一动，也许我可以坐这个小船去那个岛上！但当我打算把这艘小船推到海面上的时候，发现我根本就推不动，只好暂时放弃了。

然后我又想到了一个绝妙的点子：我为什么不造一艘更小点的船呢？

于是我开始造船。

我砍倒了一棵大树——这花了我二十天的时间。接着，我花了十四天把它的枝干清理干净，又花了一个月把它削出了船底的形状。最后，我花了三个月在树干中间挖出一个可以坐人的凹槽。

我整整花了五个月才完成了这项工作。完工之后，我高兴极了。但是，尴尬的事情来了，这艘小船还是太重了，我仍然没办法把它弄下水。就这样，我结束了自己在这座小岛的第四年生活。

之后的两年里，我又造了一艘小船。这一次，我可以轻松地把它推到海里去。可是它太小了，不能划到对面的小岛去。

所以我打算坐着这个小船绕岛环行。

我曾经在陆地上横穿整个小岛，但还没有坐船从海上绕小岛环行过。

在海岛生涯第六年的11月6日，我开始环岛航行。我发现这次航行比我预料的时间还要久。

在行驶的过程中，我发现了一道急流，原本我可以避开，但我还是想冒险，便试着冲了过去。结果，我又一次差点被自己的冒险精神给害了，我的小船被卷进了急流里。就在我感觉自己要完蛋的时候，海面上刮来一阵强风，不一会儿，我发现那个急流发生了变化，水势越来越小。我开始被风吹着走，我被吹上了岸，我再一次得救了！不得不说，我的运气真好。

这次航行让我疲惫不堪，所以一上岸我就倒头大睡。第二天早上，我把船停好，决定不再坐船了！我开始走路回家。

我步行回到了树林里的小房子。这样，我的第一次环岛航行结束了。

九、 沙滩上的脚印

我的生活非常谨慎。我经常去看我的小船，有时候也会划着它四处巡游，但我不敢再像上次那样走得太远。尽管如此小心翼翼，岛上还是出现了一个惊人的变化。

一天中午，我正朝着自己的小船走去，突然发现岸上有一个人的脚印，清清楚楚地印在沙滩上。我呆呆地站在那里，感觉不到自己的呼吸，像白天见了鬼一样。

我竖着耳朵仔细听，又跑到最高的山上，我在海边跑过来跑过去，想要确定到底有没有其他人，可是我一无所获。我甚至怀疑，是不是自己出现了幻觉？可是当我仔细查看之后，我知道那根本不是幻觉，因为那个脚印清清楚楚。

这里怎么会有脚印呢？我十分害怕，拔腿就往房子的方向狂奔。等我跑回自己的房子，就立刻跳了进去，好像后面有人在追我似的。我像一只受了惊吓的野兔一样躲进自己的窝里。

那天晚上我一夜都没睡好，满脑子都是可怕的幻觉。我想，害怕危险比危险本身更可怕。

接着我想明白了，一定是对面小岛上的野人的脚印。他们乘着船到海上捕鱼，然后被风给吹到这里来的。他们不愿待在这个小岛上，于是又坐船离开了。不能让他们发现我，否则我一定会被他们杀掉或者吃掉。

我吓坏了，三天三夜都没有离开房子。家里的食物吃完

了，而且山羊也需要挤奶了。没有办法，我鼓起勇气跑出去给羊挤了奶，什么事都没有发生。我的胆子才慢慢大了起来，恐惧也没那么深了。

我确信那个脚印一定是对面小岛上的野人留下的，他们天一黑就回家了。所以，我只要找一个安全的地方，在野人上岸时把自己藏好就行了。

于是，我又在我的房子外面种了一圈密密麻麻的小树，将房子包围起来。五六年后，它们都长成了巨大的树木，十分粗壮。我相信，谁都不会想到，这圈树木后面还有一座房子。然后，我又找了一个隐蔽的地方，将我养的山羊给藏了起来。

我走到以前从来没有去过的小岛尽头，然后看到了让我恶心的一幕。

岸上到处都是头骨、手骨、脚骨和其他部位的骨头，我吓呆了。那些可怕的野人一定在这里将人吃掉了。一想到这些，我一分钟也待不下去，飞快地向自己的房子跑去。

从那以后，我再也不敢点火做饭，因为白天在很远的地方就能看到烟。

就这样小心翼翼地过了一段时间，我发现了一件让我十分高兴的事情。我找到了一个很深的地洞。我敢肯定，即使野人发现了它，他们也不敢进去。

地洞里面的空间很大。于是，我将自己的一些弹药和枪支运到这里来，还有那桶已经湿掉的火药。我发现火药的上面一层虽然湿了，但是下面的一层还可以使用。这下子，我有更多的弹药跟野人战斗了。

十、收留“星期五”

今年是我在这个小岛上的第二十三年。一天早上，天还没亮我就出了门，你猜我看到什么了？火！我看到上次出现脚印的那个地方有火光。

危险即将到来。

我跑回了家，把所有的枪支弹药都拿出来，准备跟他们好好较量一番。

我等了两个小时，他们还没出现。我拿出望远镜，趴在山顶上，朝那个方向看过去，一眼就看到好几个野人围坐在一堆篝火旁跳舞。

过了一会儿，他们上了船，离开了小岛。等他们走后，我看过去，那里留下了可怕的一幕——地上都是血迹和人骨！

看到这幅场景，我再也忍不住了。我十分愤怒，心想，下次我一定要干掉他们，不管他们有多少人！

我足足等了十五个月，他们才再一次上岸。

在这期间，发生了一件事，让我很激动，我以为有人来救我了。

那天，整整一天都刮着大风。忽然我听到一声枪响，然后又听到了第二声。从枪的声音判断，是从我上回坐船遇险的那个地方传来的。我立刻想到肯定有船只遇了险，所以才会开

枪求救。

第二天，我来到海滩上，发现了几具年轻人的尸体，这证实了我昨天的猜测。

这时的海面很平静，我很想冒险上船看一下，也许船上还有人活着。我拿了很多食物放到小船里，然后出发了。靠近那艘船的时候，我看到的是一幅惨烈的画面，船被海浪拍得粉碎。

然后我发现了一桶酒、几支枪、一点火药。我费了很大的劲才把它们搬到自己的船上。我还发现了一些鞋子和衣服，这些正是我需要的，于是我又把它们带回了家。

我还发现了一些钱。虽然在这个小岛上，钱一点用都没有，但是万一哪天我幸运地离开了这座小岛呢？所以我还是把它们拿回了家。

这件事发生一年半后的一天清晨，我突然看到五艘小船停在小岛上，船上空无一人，这让我感到一阵恐惧。我悄悄地像上次一样爬到山顶，趴在那里拿望远镜偷看。

我从望远镜中看到，至少有三十个野人正在烧火烤肉。

接着，我看见他们从船上拖出来两个可怜的倒霉蛋。其中一个已经被他们杀了，准备用火烤熟吃掉。另一个人被丢在一边，站在那里等待厄运。

突然，那个人身上捆绑的绳子好像松了，他挣脱绳子，跳起来飞速地逃跑，那些野人就在后面追他。

他跑得很快，追着追着，身后只剩下两个人了。这给了我机会，也许我可以救他！

我拿起两支枪，冲下山去。我冲着那个逃跑的人大喊一声，他被我吓了一大跳。接着我冲他招手，让他往我这边跑。然后我把枪对准两个野人。

那个逃跑的人从来没有见过枪，更不知道那两个野人是怎么被杀死的。他呆呆地站在那里，被吓坏了。我再次向他招手，但他浑身发抖，看样子吓得不轻。因为他听不懂我说的话，我只能用手势告诉他不要害怕。

他这才慢慢走过来，走到我的跟前，跪下来，把头贴在地上，并亲吻着地面，把我的一只脚放在他的头上，似乎在宣誓愿意做我的仆人。

我很高兴，不仅因为自己有了仆人，还因为终于有人可以听我说话了。虽然他现在还听不懂我的话，但是我可以教他。

我指挥他把那两个死去的野人埋起来。我担心他们的同伙看见尸体，会来报复我们。他明白了我的意思，立刻挖了个坑，将他们埋了起来。

干完这些之后，我将他带回家，给了他一些食物和饮水。等他吃饱喝足之后，又给他布置了睡觉的地方。他累坏了，一躺下就睡着了。第二天醒来，他想尽办法向我表达感谢。我对他非常满意，给他取了一个名字——“星期五”，因为我是在星期五救的他，给他取这个名字是为了纪念这一天。

自从有了星期五之后，我在岛上的生活开始丰富起来。

我教他说话，教他怎么做食物。因为星期五是野人，一开始吃不惯面包，还是想吃人。有一次，我们经过埋着那几个野人的地方，他指了指那块地方，意思是可以将人挖出来吃

掉。我假装十分生气，告诉他，人不能吃人，这是一个十分十分坏的行为。我让他走开，不要再干这种事情，他很听我的话，果然离开了。

我带着他登上山顶，想看看那群野人走了没有。我拿着望远镜向那个地方望去。

天哪！地上到处都是人的骨头，还有很多血迹。星期五告诉我，他们一共带了四个俘虏过来，其他三个都被吃掉了，只有他一个人成功逃跑，被我救了下来。

从山顶下来，我带着他回到了家，给他做了一套新的衣服。星期五看到自己穿得跟我一样好，十分开心。然后，我又在围墙外面给他搭了一个小帐篷，这样他就能睡得更舒服。让他睡在围墙外面，也是因为我有点不放心他——毕竟他是一个野人。但是，后来我发现再也找不到比星期五更体贴、更忠诚的仆人了。他对我的感情就像孩子对父亲一样。如此，我便放心了！

为了让星期五改掉吃人肉的习惯，我给他煮了羊肉。他吃得特别开心，用了各种办法告诉我他有多爱吃羊肉。最后，他告诉我，他再也不吃人肉了，我听了十分高兴。

后来，我教他怎么种田，怎么做面包。他是一个很勤快的人，学得也很卖力。以后的一年里，他慢慢地能够用简单的语言跟我交流。我终于不再孤单，这是我在小岛上最快乐的一年。

日子一天天过去，我越来越喜欢星期五。我知道他的话说得很好了，于是开始问一些关于他的事情。

他告诉我，在我们这个小岛对面有两个小岛，分别住着两个野人部落。他们经常打仗，输的一方会被抓起来吃掉。

之后，他还告诉我一件让我兴奋的事情。他说，他们抓了很多跟我长得一样的白人，但没有吃他们。我问他，怎样才能从这座小岛到那些白人那里去。星期五告诉我，必须做一艘大船才能过去。

从那时候起，我就相信总有一天，自己能找到机会离开这座小岛。

等我和星期五越来越信任彼此的时候，我就把自己怎么流落到这座小岛上来的，又是怎么活下去的，活了多久等，都告诉了他。我还教会了他怎么开枪，并给了他一把斧头。就这样，他对我越来越崇拜。

有一次，我们站在小山顶上，星期五突然兴奋起来，蹦蹦跳跳地把我喊了过去。我问他怎么了。他说："好开心，我看到我的家乡了，看到我的部落了！"我看他这么兴奋，以为他想要回去，便对他开始有点不放心了。

我害怕他一回到自己的部落，就忘记了我教他的东西，带着自己部落的人来抓我。但是之后，我发现我想错了，他根本就没有回去的打算。

十一、追击野人

三年时间很快就过去了。我和星期五造了一条大船，打算乘船去探险。我计划在两个星期之内，储备足够多的食物供航行时用。

一天早上，我一边忙着自己的事，一边叫星期五去海边抓一只海龟。星期五出去了一会儿，就飞奔着跑回来。

他大声地冲我喊:“主人，主人，不好了！”

我说:“怎么了，星期五？”

他说:“那边，那里，一个、两个、三个独木舟！”

我尽自己的最大努力给他壮胆，可是这个可怜的家伙一直在发抖。他以为是另一个部落的人来抓他了。

我不知道该怎么安慰他，我面临的危险也不小。他们要是发现我，我的下场将会和星期五一样。

我说:“星期五，我们必须下定决心跟他们打一仗。你能打吗？”

他说:“我可以打枪，可是他们来了很多很多人。”

我说:“那也不要紧，我们的枪就算打不死他们，也会把他们吓跑。”

接着我又问他，他会不会保护我，会不会听从我的命令。

他说:“你叫我去死我都会去，主人。”

于是，我给了他一杯酒，让他壮胆。我又叫他把两支鸟枪拿来，并装上子弹。接着我拿来四支火枪，每支都装上两颗气枪子弹和五颗小子弹，又把两支手枪各装了一对子弹。然后，我像以前一样，在腰上挂上了一把大刀，把斧头交给了星期五。

做好这些准备以后，我便拿上望远镜跑到山坡上。

下面一共有二十一个野人、三个俘虏和三只独木舟。看样子，那些野人是来这里吃这三个俘虏的。

看到眼前的一幕，我十分愤怒。我跑下山坡，告诉星期五，我决心冲下去把野人杀光。听了我的话，他十分兴奋，再次向我表示，就算我叫他去死他也愿意。

我怀着满腔怒火，和星期五两人扛上枪支和弹药，全副武装出发了。我还往口袋里放了一瓶酒，然后把装着火药和子弹的口袋交给星期五。

我们钻进树林里悄悄行动。星期五藏在一棵大树后面，探看情况。不一会儿，他回来告诉我，他看到他们围着火堆，正在吃其中一个俘虏的肉，另一个被扔在沙滩上。

接着，我爬上一片高高的山地，这里距离他们只有八十米远，可以把他们的一举一动看得清清楚楚。

我看到他们就要准备宰杀另一个人了，形势已经非常紧急。我扭头对星期五说："星期五，你要听我的命令行动。"

星期五说他一定会的。

我说："那好，星期五，你看我怎么做就怎么做，不能有一点不一样。"

说完，我把一支火枪和那支鸟枪都放在地上，星期五也一样把鸟枪和一支火枪放在地上。我用剩下那支火枪瞄准那些野人，并让星期五也照做，然后问他准备好没有。

他说："好了。"

我说："那就开枪吧。"

话还没说完我就开了枪。星期五枪法比我强得多。这一轮，他打死两个，打伤三个，我只打死一个，打伤两个。不用说，那些野人吓得不知道该怎么办才好，没有中弹的全都跳了起来，他们还不知道这场灾祸是从哪里来的。

星期五的眼睛紧紧地盯着我，保证不漏掉我的动作和命令。我打完第一轮，便把火枪扔在地上，拿起那支鸟枪。星期五也跟着扔掉火枪拿起鸟枪。

我说："星期五，你准备好了吗？"

他说："好了。"

我说："好，让我们打。"

说着，我朝着那群坏野人打了好几枪，星期五也跟着打了好几枪。他们绝大多数都被我们打伤了，其他人吓得到处疯跑。我把打完子弹的鸟枪放下，把装有子弹的火枪拿起来，说："星期五，跟我来。"

星期五勇敢地跟在我身后，我带着他从树林里冲了出去。我大声喊起来，并叫星期五跟着我一起喊。我们一边喊一边拼命向那个可怜的俘虏跑去。

打算杀他的那几个野人早在听到枪响的时候，就吓得把他丢在那里朝着海边逃走了。我让星期五去追，并告诉他对那些野人开枪。

他明白了我的意思，跑得飞快，等快接近他们的时候，对着他们开了枪。我拿出小刀，给那个可怜的受害者松绑，然后扶他站了起来。他很虚弱，几乎什么话都说不出来。我从口袋里拿出那瓶酒给他喝，又递给他一片面包。我问他是哪国人，他说：“西班牙人。”

我喊星期五跑回树林去，到我们第一次开火的地方，将那些已经装好子弹的武器拿来。他跑得飞快，很快就将手枪取了过来。

西班牙人来找我拿枪，我给了他一把鸟枪。他拿着那把枪去追其中两个野人，并打伤了他们。

星期五追进树林里，砍死了一个，另一个逃过了星期五的追赶，跳进了大海，拼命地向小船游过去。

二十一个野人当中，只有三个从我们的手中逃脱。我怕他们逃走以后，会叫上其他的野人回来报仇。于是，我朝他们的一条小船跑去。跳上小船后，我意外发现一个可怜的家伙，他的手脚都被绑着。

这时，星期五走了过来，看到他的脸后，立刻扑上去又是吻又是抱，又是哭又是笑，又是叫又是蹦，又是跳又是唱，接着又大哭起来，就像发了疯一样。

过了好半天，他才稍稍平静下来。我问他到底怎么回事，这才知道那个人竟然是他的爸爸。他看见自己的爸爸死里逃生，内心激动得不知道该怎么表达。他一会儿跳上小船，一会儿又跳下来，上上下下不知跑了多少趟。每次上船后他都会在父亲身旁坐下，张开双臂，把父亲的脑袋抱在胸前。

这样一来，我们就没能去追小船上的那几个野人。这反而是我们的运气，因为不到两个小时，海上就刮起了大风，整整刮了一夜。那几个逃走的野人一定会被风吹进大海里。

等星期五父子俩平静了一点，我从口袋里拿出食物和酒给他们吃。星期五一点都没吃，全部给了他爸爸。然后，我让星期五带他爸爸还有那个西班牙人去我们居住的地方。

我和星期五在围墙外面给他们搭了一个帐篷。在这以后，他们两个人也发誓要永远效忠我，当我的仆人。如果我有了危险，他们都愿意冒生命危险来救我。这对我来说，真的是一件值得骄傲的事情。

十二、制服叛乱水手

第二天，我让星期五去把那些死去的野人埋掉，不然尸体会发臭。完成这些之后，西班牙人告诉我，一共有十六个西班牙人和葡萄牙人在这里遭遇了海难，逃到了对面的小岛上。

我问他："那些人现在怎么样？"

他说："他们跟野人相处得挺好，但岛上缺乏食物。他们也想逃跑，但是又没有船。"

我告诉他，我愿意帮助那些人逃离，但是我担心一旦将那些人救出来，他们会恩将仇报，杀了我或者将我交给那些野人。

西班牙人说，要是我愿意，他可以和星期五的爸爸一起去跟他们谈谈，他会跟他们商量好条件，叫他们服从我的领导。他还向我发誓，除非我下令让他离开，否则他一辈子都不会离开我。

他还说，如果那些人不守信用，他一定会为了我杀死他们。听了他这些话，我决定冒险去救那些人。

等一切快准备好时，西班牙人突然提出了反对意见。

他认为我们现在的粮食根本就不够。如果就我们几个人吃，那当然是可以的。但一下子多了十几个人，就远远不够了。如果那些人在新地方仍然吃不饱，那他们一定会有怨气，也不会遵守诺言，甚至会杀掉我们。

他的意见不仅体现出他有多么谨慎，也体现出他对我是真诚的。他还建议我们多开垦一些地，这样就能多产些粮食。我觉得他的建议十分合理，也对他的忠诚感到十分满意。

于是，我们四个人一起动手，开始开垦土地。我们还抓了很多羊，晒了很多葡萄干，做了很多面包。不到六个月的时间，我们就收获了很多食物，足够那些人过来一起享用。

然后，我就派西班牙人和星期五的爸爸带上足够的食物去小岛。

叮嘱一番之后，西班牙人和星期五的爸爸就乘坐一艘小船出发了。

第八天，突然发生了一件很奇怪的事。

那天早晨，我在房间里睡得正香，星期五忽然冲了进来，大声喊道:“主人，主人，他们来了！”

我立刻从床上跳起来，披上衣服穿过小树林跑了出去。

我朝大海望去，大吃一惊。一只小船正朝着我们的小岛划过来，但它并不是从西班牙人前往的小岛那个方向过来的。我感觉不对劲，立刻叫星期五藏起来。接着，我拿出望远镜仔细查看。

我一眼就看出那是一艘英国长艇，而不远处的海面上停泊着一艘英国轮船。我简直无法描述自己的心情有多复杂。虽然看到自己国家的人，是一件很高兴的事，但是一艘英国轮船跑到这个小岛上来干什么？现在又没刮风，所以不可能是被风吹过来的。

我决定小心点，先观察一下，再采取下一步的行动。

小船上一共有十一个人。我发现其中三个没有带武器，并且被绑起来了。小船靠岸后，有四五个水手先带着那三个人跳上岸。我能看到其中一个俘虏做出种种祈求的姿势，另外两个人时不时举起手来。

星期五用不熟练的英语对我喊起来：“噢，主人！你看，英国人跟野人们一样，也吃俘虏。”

我说：“嘿，星期五，你觉得他们是要把这几个人吃掉吗？”

星期五说：“是啊，他们会吃掉他们。”

我说：“不，星期五，俘虏可能会被杀掉，但是肯定不会被吃。”

过了一会儿，水手们将那三个俘虏暴打了一顿后，便在岛上散开了。

那些人上岸时，正是海水涨潮的时候。等潮水退去，一下子就将他们的小船搁浅在了沙滩上。小船里留了两个人，那两个人喝醉了。

我本来不打算采取任何行动，可是到了下午两点钟，天气变得很热，那几个水手全部跑进了树林里午睡。那三个被绑着的人坐在一棵大树下，离我很近。我决定走过去探探情况。

因为我在岛上一直披头散发，像一个怪物一样，那几个人一看到我就被吓到了。

我给他们松了绑，并用英语对他们说：“先生们，不要怕，我是来帮助你们的。”

“您一定是上天派来的。”有个人马上就向我脱帽致敬。

我说：“你们肯让陌生人帮助你们吗？因为看情形你们好像遇到了大麻烦。”

那个可怜的人泪流满面，浑身发抖。

我说：“不要害怕，你瞧，我是个人，是个英国人。我们有枪械和弹药。请尽管告诉我，你们遇到什么情况了？”

这个可怜人告诉我，他是那艘船的船长，另外两个人一个是他的大副，一个是乘客。他的其他手下都背叛了他。

我说：“先生，要是我冒险搭救你们，你们愿意答应我两个条件吗？”

船长猜到我要提什么要求，便告诉我，不管是他本人还是他的船，都完全听命于我。要是能把船夺回来，他愿意做任何事情。另外两个人也这么说。

我给了他们三支枪，告诉他们要完全听从我的指挥。

我们正说着话，就看见有两个水手醒了，并站了起来。其中一个听见声响转过身来，看见了我们，就大声喊叫其他人。

可是已经太晚了，因为他刚一叫出声，他们就开了火——我是说船长的两个同伴。他们都瞄得很准，当即就打死一个，另一个也受了重伤。

这些水手受了伤，知道自己逃不掉了，就向我们求饶。我饶了他们的性命，但还是决定用绳子将他们绑起来。

我们大获全胜。

十三、离开荒岛回家乡

在获胜之后，我把自己的经历原原本本全都告诉了船长。他听得非常认真。他对此感到十分惊讶，又有点不敢相信。想到我冒着生命危险救了他，他泪流满面，一句话也说不出来。

聊完以后，我带着他和他的两个手下到我的房子去。

我给他们吃了东西，然后带他们看了我亲手做的那些工具、围墙。他们对这一切都发出了赞叹声，感到不可思议。我告诉他，这是我的大房子，我在林间还有一座小房子，有时间可以带他们去看看，不过现在我们的主要任务是考虑怎么夺回那艘轮船。

他同意我的意见。那艘船上还有二十六个人，那些人在法律上已经犯了死罪，所以他们一定会反抗到底。光靠我们几个人，是无法向他们发起进攻的。

就在这时，我们听到轮船上开了一枪，还看到有人摇动旗帜，发信号叫小船回去。可是小船没动，他们便又开了几枪对小船发出信号。最后，他们见发信号和打枪都没用，便把另一艘小船放下水，朝岸边划来。

随着他们靠近，我们发现船上至少有十个人，而且带着火枪。

船长告诉了我小船上都是谁，每个人性格怎么样。他说船上有三个老实人，他敢断定他们是迫不得已才参加这次谋反的。不过，那个水手长和其他几个都是十分坏的人。船长担心他们的实力太强，我们打不过他们。

我笑着说："我们现在的处境比死好不到哪儿去。我能救下你们，也一定能帮你们夺回你们的船。"

我说这些话的时候，故意提高嗓门，这使得船长受到极大的鼓励。

我先派星期五把那两个俘虏绑起来送到山洞里，但是给他们留了吃的，并且告诉他们，要是他们安安静静待在洞里，过几天就放了他们。不过他们要是打算逃跑，就杀了他们。

小船上的人上岸之后，看到原来的那艘小船上没有人，就大声地喊起来。发现没人回应，他们感到十分恐慌，立即决定回去告诉轮船上的人。

看着他们的小船准备离开，我们都十分失望，那意味着我们不可能夺回大船了。但是，过了一会儿，我们发现船又划了回来，有七个人上了岸，三个人留在小船上。

那七个人在海岸周围寻找了一会儿，又坐下商量了半天，忽然大步朝小船走去，应该是害怕了，不打算寻找失踪的同伴了。我们看到后十分焦急，怕夺回轮船的计划就这样落空了。不过我立即想到一个计划，可以把他们再骗回来。

我派星期五和船长身边的那位大副，朝我救星期五的那个地方走去，一走到那片高地，就尽可能大声地叫喊。我还吩咐他们，一旦听见水手们回答他们，就再回应几声，但不要让对方看见自己。对方一叫就应声，一边应声一边兜圈子，尽量把他们往小岛深处的丛林里引，然后再按照我指给他们的路线

将他们骗到我这边。

那些人刚要上小船，星期五和大副就大声喊叫起来。他们听见了，就一边回应着，一边朝着海岸跑。同时，他们还叫了小船上的人一起来，小船里就只剩下两个人。

我不再管星期五和大副，而是立刻带上其他人向船上那两人扑去。他们被我们轻轻松松擒获了，因为他们本来就不愿意背叛船长，所以很快就投降并加入了我们。

与此同时，星期五和大副的任务也完成得很出色。他们将对方从一座山引到另一座山，从一片丛林引到另一片丛林。在这个陌生的小岛上，估计天黑之前他们绝对回不了小船。

现在我们没有什么事需要做了，只要等待他们回来，然后快速击败他们就行。最后，他们总算回到了小船上，但已经累得不成样子。

当他们看到小船上的那两个人都不见的时候，害怕极了。他们一会儿跑到小船上坐下休息，一会儿又跑上岸去，像无头苍蝇似的四处乱转。

船长一看到他们，立刻跳起来朝他们开枪了。那个坏蛋水手长当场被打死了。

我们趁着夜色向他们发起了进攻，这样他们就看不出我们有多少人了。

然后我让船长向小船上的人喊话。出乎我意料，他们全都放下了武器投降。

第二天早晨，我们开始计划夺回大船。我把那几个投降的人派给了船长，给了他们足够的武器，让他们出发去夺回大船。

当小船开到大船边上时，船长和大副立刻冲上船，将水手打倒在地。其他人也马上冲上船去战斗。就这样，没有死一个人，我们就将船夺回来了。

我真的太高兴了，已经没有任何语言可以形容我的心情，因为我终于可以回家了，回到我真真正正的家里。在准备回家之前，我将那几个关在洞里的人和船上几个被打败的人都流放在这个小岛上。

我将自己在这个小岛上这么多年的生活经验和一些方法教给了他们，让他们有能力在这个小岛上活下去。最后，我告诉他们，只要他们不再做坏事，我以后一定乘船来接他们回去。在安排好这一切以后，我就准备乘上这艘大船离开这座困了我许多年的小岛。

就这样，我在1686年12月19日离开了这座小岛。

我一共在岛上住了二十八年两个月十九天。第二次脱困的日子跟我第一次逃离的日子是同一天。

我坐着船，经过长途航行，终于在1687年7月1日到达英国。算起来，我离开自己的故乡已经足足三十五年了。

回到英国后，谁都不认识我了，好像从来没有人认识我一样。我回到家，发现自己的爸爸妈妈和大部分亲戚都死了，只剩两个妹妹和二哥生的两个侄子。大家都以为我死了，没有给我留下任何财产。我身上的那点钱根本不够我在这里生活。

没想到，这时候我救下的那个船长将我的故事原原本本地告诉了一些船主。船主们听了，都对我竖起大拇指，还邀请我去他们家做客，并送给了我两百英镑作为答谢。

我认真思考了一下自己的处境，觉得靠这点钱实在很难生活下去，就决定去巴西看看，能不能找到我的那座种植园。

第二年四月，我到达了巴西。当我这样东奔西跑的时候，星期五始终跟在我身边。无论什么时候，他都是我最忠心的仆人。到巴西以后，我经过四处打听，终于找到了当初救了我一命的那位老船长。现在他已经很老了，一开始他没有认出我，不过很快他就记起我来了。

我们激动地聊了很久，我问起我的种植园和合伙人的情况。老人家告诉我，我的合伙人还活着，我一定可以拿回那座种植园。他还告诉我，我的合伙人仅仅只有一半的种植园就已经成了巨富，这让我十分兴奋。

几天后，他把种植园最初的六年账单拿给了我，还说欠我六十箱糖和十五大捆烟叶。我离开巴西十一年后，他的轮船发生了事故，那些货物全没了。接着这个善良的老人开始讲述自己的不幸遭遇，说他是万不得已才拿我的钱去弥补损失，跟别人一起买了一艘新船。

他说："不管怎么说，我的老朋友，我不会让你缺钱用的，这些钱你先拿着，等我儿子回来就可以全部还给你了。"说着，他取出一个破旧的荷包，给了我一百六十个葡萄牙金币，还将他拥有的那艘船的一部分所有权给了我。

这个正直善良的人让我感动，我忍不住流下了眼泪。这个善良的人一直在为我考虑，我都不知道该怎么做才能回报他。我拿了他一百个金币，并给他写下了借条。我告诉他只要

我拿回种植园，这些钱我就马上还给他。

老人家后来帮我搞了许多证明的文件，帮我证明那座种植园属于我。

最终，我如愿收回了那座种植园，一下子就成了拥有很多钱的富翁。在拥有那些钱以后，我做的第一件事就是回报我的恩人——这个年迈的老人家。我免去了老人家欠我的所有债务，并将我的种植园每年的获益分了一部分给他和他的儿子。那笔钱足够他们一家生活得很好。就这样，我报答了我的恩人。

十四、走陆路遇到狼和熊

巴西种植园的一切都已安排妥当，我打算回英国。我想将我的钱分一部分给我的那几个侄儿。

因为每次坐船都会出事，所以我对坐船回英国感到很担忧。我的老船长也反对我坐船回去，他劝我走陆路回去。最后，我决定听从老船长的建议。

为了让行程更愉快，老船长找来一位商人的儿子，他很愿意跟我结伴同行。此后，我们又挑了两个英国商人和两个葡萄牙年轻人。这么一来，我们一共有六名旅伴和五名仆人。

至于我，除了星期五之外，我又找了一名英国水手在路上帮我做事。

我们都骑着好马，全副武装，组成了一支小小的队伍。他们尊称我为队长，一来是因为我年纪最大，二来是因为我是这次旅行的发起人。

在这趟令人疲惫的艰苦旅行中，我们碰到了几件惊险的事情。

马德里是西班牙的首都。因为大家是第一次到西班牙，就想在马德里玩一下再出发。可是这时正值初秋，气温很快就会下降。我们怕冷，不得不马上离开这座城市。

我们走了很久，到了瓦尔边境。听人说，法国那边的山上下了很大的雪。

我习惯了热带气候，对于这里的严寒一时间不是很习惯。

呼啸的寒风刮得人难以忍受，简直要把我们的手指和脚趾都给冻僵了。可怜的星期五这辈子都没有见过雪、受过冻，现在突然看到满山大雪，简直吓坏了。更糟糕的是，暴雪一直下个不停，我们根本无法前进。

就在我们考虑该怎么办的时候，来了四位法国人，他们曾经遇到过大雪封路，当时他们找到一位向导，向导带着他们扛过大雪，走出了大山。

我们派人去把那位向导找来。他对我们说，他可以带我们走出去，但是我们得有充足的武器来保护自己，以防野兽的袭击。我们告诉他不用担心，我们已经做好了足够的准备，只要他保证我们不遇到强盗就行。

11月15日那天，我们一行人跟着向导出发了。我非常惊讶地发现，他没有带着我们往前走，而是掉转头往回走。走了二十多公里后，渡过两条河，走上一片平原，天气立刻变暖了。

向导向左一转，从另一条路朝山上走去，带着我们翻过了山顶。

距离天黑还有两个小时，向导走在我们前面，身影时隐时现。这时，密林深处的山坳里突然蹿出来三只恶狼，后面还跟着一头熊。

两只狼凶猛地朝向导扑去，他要是离我们再远一些，我们就来不及救他了。其中一只狼紧紧咬住他的马不松口，另一只朝他猛扑过去。星期五就在我身边，我吩咐他快点骑马去看看出了什么事。

星期五立刻朝那个可怜的向导冲过去，并拔出手枪，对着那只狼的头部就是一枪。

可怜的向导运气还不错，幸亏碰上的是星期五。星期五在家乡已经习惯了这种野兽，一点儿都不害怕，所以才能径直冲到跟前，毫不犹豫地朝那只狼开枪。

星期五的枪声一响，我们便听到两边的狼群发出一片嚎叫声。声音在山谷里回荡，仿佛有成千上万只狼在嚎叫。

星期五杀掉那只狼之后，另一只咬着马不放的狼也马上松开嘴逃走了。可是向导受了重伤。那只恶狼咬了他两口，一口咬在胳膊上，另一口咬在膝盖上。

向导不仅受了伤，还受了惊吓。

这时，一头熊突然从树林里走了出来。它体形庞大。看到它的时候，大家都吃了一惊。可是星期五看到它，脸上反而流露出兴奋的表情。“噢！噢！噢！”他一连叫了三声。紧接着，星期五和那只熊以令人意外的方式，展开了一场最大胆的搏斗。我们刚开始都大吃一惊，并为星期五感到担心，最后却开怀大笑了。

熊体形庞大，动作笨拙，跑起来不像狼那么轻快。星期五紧跟在那头熊后面，捡起一块大石头朝熊丢过去，正好砸在它的脑袋上。可是就像砸在一堵墙上似的，一点儿都没伤到它。

大熊感觉有石头打它，便转过身来追星期五。它迈开可怕的大步，摇摇摆摆地奔过来，速度和马儿小跑差不多。星期五撒腿就跑，看样子好像要跑到我们这边来求救。

大家立刻准备开枪打死那头熊。我非常恼怒，因为那头熊好端端地走着自己的路，星期五却跑去把它引过来。尤其让我生气的是，他把熊引到我们这边，自己却跑开了。我高声骂道：“星期五，这就是你叫我们看的好戏吗？快走开，我们要打死那个畜生。”

听到我的话，星期五高声叫道：“不要开枪，站着别动，好戏还在后面。”

这个身手敏捷的家伙跑两步，那头熊才跑出一步，只见他突然转了个弯，朝旁边跑开了。

那边有一棵大橡树。星期五来到树下，把枪放在离树根五六米远的地上，然后敏捷地爬上了树。

那头熊也很快跑到树下，它在枪跟前停下来，闻了闻，往树上爬去。别看它又笨又重，爬起树来却像猫一样敏捷。我对星期五这种愚蠢的行为感到十分惊讶。

看见熊爬上了树，我们大家也都骑马跟上去看。

我们来到树下的时候，星期五已经爬到一根大树枝的树梢上，那头熊也爬到了半中间。熊刚刚爬到树枝比较柔软的地方，星期五就对我们说：“哈，你们瞧我教熊跳舞。”

说着，他就在那根树枝上又是跳又是摇树枝，把熊晃得左摇右摆，摇摇欲坠。

可怜的熊一动也不敢动，努力扶稳，想退回去。见此情形，我们开怀大笑起来。但是星期五逗熊的把戏还没完。他看到熊站着不动了，便又冲它叫起来，仿佛觉得熊会说英语似的：“你怎么不过来了？快过来啊！”他不再跳了，也不摇树枝了。

熊仿佛听懂了他的话，又往前爬了几步。这时，星期五

又跳起来，熊又站住不动了。我们觉得现在正是好时机，可以开枪打爆熊的头。于是我大声吩咐星期五站着别动，告诉他我们要开枪了。

可是他急切地说：“别，别，不要开枪！”星期五又摇又晃，熊站在上面东倒西歪，逗得我们哈哈大笑。可我们还是猜不出星期五究竟要干什么。一开始我们以为他要把熊给摇下来，可是我们发现那头熊非常狡猾，它用巨大的脚掌牢牢地抓住树枝。所以我们实在想不出这事儿会怎么结束。

星期五很快就替我们解开了疑团。

他见那头熊紧紧抓住树枝，再也不肯往前走一步，便说：“好吧，好吧，你不过来，我就过去。”说着，他爬到树梢末端，树梢被他的体重压得弯了下去，把他缓缓地往下放，他顺势从树枝上滑下去。等到离地面不远的时候一下子跳下去，然后飞奔过去把枪捡起来，站在那里静静地等着。

熊看到敌人走了，便沿着那根树枝往回退。只见它不紧不慢，每走一步，都要回头望一眼，一直退到树干上，然后继续倒着往后，不紧不慢地

沿着树干往下爬，每次只挪一只爪子。就在它的后爪将要落地的瞬间，星期五抢上前去，将枪口塞进它的耳朵，一枪就打死了它。

这时候，那个捣蛋鬼转过身来，想看看我们有没有笑。看到我们脸上都带着笑容，他自己也哈哈大笑起来。“我们那里就是这样杀熊的。”星期五说。

“你们这样杀熊？你们不是没有枪吗？”我说。

“没有，没有枪，用很长很长的箭射。”他说。

这对我们来说确实是一次比较快乐的经历。可是我们现在还在荒山野地，向导又受了重伤。天马上就要黑了。

我们还要经过一个危险的地方。那里的大雪将植物覆盖，野狼找不到食物，一不小心，我们就可能落入野狼口中。

路走到一半，我们就听到许多狼嚎声。不一会儿，我们便看见上百只狼一窝蜂似的朝我们扑来，它们大多数都排成单列，就像经验丰富的军官带的部队一样整齐。我们为了让火力更加集中，紧紧聚拢在一起。

我们开枪击杀了四只野狼，还有几只受了伤。它们停了下来，但是并没有离开。

我突然想起有人告诉我，即使最凶猛的野兽也害怕人类的声音。于是我让大家拼命地喊叫。果然，狼群听到我们的呐喊声就离开了。

就这样，过了一个小时，我们终于到达了我们要休息的小镇。

十五、旧地重游回荒岛

不幸的是，第二天，向导的伤势恶化了，我们只好让他留下来养伤。我们在当地重新雇了一名新向导，带着我们前往图卢兹——法国的第四大城市。

我们到达那里，将一路的经历告诉了一个当地人。他对发生在我们身上的事情感到十分惊讶，认为我们没被狼群吃掉真是幸运。狼之所以那么凶狠，是因为看到了自己的猎物——那几匹马。若在平时，它们确实怕枪。可是当它们饿极了的时候，就一心只顾着扑向马群，什么危险都顾不上了。要不是我们不停地放枪，最后又用火药设下防火线把它们吓跑，就很有可能被撕成碎片。

我这一生从来没有这样深刻地体会过危险的滋味。我相信我这辈子都不想再经过那几座山了。从图卢兹到巴黎后，我们没有耽搁多久，就乘船前往英国了。

1月14日我们到达了英国，这段行程我们走了整整一个冬季。

现在我终于抵达了我们要到的终点。我将我全部的钱给了我的一位好朋友，然后决定将巴西的种植园卖掉，和星期五一起留在英国。

我现在变得十分有钱，生活也很舒适。

但是我已经习惯了流浪，我很想再一次远游，尤其想去我的那座小岛看一看。我想知道那些可怜的西班牙人是否上了岛，我留在岛上的那几个坏蛋对他们又怎么样。

但我的朋友们竭尽全力劝说我不要再去，而且也说服了我。因此我整整七年时间都没有出去。

我把两个侄儿——二哥的两个孩子养在身边。大的那个很有出息，他成了上流社会人士。小的那个我托付给了一位船长，五年后他长成了一个明事理、有胆量、有魄力的年轻人。我给他弄了一艘好船，让他随自己的喜好去航海。后来，这个年轻人竟然把我这个年纪一大把的人忽悠进了新的冒险旅途。

当时，我的侄儿正好从西班牙航行回来，很有收获。我本来就很想再次出海，再加上他又总是缠着我求我去，我便跟着他出发了。

这次航行中，我回到我的小岛，看望了岛上的西班牙人，听他们讲述了自己和那些坏蛋之间的故事。那几个坏蛋最初是怎么欺负他们，后来又是怎样被他们打败，然后又和好，等等。如果把他们的这段经历写下来，一定会像我的经历一样精彩。

我在岛上逗留了二十来天，把带的各种生活必需品都给了他们，特别是枪支弹药、衣服和工具，还有两名从英国带来的工匠——一个木匠、一个铁匠。我还给他们分好了土地，然后就离开了。

后来，我又从那里去了巴西，在巴西买了一艘帆船，又往岛上送了一些人。我还从巴西给他们送去了五头牛、几只羊、几头猪。不久，岛上就牛羊成群了。

又过了一段时间，我听说有三百名海盗袭击了他们，毁掉了他们的庄稼。他们先后两次与这些海盗激战，第一次落败，第二次风暴帮了他们。风暴摧毁了敌人的船只，剩下的那些敌人被饿死了。他们重新收复了种植园，继续在岛上生活。

所有这些，以及我自己后十年探险中的惊人遭遇，说不定以后我会接着写下去。

ANNE OF GREEN GABLES

露西·莫德·蒙哥玛利

加拿大作家。她以家乡爱德华王子岛为背景创作的《绿山墙的安妮》被誉为“世界上最甜蜜的女孩成长故事”。

绿山墙的安妮

失败之后重新振作起来，继续努力才是最快乐的事

一、初来乍到

阿丰利村里有许多爱管闲事的人，他们喜欢打听别人家里的事情。林德太太也是如此，她不仅把自家的事情安排得妥妥当当，而且也热衷于把别人家的事情处理得妥妥帖帖。

雷切尔·林德太太的家在一座小山谷里。一条蜿蜒的大道斜穿过山谷，道路两旁长着一排排高大的桤树，树上结满了果子。一条小溪横穿路面，它的源头来自远处卡斯伯特家的森林。小溪的上游流经树林时，激流汹涌；可是当它流到林德太太家所在的山谷时，却变得水流平缓了。因为任何不顾及体面和礼节的事物，都无法从林德太太家门前通过，就连一条小溪也不例外。也许这条小溪早已意识到，林德太太正坐在窗口，用犀利的目光盯着窗外的一切。要是她发现了什么奇怪的动静，或者不对劲儿的事情，她一定要打听个水落石出才肯安心。

阿丰利村坐落在一个三角形的半岛上，两面都是水，居民们进进出出都必须经过林德太太门前的这条路，因此任何人的行踪都逃不出林德太太洞察一切的目光。据村里的其他主妇说，在此期间，林德太太的手里还不停歇地缝着棉被，已经缝制了十六条。对此，村里的主妇们无不肃然起敬。

六月初的一天下午，林德太太又像往常那样坐在窗前。温暖的阳光从窗外照进来，把房间照得亮堂堂的。林德太太的丈夫托马斯·林德正在山坡上播种萝卜籽儿。按理说，在远处绿山墙外的土地上，马修·卡斯伯特此时也应该在播种自己家的萝卜籽儿。因为前一天晚上，林德太太无意中听见马修告诉莫里森说，他第二天要种萝卜籽儿。这肯定是莫里森先问马修的，因为马修这个人，永远不会主动告诉别人什么事情。

此时正是一天当中最忙碌的时刻，然而林德太太却看见了马修·卡斯伯特，他不慌不忙地驾驶着马车上了山坡。马修穿上了他最好的一套衣服，显然是要离开阿丰利村。这就奇怪了，马修·卡斯伯特这会儿是要到哪里去呢？他要去干什么呢？

在眼下这个忙碌的季节里，马修一般是不会进城的。如果他要去城里买一些种子，也用不着穿得那么隆重，肯定是他

家里发生了什么事情。林德太太百思不得其解，她决定喝完了茶，就亲自到绿山墙打听一下。

喝过下午茶，林德太太就出门了。她的家离马修兄妹居住的绿山墙并不远，只是马修把家安在了果园深处。林德太太一边走一边嘟囔着："马修和玛瑞拉住在这么偏僻的地方，性格真是古怪。"

很快，林德太太就走进了绿山墙的后院，敲响了厨房的门。厨房里非常干净，勤劳的玛瑞拉正坐在窗下，一边晒太阳，一边做着针线活儿。

林德太太趁关门的时候，飞快地打量了一眼房间。桌面上整齐地摆放着三个碟子，显然马修今天要带一位客人回来。但是，放在盘子里的食物又非常普通，只不过是一些蛋糕和果酱。那就奇怪了，迎接普通的客人，马修为什么要穿上礼服，还赶着栗色母马拉的马车出门呢？这可真是把林德太太给弄糊涂了。

"晚上好，雷切尔，家里人都好吗？"玛瑞拉高兴地打着招呼。这是一位又瘦又高的女人，有些花白的头发在脑后盘成一个发髻。

"我们都很好。"林德太太说，"我今天看见马修出门了，还以为是你身体不舒服，他进城去请医生了。"

玛瑞拉一听，嘴角下意识地抽动了一下。她就知道，什么都逃不过林德太太的眼睛。

"啊，不是的，我的身体很好。"玛瑞拉说，"马修是去火车站了。我们领养了一个小男孩，他要坐今晚的火车过来。"

"你们为什么要这么做？"林德太太不满意地问道。这么重要的事情，玛瑞拉他们竟然没有先问问她的建议，真是太过分了。

“这件事我们已经考虑了一个冬天了。”玛瑞拉解释说，“你知道，马修年纪大了，身体远远不如以前了，更别说他还有心脏病。现在想雇一个满意的人来帮忙干农活，实在是太困难了。所以，我们请斯潘塞夫人帮我们物色一个聪明、活泼的男孩子，我们可以送他上学，慢慢地培养他。今天，斯潘塞夫人发来电报，说他们坐下午五点半的火车到。所以，马修就去火车站接他了。”

林德太太终于把事情弄清楚了。于是，她匆忙地告别了玛瑞拉。在回家的路上，林德太太忍不住自言自语说：“那真是一个可怜的孩子啊！马修和玛瑞拉从来没有养过孩子，真不知道他们会把孩子养成什么样。”

当马修来到火车站的时候，长长的月台上空无一人，只有一个小女孩孤零零地坐在站台尽头的木堆上。火车站站长锁好售票室的门，准备回家了。马修急忙走过去打听五点半的火车到了没有。

“那趟火车已经开走了。”站长回答，“不过，好像留下了一个女孩子，就在那边坐着。我请她到候车室去，她却说什么外面有开阔的天地，有幻想的空间。真是一个古怪的孩子。”

“女孩子？”马修愣住了，“我要接的是一个男孩子，是斯潘塞夫人把他带来交给我的。怎么阴错阳差地变成了一个女孩子？”

“斯潘塞夫人就领着那个小女孩下了火车，托我照看她，说一会儿有人来接她。”站长说，“你不如去问问那个孩子吧。”说完，站长就离开了。

二、孤儿安妮

“到底是哪里出了问题呢？”马修望着那个小女孩，一时不知道怎么办才好。这是一个十一岁左右的女孩子，她的头发是红色的，五官很清秀，只是脸色有些苍白。她的身上穿着一件有些短小的裙子，头上戴着一顶褪色的帽子。

马修慢吞吞地向小女孩走去。小女孩看见马修向自己走来，立刻站起身来，一只手抓住一个破旧的布包，另一只手伸向马修，用清脆的声音说：“您是绿山墙的马修先生吗？见到您真是非常高兴。如果您今晚没有来接我，我就会跑到对面的铁路拐弯处。那里有一棵高大的樱花树，我会爬上树睡一晚。要是您今天不来的话，我想您明天肯定会来的。”

马修笨拙地握了握小女孩的手，犹豫着下一步该怎么办。他不能直接对这个孩子说出真相，也不能把她一个人丢在这里不管。他打算先带这个孩子回家，等回到绿山墙再说吧。

“对不起，我来晚了。”马修说，“走，我们坐马车回家吧。”

“虽然睡在樱花丛中非常浪漫，但我还是想跟您回家。我们要坐很久的马车吗？我很喜欢坐马车，真是太棒了！”小女孩兴高采烈地说，“以后，我们就是一家人了。从小到大，我还没有过正常的家庭生活呢。我讨厌孤儿院，我在那里总是幻想其他孩子的身世，把我的同桌幻想成一位伯爵家里的千金小姐……我晚上总是睡不着，脑子里幻想着各种东西。”

说话间，他们已经登上了马车。出发以后，她再也没有说话。一直到他们走到开满鲜花的山路上，小女孩又开始唠叨了："瞧，这些盛开的野樱桃树，多像是一个个身穿白色婚纱的新娘子啊。我真喜欢这里，愿意在这里生活。"

马车翻过一个山顶，山顶下有一个池塘。"那是'巴里的池塘'。"马修介绍说。

"哦，那个池塘，水面五光十色的，应该叫作……'闪光的小湖'。为什么要叫'巴里的池塘'呢？"小女孩问道。

"因为巴里一家就住在那里，他们的家叫作果园坡。"马修回答。

"巴里家里有没有小女孩？和我年龄差不多大的？"

"有一个十一岁的小姑娘，叫黛安娜。"

"多好听的名字呀。"

马车翻过山丘，拐了一个弯。马修指着前方说："到了，那里就是绿山墙。"

小女孩激动地抓住马修的胳膊，仔细地观察着她的新家。

马修心里有些不安，他不知道该怎么告诉这个无家可归的孩子，他们要的其实是一个男孩。

他刚推开门，玛瑞拉就迎了上来。当她看见那个眼睛明亮、梳着辫子的小女孩时，惊讶地问："这是谁呀？马修，那个男孩子呢？"

"斯潘塞太太只领来了这个孩子。我不能把她独自扔在那里，只好先把她带回来。"马修低声说。

"可是，我们说好要一个男孩子的，你这都做了些什么事啊？"玛瑞拉生气地说。

小女孩一直默默地听着，很快就明白了。她脸上兴奋的表情渐渐消失了，随手将手里的布包扔在地上，大声哭着说："你们不要我，对不对？就因为我不是一个男孩子！我就知道，从来没有人想要真正地收养我。"小女孩猛地坐在椅子上，趴在桌子上痛哭起来。

马修和玛瑞拉看见她这么伤心，不知道该怎么安慰她。最后，还是玛瑞拉开口了："好了，好了，你别哭了。"

小女孩抬起头，脸上满是泪水："如果你是一个孤儿，以为真的有人要收养你，结果却发现他们根本不喜欢你……天哪，这真的是我一生中遇到的最悲伤的事情。"

玛瑞拉勉强挤出一丝微笑，尽量温和地对小女孩说："别哭了，在我们把这件事弄清楚之前，你就住在我们家吧。对了，你叫什么名字？"

女孩子犹豫了一下，说："您可以叫我科迪莉亚。"

"这是你的真名吗？"

"不是的。只是我喜欢这个名字。"

“那你的真名叫什么？”

“安妮·雪莉。”小女孩低着头说，“求求您就叫我科迪莉亚吧，这个名字多浪漫啊。”

“安妮这个名字就挺好的。”玛瑞拉说，“好了，安妮，你知道到底是哪里出问题了吗？我们明明告诉斯潘塞夫人，要收养一个男孩子的。”

“斯潘塞夫人就是说要一个十一岁左右的女孩子，所以就找到了我。如果我长得好看一些，您会收留我吗？”

“不会。我们需要一个能帮助马修做农活的男孩子。”

他们匆匆地吃完晚饭，安妮几乎什么都没吃。然后，玛瑞拉把安妮带到屋子里，帮她铺好被褥，就走开了。安妮慌乱地换上睡衣，缩进被子里。一想起今天的经历，安妮又委屈地哭了。

玛瑞拉走进厨房，看见马修正在抽烟斗，忍不住抱怨说：“斯潘塞夫人一定是记错了，我们只能把安妮送回孤儿院了。”

“只能这样了。”马修说，“可是，那小女孩挺讨人喜欢的。”

“你不是想要留下她吧？”玛瑞拉惊讶地问道，“她嘴皮子的确很厉害，可我最讨厌唠唠叨叨的孩子了。我们收养孩子，可不是为了来跟我们聊天的。”

“那好吧，我睡觉去了。”马修板着脸走了。玛瑞拉收拾好碗、碟，也闷闷不乐地回屋休息了。

第二天，玛瑞拉决定带安妮去找斯潘塞夫人，把事情说清楚。马修什么都没有说，默默地备好了马车。

一坐上马车，安妮又开始唠叨了：“我特别喜欢旅行。您看啊，那里有一朵提前开放的野蔷薇，多美呀。这世界上最绚丽的颜色，就是蔷薇的红色了，可是我却喜欢粉色。但是我又不能穿上粉色的衣服，我的红头发和粉色搭配在一起，该会有多奇怪啊。您有没有听说过，有的人小时候是红头发，长大以后头发就变成其他颜色了呢？”

“没有。你的头发是不会改变颜色的。”玛瑞拉回答。

“唉，又一个希望破灭了。”安妮说。

“说说你自己吧。你是在哪里出生的？”玛瑞拉问道。

“我出生在新斯科舍的博林布鲁克，我的父亲是当地的中学老师，我的母亲原来也是那所学校的老师，只是结婚以后就被辞退了。全家就靠父亲一个人养活。托马斯夫人说我刚出生的时候又瘦又小，但有一双亮晶晶的大眼睛。我三个月大的时候，母亲生病去世了。母亲去世三天以后，父亲也因同样的病去世了。我就这样变成了孤儿。

“最后，托马斯夫人收留了我。她家很穷，还有一个酒鬼

丈夫。我八岁的时候，她丈夫被火车撞死了，她没办法养活我了。后来，哈蒙德夫人收养了我，让我帮她照顾小孩子。两年以后，她丈夫也去世了。哈蒙德夫人独自去了美国，亲戚们收养了她的孩子，我就被送进了孤儿院。斯潘塞夫人去找我的时候，我已经在那里住了四个月了。”

“托马斯夫人和哈蒙德夫人对你好不好？”玛瑞拉问。

“嗯，该怎么说呢……”安妮红着脸说，“她们都是好人，但是她们都过得很不容易，生活得非常艰难。我能理解她们的感受。”

玛瑞拉听到这里，心里不由得对安妮产生了同情。安妮一直渴望能有正常的家庭生活，但是从来没有人好好照顾过她。如果现在再把她送回孤儿院，会不会太残忍了？安妮其实挺讨人喜欢的，虽然有些唠叨。

三、在绿山墙安家

斯潘塞夫人看见玛瑞拉的马车停在自己家门口，急忙从屋里走出来迎接她们。

“哎呀，玛瑞拉，真没想到你会来，非常欢迎！”斯潘塞夫人说：“安妮也来啦？你还好吧？”

“就那样吧。”安妮愁眉不展地回答道。

“实在很抱歉，突然来打扰您。”玛瑞拉说，“夫人，我来是想请您核实一下。因为我和马修托您弟弟罗伯特传口信过来，说想拜托您收养一个男孩子。”

“什么？玛瑞拉，您说的是真的吗？”斯潘塞夫人立刻意识到，这件事出问题了。

“罗伯特让他女儿南希过来告诉我们，说你们想要领养一个女孩子。”斯潘塞夫人接着急忙道歉，“真是对不起！南希真是个马虎的孩子，我以前就提醒过她，可现在还是那个样子。”

“唉，我们也要负责任。”玛瑞拉无奈地说，“我们应该亲口告诉夫人，怎么能托人捎口信呢？只是安妮怎么办？”

“这件事好办。”斯潘塞夫人想了想说，“昨天，彼得·布鲁维特夫人来找我，说想领养一个可以做家务活的女孩子。安妮刚好符合她的要求，看来还挺有缘分的。”

没想到，安妮的事情就这么轻松解决了。玛瑞拉觉得很意外，但是她并不感到开心，反而觉得心里空荡荡的。

虽然玛瑞拉和布鲁维特夫人并不是很熟悉，但是见过几面。那个女人又矮又瘦，听说行为粗鲁、脾气火暴。她家的孩子们也都很没有礼貌，经常和其他孩子打架。一想到安妮以后要和这家人一起生活，玛瑞拉就觉得心里非常不安。

“我们可以进去坐一会儿，再商量一下这件事吗？”玛瑞拉对斯潘塞夫人说。

然而，真是不凑巧，只听见斯潘塞夫人叫道：“瞧，布鲁维特夫人来了！她来得正是时候。”

斯潘塞夫人把大家都请进客厅：“安妮的运气真是太好了，马上就可以解决这个问题了。哎呀，实在对不起，我去找一下弗洛拉，请稍等一下。”说完，斯潘塞夫人匆忙出去了。

安妮两手紧紧抓住自己的膝盖，沉默地坐在长椅上，睁大眼睛打量着布鲁维特夫人。难道以后我就要和她一起生活了吗？安妮心想，她难过得快要哭出来了。

这时，斯潘塞夫人回来了。她微笑着说：“布鲁维特夫人，如果您没有改变昨天的想法，这个女孩子刚好适合您，不是吗？”

布鲁维特夫人从头到脚地打量了一番安妮，问道：“你几岁了？叫什么名字？”

“安妮·雪莉，十一岁。”安妮低声回答说。

“看起来太瘦了，不过还挺精神。我可以带走这孩子吧？卡斯伯特小姐，我家里的孩子太难照顾了，我每天累得要死。要是您同意的话，我现在就带她回家，好帮我照看孩子。”

玛瑞拉看了看安妮。安妮惨白的小脸上满是绝望，她用力地咬着嘴唇，一句话也不说。

玛瑞拉心里很难受，她心想：我根本不信任布鲁维特夫人，怎么能把这个内心敏感的孩子交给她养活呢？我不能做这么不负责任的事情！

“啊，这件事啊……”玛瑞拉不紧不慢地说，“马修和我并不是不愿意留下这个孩子。我们只是想弄清楚，到底是哪里出了问题。我看还是让我先把孩子带回去，再和马修商量一下。那么，布鲁维特夫人，明天晚上如果我们没有把她送过来，就表示我们决定收养她了，您看这样可以吗？”

“那只能按照您说的办了。”布鲁维特夫人不高兴地说。

就在玛瑞拉说话的时候，安妮的脸上重新燃起了希望，整个人都变得神采奕奕。

布鲁维特夫人告诉斯潘塞夫人，她来这里是想借用一下烹饪食谱。于是，斯潘塞夫人带她到另一个房间去了。她们刚刚离开，安妮便激动地扑进玛瑞拉的怀里。

“卡斯伯特小姐，我还能留在绿山墙，对吗？”安妮小声地说，“是您真的说了那样的话，还是我又在想象呢？”

“安妮，”玛瑞拉说，“我刚才是那么说的，不过还没有最终决定呢。或许最后，你还是要去布鲁维特夫人家里。”

“那我还是回孤儿院吧。”安妮失望地说。

傍晚，玛瑞拉带着安妮回到了绿山墙。马修看见安妮，总算是松了一口气。玛瑞拉下车以后，把所有的事情都告诉了马修。“不能把孩子交给布鲁维特夫人！”马修严肃地说。

“我也讨厌那个女人。”玛瑞拉说，“现在看来，我们有责任留下这个孩子。虽然我们都没有教养孩子的经验，但是我会努力做好所有的事情，把安妮培养成一个出色的人。”

四、得罪林德太太

第二天，玛瑞拉给安妮安排了一大堆活儿。玛瑞拉暂时没有将留下安妮的决定告诉她，而是决定在一旁先悄悄地观察。安妮很机灵，反应也很快，是个可爱的孩子。只是她有个明显的缺点：喜欢天马行空地幻想。她一旦进入幻想世界，就把手头的活儿和周围的事情忘得一干二净了。

到了中午，安妮总算忙完了所有的活儿。她紧张地来到玛瑞拉面前，恳求道："卡斯伯特小姐，我能不能留在这里？请您告诉我吧。"

"好吧。"玛瑞拉平静地说，"我和马修决定让你留下来。安妮，你怎么了？"

"我，我哭了吗？"安妮激动地说，"我也不知道，我觉得太幸福了，卡斯伯特小姐，我会努力做一个好孩子的！"

"到了九月，我们会送你去上学。你以后叫我玛瑞拉就行了。在这里，大家都这么叫我。"

"玛瑞拉，我在这里，会找到好朋友吗？"安妮问道，"就是那种，连心都能掏给你的知心朋友。"

"巴里家的黛安娜·巴里，和你年龄差不多。她现在去亲戚家了，等她回来，说不定能和你做朋友。不过，巴里太太非常挑剔，她不会让乖巧的黛安娜和一个没有礼貌的孩子一起玩的。"

“黛安娜长什么样子？她不会也是红头发吧？”安妮紧张地问。

“黛安娜可漂亮了，黑头发、黑眼睛，是个聪明、善良的女孩子。这些好品质，可比外表的漂亮重要多了。好了，你快去房间背祷告语吧。”玛瑞拉说。

安妮急忙回到自己的房间，跳着来到镜子前面，自言自语地说：“现在，你是绿山墙的安妮了，不再是无家可归的安妮了！”

两周以后，林德太太赶来看望安妮。要不是她突然得了流感，早就到绿山墙来了。玛瑞拉把安妮从果园里叫进来。安妮脸上长满了雀斑，一头红发被风吹得乱蓬蓬的，身上还穿着孤儿院的旧衣服，看起来非常寒酸。

“怎么这么丑啊，玛瑞拉？”林德太太毫不客气地评论着安妮，“天哪，那么多的雀斑！头发这么红，就像胡萝卜一样。”

安妮最讨厌别人批评她的红头发，她握着小拳头喊道：“我讨厌你！你这个粗俗无礼的女人！要是有人说你又胖又蠢，你会高兴吗？”

“安妮！回你的房间去，马上！”玛瑞拉命令说。

安妮放声大哭，冲上楼去，“砰”的一声关上了门。

“这个孩子，脾气怎么这么大。玛瑞拉，你得好好教育教育她。”林德夫人生气地说。

“我会跟她好好谈谈的。”玛瑞拉说，“不过，您刚才当面说她的长相，是有些过分了。”

“啊，看来我以后还是少说话吧。玛瑞拉，这个孩子太敏感了，肯定会给你添很多麻烦的。你想要好好教养孩子的话，有时候，一根结实的白桦树枝比说教更有用呢。”林德夫人气鼓鼓地告别了。

玛瑞拉走进安妮的房间，看见她正趴在床上大哭。

“安妮！我要跟你谈谈。你刚才为什么那么做？”

“她怎么能说我难看，还说我的红头发……”

“你是个小孩子，怎么能对大人发脾气呢？再说，你平常也是那样说自己的啊。”

“自己说可以，别人说就不行。”安妮气愤地说。

“她这件事是做得不对，安妮。”玛瑞拉说，“但是，林德夫人毕竟是我们的客人。你要去向她承认错误。”

“我不去！”安妮马上回答道，“就算您惩罚我，不给我饭吃，我也不去。”

第二天，倔强的安妮一天都没有下楼。玛瑞拉把三顿饭送到她的房间里，但是，她一口都没有吃。天黑了，趁玛瑞拉不在家，马修悄悄打开安妮的房门，看见安妮正一动不动地坐在窗前。

“安妮，我想跟你说，你还是听玛瑞拉的话，去向林德夫人道歉吧。”马修说。

“您希望我这样做？跟您说，直到今天早上，我才不生气了。但是这件事已经闹大了，我怎么好意思去道歉呢？不过您都这么说了，我还是去吧。”安妮低声说。

“这才是好孩子，安妮。不要告诉玛瑞拉我来找过你，我不能干涉她对你的教育。”马修说。

很快，玛瑞拉回来了。她惊讶地看到安妮正坐在客厅里等她：“玛瑞拉，我很后悔，不应该做出那么无礼的事情。我想去拜访林德夫人，向她道歉。”

“那真是太好了，我们这就去找她。”玛瑞拉脸上露出了笑容。

她们很快来到了林德夫人家。安妮向林德夫人伸出双手，颤抖着说：“啊，林德夫人，我真是太后悔了！我怎么能那样对待您呢？请您接受我的道歉。我只不过是一个脾气古怪的孤儿，您会原谅我的，对不对？”

安妮的话语非常诚恳，林德夫人被深深打动了，急忙对安妮说：“好了，瞧你这孩子！我当时也过分了一点儿，那些事都过去了，我原谅你了。”

五、结识黛安娜

黛安娜·巴里从亲戚家回来了。这一天，玛瑞拉要去拜访巴里夫人，她告诉安妮："你跟我一起去吧，顺便认识一下黛安娜。"

安妮紧张地站起来："玛瑞拉，我心里很害怕。我担心黛安娜不喜欢我，要是那样的话可怎么办呢？"

"下午你去她家的时候，要表现得有礼貌一些，要温柔大方。如果黛安娜的母亲喜欢你，那你们就能成为知心朋友了。咦，你是在发抖吗？"玛瑞拉问道。

是的，安妮浑身都在发抖，小脸也因为紧张而变白了。

下午，玛瑞拉和安妮来到了黛安娜家。玛瑞拉敲了敲门，巴里太太打开了门。这是一位个子高高的女士，头发和眼睛都是黑色的。

"玛瑞拉，快进来，这就是你领养的女孩子吧？"巴里太太热情地说。

"对，她叫安妮·雪莉。"玛瑞拉向巴里太太介绍安妮。

巴里太太握了握安妮的手，说："安妮，你好吗？"

"谢谢您，我很好。"安妮严肃地回答说。

黛安娜正坐在客厅的沙发上看书，看见客人来了，赶快放下书本。她和母亲一样长着黑头发、黑眼睛，脸蛋红扑扑的，非常漂亮。

“这是我的女儿，黛安娜。”巴里太太介绍说：“黛安娜，你带安妮去院子里吧。你总在家里看书，这样对眼睛不好，还是多去外面走走。”

夕阳西下，柔和的阳光笼罩着整个花园。两个初次见面的女孩子面对面地站在一丛美丽的卷丹花旁，好奇地打量着对方。

“哦，黛安娜。”安妮紧张地握着双手，低声说，“你，你喜欢我吗？我能成为你的知心朋友吗？”

黛安娜笑了。她说话之前，总是要先笑一笑。“当然可以了。你从绿山墙来找我，我很高兴。我家附近没有能和我一起玩的女孩子，妹妹又太小了，没办法和她玩。”

“那你能发誓，永远做我的朋友吗？”安妮问道。

“为什么要发誓？”黛安娜吃惊地说，“发誓是一件很可怕的事情。”

“我，我说的不是那种恶毒的发誓，只是许下一个美好的承诺。”安妮解释说。

“啊，是这样啊。那怎么发誓呢？”黛安娜问道。

“我们先要手拉着手。”安妮严肃地说，“本来还应该跨过奔腾的流水呢，我们就把这条小路想象成流水吧。我郑重起誓，只要太阳和月亮存在，我就永远忠实于我的知心朋友——黛安娜·巴里。现在轮到你了，黛安娜，别忘了把我的名字加进誓言里。”

黛安娜笑了笑，也照样说了一遍誓言。“有些人说你很古怪，安妮，你还真有意思。不过，我非常喜欢你。”

玛瑞拉和安妮要回家了。黛安娜恋恋不舍地把安妮送到

独木桥边，两人约好第二天下午再一起玩。回到绿山墙以后，玛瑞拉问安妮：“怎么样？你和黛安娜成为知心朋友了吗？”

“是的，玛瑞拉，现在我是村子里最幸福的人了。明天下午，我和黛安娜要在桦树林里玩过家家，我能带一些工棚里的碎陶瓷吗？黛安娜的生日在二月，我的生日在三月，您说这多巧啊。黛安娜要借书给我看呢，真让人高兴。她还告诉我，在森林深处的某个地方长着百合花，还要送给我一幅画。我要是也有什么礼物可以送给黛安娜就好了。我们还给独木桥下的小溪取了名字，叫‘德鲁亚德泉’，这多像是一位仙女的名字啊。”

这时，马修回来了。他看了看玛瑞拉，磨磨蹭蹭地从口袋里掏出一包东西，递给安妮：“你不是喜欢吃巧克力糖吗？给你买了一包。”玛瑞拉“哼”了一声，说：“巧克力糖对牙齿可不好。不过，马修都给你买来了，你就吃吧。下次，最好让他给你买点提神的薄荷糖。”

“我不会都吃完的。”安妮说，“我想分一半给黛安娜。玛瑞拉，可以吗？一想到我也有礼物送给黛安娜，我就开心极了。”

安妮拿着巧克力糖兴高采烈地回房间去了。玛瑞拉感慨地说：“这倒不是一个小气的孩子。我总觉得安妮好像一直就生活在绿山墙似的，真不敢想象，要是没有她，家里会是什么样子。马修，我承认你要留下安妮是对的，我现在也很喜欢她。”

六、水晶胸针风波

“下个星期三，教堂的主日学校[1]要去‘闪光的小湖’附近郊游，听说林德太太还会给我们做冰淇淋呢。”安妮对玛瑞拉说，“玛瑞拉，我可以去参加郊游吗？”

“当然可以了，你也是主日学校的学生呀。”玛瑞拉回答。

“啊，太谢谢您啦。”安妮说，“我们要把船划到‘闪光的小湖’去，还有冰淇淋吃。我还没有吃过冰淇淋呢，虽然黛安娜给我讲了它是什么样，但我还是想象不出来……”

在接下来的几天里，安妮日思夜想的都是郊游这件事。星期天，安妮和玛瑞拉一起去教堂。玛瑞拉像往常一样，戴上了一枚紫水晶胸针。这枚紫色的胸针，是玛瑞拉的母亲留给她的礼物。里面装着一缕母亲的秀发，四周镶嵌着一圈上等的水晶。在她的心目中，这枚胸针是世界上最美丽的东西。

安妮第一次见到这枚紫水晶胸针的时候，连连称赞说：“啊，玛瑞拉，它真是太美了！我以前在书上见到过对钻石的描述，还幻想过它的样子。瞧这些一闪一闪的水晶，说不定是高贵的紫罗兰变成的小精灵呢。玛瑞拉，您能让我拿一会儿吗？”

去郊游的前一天晚上，玛瑞拉皱着眉头从房间里走出来，

---

1 教会开办的周日学校。

问道："安妮，你看见我的紫水晶胸针了吗？我记得从教堂回来以后，就把它收起来了。可我现在到处找，都找不到它。"

"不可能啊，玛瑞拉。下午去妇女协会的时候，我还见过它呢。"安妮说，"我经过您房间门口的时候看见了它。"

"你动了没有？"

"动了。我只是把它拿起来，放到胸前看了看，然后就原样放到衣柜上了。"安妮承认说。

"你怎么能随便进入我的房间，还乱动我的东西呢？"玛瑞拉严肃地问道。

"哦，玛瑞拉，我只想着进去戴一下胸针。要是这样做不对的话，我以后不会做这种事了。"

玛瑞拉又回到房间里，把所有的地方都找了一遍，依然一无所获。

"安妮，你是不是把胸针拿走弄丢了？"

"没有。我真的没有把它拿出去。"安妮认真地说。

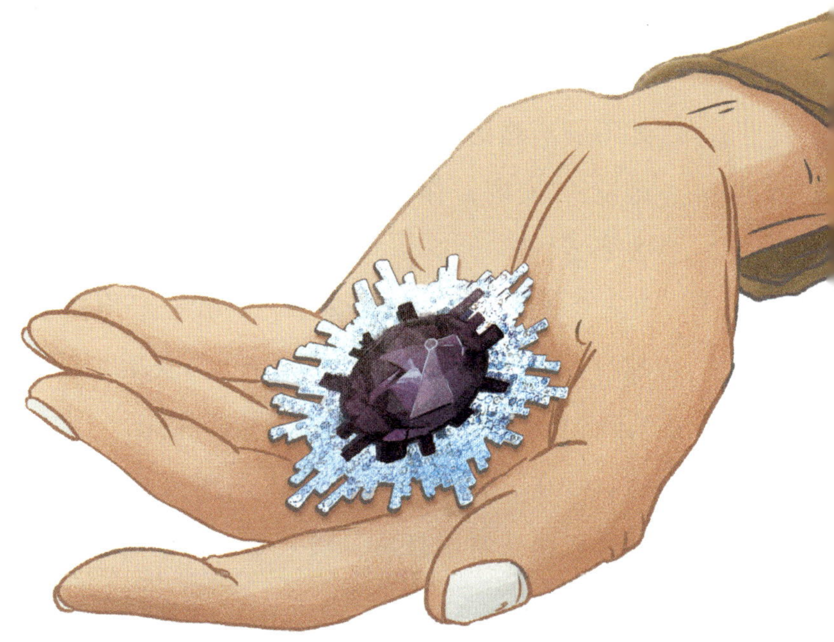

“好吧，那你就回房间去吧，等你想说出真相的时候再出来。”玛瑞拉这次是真的生气了。

“玛瑞拉，明天就要去郊游了，您能让我去参加吗？等我回来了，你再关我都可以。”安妮恳求说。

“不行。如果你不坦白，什么活动都不能参加。”

玛瑞拉确信胸针肯定是被安妮弄丢了。真没想到，安妮竟然学会撒谎了，这可比弄丢了胸针更让玛瑞拉难以接受。

玛瑞拉跟马修说了这件事。

“你打算怎么办呢？”马修问。

“她不说实话，就不许出房间。竟然学会撒谎了，我这次要好好教训她一顿。”玛瑞拉板着脸说。

第二天早晨，玛瑞拉给安妮送去早饭。安妮坐在床上，像背诵什么东西似的对玛瑞拉说：“我坦白，玛瑞拉。我把紫水晶胸针戴在胸前，觉得非常好看，就戴着它出门了。经过‘闪光的小湖’上的小桥时，我把它取下来，没想到，一不小心，胸针从手上滑下来，就掉到湖里去了。”

玛瑞拉听了非常生气。安妮弄丢了自己最心爱的东西，她不仅不感到后悔，还满不在乎地讲述发生的一切。她气冲冲地说：“安妮，你真是个坏孩子。你必须接受惩罚，今天不许去郊游！”

“什么？玛瑞拉，求求你，我已经坦白了，您怎么惩罚我都行，但请让我去参加郊游吧。”安妮尖叫一声，哭喊起来。

“不行！”玛瑞拉关上房门，走下楼来。

中午，安妮没有吃午饭。玛瑞拉回到房间，准备缝补披肩。她从皮箱里拿出披肩，咦，似乎有什么东西在闪光。天哪，是那枚紫水晶胸针！玛瑞拉想起来了，肯定是她把披肩放到衣柜上的时候，胸针钩住了披肩的线，被她一起塞进了皮箱里。

玛瑞拉拿着胸针，走进安妮的房间，说："安妮，我找到胸针了，它钩在我的披肩上了。我想知道，你早上说的那些话，到底是怎么回事？"

"您不是说我只要坦白了就能去郊游吗？"安妮垂头丧气地说，"所以我就编了一个故事给您听。我害怕忘了词，反复练习了好几遍，可还是错过了郊游。"

"安妮，你昨天没有撒谎，我应该相信你。当然了，你编一个故事骗我也是不对的。不过，这一切都是我的错。来，你快收拾一下，去郊游吧。"

"玛瑞拉，还来得及吗？"安妮激动地问。

"当然了。现在才两点钟，大家还没有喝下午茶呢。我给你准备了很多蛋糕，你带去和朋友们一起吃。"

"太好了，玛瑞拉！"安妮飞快地梳洗去了，满脸都是喜悦。

那天晚上，安妮疲惫又开心地回来了。"玛瑞拉，我玩得真高兴呀。所有的活动都是那么精彩。茶水清香可口，坐船非常浪漫。我还吃了冰淇淋，啊，它的味道简直太美妙了！"

七、 茶会惹来的大麻烦

一转眼，秋天就到了。山谷里的白桦树都变成了金黄色，枫树叶也染上了一层美丽的深红色。

一个星期六的早晨，马修要干农活，而玛瑞拉要外出参加一个聚会，只好将安妮留在家里。玛瑞拉对安妮说：“你今天可以请黛安娜来家里做客。”

“太好了，玛瑞拉！我早就想这么做了。”安妮兴奋地说，“我可以坐在主人的位置上沏茶招待黛安娜。哇，光幻想这种场面就已经让我很激动了。”

“那瓶在教堂聚会时剩下的木莓甜酒，你们也可以喝一点儿……”玛瑞拉还没说完，安妮就一溜烟儿跑出了门，去邀请黛安娜了。

玛瑞拉刚刚出门，安妮的客人就来了。黛安娜穿着漂亮的衣服，像大人一样敲了敲门。安妮也打扮整齐，开门迎接黛安娜，两个人还很正式地握了握手。

“你母亲近来身体还好吧？”安妮装模作样地问道。

“谢谢你的关心，她很好。卡斯伯特先生今天去搬运土豆了吧？”黛安娜也装作大人的模样回答道。

“是的，今年土豆丰收了。你父亲种的土豆也收成不错吧？”

“还不错，谢谢。你家的苹果开始摘了吧？”

“是的。黛安娜，我们去果园摘苹果吧。”安妮不想再假装客套了，她带着黛安娜来到果园里，一边大口咬着刚从树上摘下来的苹果，一边坐在草地上聊天儿。

吃完苹果，安妮又请黛安娜回屋去喝点儿木莓甜酒。安妮打开壁橱，没有找到木莓甜酒。她又看了看，发现最上面的架子上放着一瓶鲜红的饮料，于是把它拿了下来，递给黛安娜。“来来来，黛安娜，多喝一点儿，别客气。”

黛安娜倒了满满一杯，小口小口地喝掉了。“啊，安妮，这个木莓甜酒真好喝啊。”

“你喜欢喝，那就多喝几杯吧。”安妮高兴地说。

在她的劝说下，黛安娜又喝了满满两杯。“我从来没有喝过这么好喝的饮料。我觉得玛瑞拉做的木莓甜酒，比林德太太做的好喝多了。”

“我也觉得玛瑞拉做的木莓甜酒更好喝。”安妮说，“玛瑞拉的烹饪技术可好了，她还教过我呢，只是对我来说实在太难了。咦，黛安娜，你怎么了？”

黛安娜好像喝醉了，两只手抱着自己的头，摇摇晃晃地站起来，慢吞吞地说：“我，我觉得很难受。我，我想回家了。”

“哎呀，你还没有喝茶，怎么能回家呢？我这就去沏茶。”

“不，不用了。我要回家。”

“那你吃点蛋糕再回去吧。尝尝水果蛋糕和樱桃果酱怎么样？你是不是哪里不舒服呀？要不，你在沙发上躺一会儿吧。”

“我要回家，我头晕得难受。”黛安娜痛苦地说。

安妮只好把黛安娜送回了家，然后无精打采地独自回到了绿山墙。第二天是星期天，从早到晚都在下大雨，安妮在家里待了一天，哪里都没有去。到了星期一下午，玛瑞拉让安妮去林德太太家办点事。没想到，安妮竟然哭着回来了。

“安妮，你又惹林德太太生气了？”玛瑞拉紧张地问道。

“不是的。林德太太告诉我，巴里太太跟她说，我是个坏孩子，那天故意把黛安娜灌醉了。以后，她不许黛安娜和我一起玩了。”安妮大哭着说。

“你把黛安娜灌醉了？你给她喝了什么？”玛瑞拉奇怪地问。

“就是木莓甜酒啊。黛安娜喝了满满三大杯，我不知道木莓甜酒也会让人醉倒呀。”

“这怎么可能呢？”玛瑞拉说。她急忙打开橱柜，拿出橱柜里的饮料瓶子，顿时明白了。原来，那瓶红色的饮料并不是木莓甜酒，而是她三年前酿造的葡萄酒。这时，玛瑞拉突然想起来，那瓶木莓甜酒被她放到地下室里了，根本没有放在橱柜里。

“安妮，你给黛安娜喝的不是木莓甜酒，而是葡萄酒啊。”

“我没有喝过，以为它就是木莓甜酒。巴里太太认为是我故意灌醉黛安娜的，简直气坏了。”

“安妮，别哭了，这是一场误会，我去和巴里太太解释。”玛瑞拉说完就出门了。没想到，巴里太太根本不相信玛瑞拉的话，反而怪她酿造的葡萄酒有问题。

安妮心里很难受。她趁玛瑞拉不注意，偷偷跑出去，来到黛安娜家门口，敲了敲门。巴里太太打开门，看见安妮站在门口，板起脸问道：“你有什么事？”

“巴里太太，请您原谅我吧。我从来没有想过要灌醉黛安娜，我以为那只是木莓甜酒呢。我在这个世界上只有这么一个知心朋友，那就是黛安娜，您觉得我会故意灌醉她吗？”安妮紧握着双手，情绪激动地说着。

这番话对巴里太太毫无作用。她毫不留情地说：“我觉得你不适合与黛安娜做朋友。你还是回家去，学着做个老实孩子吧！”

“砰！”巴里太太重重地关上了门。安妮失望地回到绿山墙，哭着睡着了。

安妮来到学校以后，黛安娜装作不和她说话的样子，却偷偷塞给她一个小纸包，里面有一张字条和一个红色的书签。字条上写着：“亲爱的安妮，妈妈不

允许我在学校和你一起玩耍，请你不要生气。我为你做了一个最新式的书签，整个学校只有三个人懂得它的做法。你看到它就像看到我一样。你的知心朋友黛安娜。”

安妮看完字条，高兴地吻了吻书签，给黛安娜也写了一张字条：“亲爱的黛安娜，我当然不会生你的气。你送的书签，我会珍藏在身边的。你的安妮。”

虽然黛安娜依然不能和安妮来往，但是安妮知道了黛安娜的心意，不再苦恼了。她把注意力放到学习上，与班上的第一名基尔伯特·布莱斯展开了激烈的竞争。学期结束后，安妮、黛安娜和基尔伯特都顺利地升入了五年级。

八、安妮救了米尼

一月的时候，某位加拿大总理来到城里演讲，阿丰利村的大多数居民都赶去城里参加这次演讲集会了。虽然玛瑞拉对演讲不感兴趣，但这很可能是她这一辈子唯一一次见到总理的机会。所以，她把家里的事情交给马修和安妮之后，就和林德太太一起进城了。

那天晚上，马修和安妮待在厨房里。马修在沙发上打瞌睡，安妮趴在桌子上学习。突然，他们听到一阵急促的脚步声，好像是什么人急匆匆地赶来了。

“咚！”厨房的门猛地被推开了，黛安娜惊慌地闯了进来。

“出什么事了，黛安娜？”安妮惊叫一声。

“安妮，你快到我家里去。”黛安娜气喘吁吁地说，“米尼得了假膜性喉炎。我父母都进城参加集会去了，我找不到人去叫医生。我好害怕啊，安妮！”

马修不声不响地抓起帽子和大衣，快步走出门去。“他肯定是去套马车了，准备帮你去找医生。”安妮说。

“我不知道马修能不能找到医生，今晚人们都去参加集会了。”黛安娜哭着说。

安妮很快地穿上了外套，镇定地对黛安娜说：“你别哭，我去帮你的忙。你忘了，我以前照顾过很多孩子，积累了各种各样的经验。你等一下，我去拿那瓶吐根制剂，你们家可能没有。”

两个女孩子手拉着手，穿过积雪的田地和树林，在夜色中奔跑着。她们很快来到了黛安娜家里，三岁的小米尼正躺在沙发上，身上发着高热，喉咙里发出一阵阵“吱——吱——”的声音。梅亚利束手无策地站在旁边，她是巴里太太请来的法国女佣。

安妮一进门，便熟练地指挥起来：“看起来米尼应该是得了假膜性喉炎。黛安娜，水壶里怎么只有这么点儿水？快添一些水来。梅亚利，你再给炉子里添一些木柴。来，帮我把米尼的衣服脱了，让她躺在床上。黛安娜，你帮我给米尼喂一点吐根制剂……”

在这个令人焦虑的夜晚，安妮和黛安娜一起悉心地照顾着米尼。当马修好不容易带来一位医生时，已经是凌晨三点钟了。这时，米尼早已顺利度过了危险期，在小床上呼呼大睡了。

“我开始真的很绝望，米尼病得太厉害了，我真害怕她会窒息而死。直到喝完最后一滴药以后，米尼不断地咳嗽，最后把痰咳出来了，这才开始好转。这时候，我心里的石头才终于落地了。”安妮对医

生说。

“我理解你的心情。”医生欣赏地看着安妮。等巴里夫妇回来以后，医生对他们说：“那个红头发的小姑娘真厉害，幸亏有了她，才能把米尼及时救过来。那孩子小小年纪，没想到竟然这么能干。”

清晨，马修把安妮带回了家。一夜没睡的安妮，回到房间里好好地睡了一觉。等她中午醒来的时候，玛瑞拉已经回来了。

“玛瑞拉，你见到总理了？怎么样？”安妮激动地问道。

“是的，他的演说很不错。”玛瑞拉说，“安妮，我听说昨晚的事情了。巴里太太刚才来家里找你，我看你实在是太累了，就没有叫醒你。她说是你救了米尼的命，想要当面谢谢你。她还说上次黛安娜喝醉的事情，希望你能原谅她，以后继续和黛

安娜做朋友。要是你有时间的话，巴里太太请你傍晚去她家里一趟。”

“玛瑞拉，我可以现在就去吗？”安妮兴奋地跳了起来，像风一样冲出家门。等她回来以后，整个人都显得非常开心。“玛瑞拉，我现在是最最最幸福的安妮了。巴里太太流着眼泪亲吻我，对我说对不起，说她这辈子都会记住我的恩情。我和黛安娜一起绣花、喝茶，玩得可高兴了。巴里太太像招待大人那样为我沏了一壶好茶，还特意做了水果蛋糕、炸面包圈和果酱给我吃，我从来都没有受过这样的款待呢。黛安娜站在窗户边上，看着我离开，还用飞吻一直把我送到了‘恋人的小路’上。玛瑞拉，我今天真是太幸福了。”

九、 老巴里小姐

黛安娜的生日就要到了。巴里太太邀请安妮为黛安娜庆祝生日，晚上还可以住在黛安娜家的客房里。那天晚上，“辩论俱乐部”要在公民会堂举行一场音乐会，黛安娜和安妮都很想去参加。

放学以后，安妮没有回家，直接去了黛安娜的家。她们先美美地吃了一顿茶点，然后又跑到黛安娜的房间里梳妆打扮。黛安娜卷起了安妮的刘海，安妮用发带给黛安娜系了一个好看的蝴蝶结。两个人都激动极了，小脸也因此变得红扑扑的。

她们在晚霞的映照下，坐着雪橇去听音乐会。那天晚上的节目非常精彩，基尔伯特的朗诵除外。当基尔伯特站在台上朗诵的时候，安妮拿出一本书读了起来，她对这个节目一点儿兴趣都没有。

当安妮和黛安娜回到家里的时候，已经是晚上十一点钟了。她们换好了白色睡衣，准备去客房里休息。这时，安妮突然想到了一个主意："黛安娜，咱们比一比，看谁先跳上床。"

黛安娜笑着同意了。她们俩悄悄地穿过客厅，打开客房的门，几乎同时跳上了床。突然，她们感到身体下面好像有什么东西动了一下，还发出了一声尖叫："噢，天呀！"安妮吓坏了，颤抖着跳下床，和黛安娜一起跑出了房间。

"啊，那是谁呀？"安妮惊慌地问道，连声音都在发抖。

"肯定是约瑟芬祖母。"黛安娜大笑着说。

"谁是约瑟芬祖母呀？"

"她是我父亲的姑妈，差不多有七十岁了。她说要来我家住几天的，没想到今天就来了。祖母很喜欢挑毛病，刚才的事情一定会让她发火的。算了，我们还是去和米尼一起睡吧。"

第二天吃完早饭，安妮就回绿山墙去了。傍晚，玛瑞拉让安妮去林德太太家办事。

"听说你和黛安娜昨晚闯祸了，差点把可怜的老巴里小姐吓死，是不是真的？"林德太太问道，"今天早晨，老巴里小姐就大发雷霆了。现在，她已经不搭理黛安娜了。"

"啊，那不是黛安娜的错，是我想的主意。"安妮紧张地说。

"我就猜到是你出的主意。"林德太太得意地说，"你这次可惹了大麻烦了。老巴里小姐本来已经答应了巴里太太，要给黛安娜付一个学期的音乐课学费。但黛安娜既然这么没有教养，她一分钱也不想给了。老巴里小姐很有钱，巴里家是不愿意得罪她的。”

“天哪，为什么我总是会把事情弄得一团糟，还会给心爱的朋友带来许多麻烦。林德太太，您能不能告诉我？”安妮的心情沮丧极了。

“你总是这样冒冒失失的，做事又很冲动。你要学会先思考再做事。比如说，当你往客房的床上跳的时候，应该先看一看再跳啊。”林德太太说着，忍不住笑了起来。

但是安妮忧心忡忡，一点儿也笑不出来。她离开林德太太以后，立刻向黛安娜家走去。安妮来到后门口，刚好碰见了黛安娜。

“约瑟芬祖母生气了，是吗？”安妮轻声问道。

“是的。她狠狠地批评了我一顿，说我是一个粗野、没有教养的孩子，还吵吵嚷嚷地说要马上回家去。”

“唉，这件事全都怪我。你为什么不告诉她，是我出的主意呢？”

“我怎么会做出这种事？安妮，我可不是一个爱告密的人，我们要有难同当。”

“我要去向约瑟芬祖母坦白。这是我的错，不能让你替我受罚。”

黛安娜把安妮带进家里，安妮走到起居室前，敲了敲门。

“进来！”一个可怕的声音说。

安妮走进去，看见一个神情严肃的老太太正坐在壁炉前

织毛衣，眼睛里闪烁着愤怒的光芒。

“你是谁？”

“我是住在绿山墙的安妮。我是来向您坦白的。”

“坦白？”

“对。昨天晚上，我和黛安娜跳上床，吓到了您。这是我出的主意。黛安娜是个很有礼貌的女孩子，她根本不会想到这种事情的。请您不要责备她了。”

“就算是你出的主意，但黛安娜也跟着跳上来了。”

“我们只是在闹着玩儿。请您原谅黛安娜，让她去上音乐课吧，她非常渴望学习音乐。如果您还要发火的话，就请冲着我发吧。”

老巴里小姐眼里的怒火渐渐消失了，她盯着安妮说：“你们这样闹着玩，可不是什么好事情。我本来正好好地睡着，在睡梦中突然被你们吓了一跳，你想那会是什么心情？”

“我能理解您的心情。可是，也请您想想我们的心情吧。我们没想到客房里有人睡觉，您的尖叫声，也吓坏了我们。我这个可怜的孤儿，本来有机会在客房里睡觉，但最后却没有睡成。我的心情又是怎样的呢？”

听安妮这么一说，老巴里小姐忍不住笑了起来。“看来我们都希望得到对方的同情。来，跟我说说你的故事吧。”

“对不起，老奶奶，看起来我们俩能说到一起，但是现在不行，我得赶紧回到绿山墙去了。卡斯伯特小姐收养了我，为了养育我，她付出了很多。在我离开之前，我想知道您会不会原谅黛安娜？”

“如果你能经常来找我聊天，我愿意留在这里。”老巴里小姐说。

当天晚上，老巴里小姐送给黛安娜一个银手镯，还对巴里夫妇说："我想多住几天，因为我很想和安妮聊聊天。那个孩子很有意思，我很少遇到这样有趣的人了。"

在随后的日子里，安妮和老巴里小姐经常在一起聊天，成了一对好朋友。当老巴里小姐离开的时候，告诉安妮："以后你来我家做客时，我都会让你睡在客房里。"

十、爱惹祸的孩子

阿丰利村又新来了一对牧师夫妇，是两个新婚的年轻人，他们很快就受到了村民们的喜爱。特别是安妮，她非常喜欢那位漂亮的牧师夫人——阿兰太太。

玛瑞拉想请牧师夫妇星期三来家里喝茶，安妮自告奋勇地帮助玛瑞拉烤了许多蛋糕。星期二的傍晚，安妮和黛安娜在“德鲁亚德泉”边玩耍。安妮兴奋地告诉黛安娜：“为了请牧师夫妇喝茶，我和玛瑞拉这几天准备了布丁拼盘、冻牛舌、奶油冰淇淋、柠檬馅饼、樱桃馅饼和小甜饼，还有水果蛋糕和黄杏子果酱。我明天早上还要做夹心蛋糕。唉，我有点儿担心，要是蛋糕做失败了怎么办呢？”

“没事，你一定会成功的。”黛安娜鼓励安妮说。

“唉，每次我要好好做蛋糕，就会失败。这一次，我可千万不能忘了放小麦粉。”安妮念叨着说。

第二天一大早，安妮就爬起来做蛋糕。她忙碌了很久，直到把蛋糕放进烤箱才松了一口气。“玛瑞拉，要是蛋糕失败了怎么办？”安妮紧张地问道。

“我们还有很多吃的东西。”玛瑞拉冷静地说。

没想到，这次的蛋糕竟然做得很成功，又松又软。安妮激动地采来许多野蔷薇和羊齿草，把餐桌装饰得格外漂亮。

过了一会儿，牧师夫妇来做客了。他们一坐下，就称赞

餐桌布置得很好看，安妮听了得意极了。

玛瑞拉盛情招待客人，端出了各式各样的美食，客人们吃得非常满意。最后，安妮做的蛋糕被端了上来。“这是安妮特意为阿兰太太做的，请尝尝吧。”玛瑞拉笑着说。

“啊，那我可要多吃点儿。”阿兰太太笑嘻嘻地切了一大块蛋糕，咬了一口。她的脸上瞬间出现了一种古怪的表情。玛瑞拉觉得不对劲儿，也吃了一口蛋糕。

“安妮！你在蛋糕里放了什么东西？”玛瑞拉惊叫起来，“阿兰太太，你别吃了，太难吃了！”

“我放的香草精啊。”安妮说。她也尝了一口蛋糕，小脸顿时变得通红。

“你快把香草精瓶子拿给我看看。”玛瑞拉说。

安妮飞快地拿来瓶子，递给玛瑞拉，那瓶子上写着“高级香草精”。玛瑞拉取出瓶塞，闻了闻，生气地说：“安妮，这里面装的是止痛药水。上星期，我不小心把止痛药的瓶子弄破了，就把药水倒进了这个空瓶子里。这件事忘了告诉你，是我不对。可是，你做蛋糕的时候，怎么不闻一闻它的味道呢？”

“我今天感冒了，鼻子闻不到气味。”安妮难过地跑进房间，趴在床上大哭起来。

很快，安妮听见一阵脚步声，有人来到了她的床前。安妮以为是玛瑞拉来安慰她了，难过地说：“啊，玛瑞拉，这下可怎么办呢？阿兰太太或许会以为我是故意那么做的，是想要给她下毒。我怎么向阿兰太太解释呢？”

“那你快来解释给我听吧。”

安妮扭头一看，原来是阿兰太太。阿兰太太笑嘻嘻地望着安妮，说："好了，安妮，没事的，这只是一个有趣的错误。别哭了，以后，我们再也不提这件事了。"

这个小插曲就这样过去了。送走客人以后，安妮对玛瑞拉说："不知道明天我还会犯什么错误，我真是有些担心呢。不过，玛瑞拉，您放心，我从来都不会犯同样的错误。"

"是的，你总是一次次地犯新的错误。像你这样爱惹祸的孩子还真是少见呢。"

十一、一场精彩的演出

秋天开学以后，学校里新来了一位史黛西老师。她性格开朗，通情达理，没多久就受到了同学们的喜爱。史黛西老师想要在圣诞节举行一场音乐会，安妮和黛安娜都被选中了。黛安娜要参加独唱和领唱两个节目；安妮要参加短剧演出，还要朗诵两首诗。

为了准备演出，安妮和班上的女孩子们常常在安妮家的起居室里排练。有一次，马修凑巧遇到了这群女孩子，他无意中发现，安妮似乎和其他的女孩子有些不一样。其他的女孩子都穿着红色、粉色、蓝色和白色的裙子，还有着宽宽的大袖子。而安妮的衣服袖子窄窄的，颜色暗暗的，看起来有点儿古怪。

马修觉得安妮也应该有一条漂亮的裙子，就像黛安娜平时穿的那种。马修决定给安妮做一条新裙子，作为送给安妮的圣诞礼物。

第二天，马修去找林德太太帮忙。林德太太爽快地答应了："没问题，我帮你进城给安妮挑选一种衣料。就按照我侄女的身材来给安妮做裙子吧，她们俩的体形几乎是一模一样呢。"

"真是太谢谢你了。还有，我觉得，现在的裙子袖子好像也不一样了。能不能……按照现在流行的样子给安妮做一件？"

“就是那种宽松的袖子嘛。放心吧，马修，我会做最流行的款式的。”

圣诞节前夜，林德太太来到绿山墙，把新裙子交给了玛瑞拉。

林德太太离开以后，安妮从楼上下来：“圣诞快乐，玛瑞拉！圣诞快乐，马修！啊，那是给我的礼物吗？”

马修小心翼翼地把裙子递给安妮，安妮抖开裙子一看，真是一件非常漂亮的裙子啊！它是用闪光的紫色绸缎做的，领口装饰着美丽的花边，腰部还有一圈精致的皱褶；宽松的袖口高高地蓬起来，一直延伸到胳膊肘上，上面用丝带分成了两段。

“安妮，你喜欢吗？”马修问道。

“啊，马修，我太喜欢了！简直就像是做梦一样。”安妮激动地说，眼中都是泪花。

这时，黛安娜来找安妮。她递给安妮一个盒子，笑着说：“看，安妮，这是约瑟芬祖母送来的，是给你的。”

安妮打开盒子，里面有一张圣诞贺卡，上面写着：“给亲爱的安妮，圣诞快乐！”贺卡下面放着一双小山羊皮鞋，鞋尖装饰着珠子，还带有绸缎做成的丝带扣。

“天哪，黛安娜，太美了！我怎么能有这么美好的东西呢？难道是老天在帮助我吗？”安妮惊呼道。

圣诞节晚上，安妮穿着新裙子和新皮鞋参加了音乐会的演出。演出非常成功，安妮的表演更是赢得了人们的阵阵掌声。玛瑞拉和马修也去看演出了，他们目不转睛地盯着安妮，为安妮感到自豪。

安妮入睡以后，马修和玛瑞拉激动得睡不着。“没想到安妮表演得那么精彩，一点儿都不比别人差。”马修得意地说。

“是的。安妮又聪明又漂亮，真是太让人骄傲了。”

“玛瑞拉，安妮光在村子里的学校学习，恐怕还不行。过段时间，我们送她去奎因学院读书吧。”

“我也考虑过这件事。安妮学习那么好，送她出去深造，也会学得很好的。一想到她，真是让人感到高兴啊。”

十二、考入奎因学院

第二年，安妮又长大了一岁。史黛西老师来找玛瑞拉，说她准备组织一个特别的补习班，让那些想要参加奎因学院考试的高年级学生每天放学后补习一个小时。玛瑞拉问安妮："你愿意加入这个补习班吗？你想考入奎因学院，长大以后做一个老师吗？"

"啊，玛瑞拉，那是我的梦想啊！"安妮说，"如果我也能做一个老师，那真是太好了。可是，上这个学院要花很多钱吗？"

"这个你不用担心，我和马修都说好了，要让你接受良好的教育。安妮，如果你愿意的话，就准备参加奎因学院的考试吧。"

"玛瑞拉，太谢谢您和马修了，我要让你们为我感到自豪。"安妮坚定地说，"我现在有了人生目标，会更加专心致志地学习。我想成为一个像史黛西老师那样的人。"

很快，补习班建立起来了。除了安妮以外，还有基尔伯特、乔治、珍妮等六个同学。黛安娜没有参加，因为她父母不打算让她报考奎因学院。每天放学以后，安妮就留在学校学习。她和基尔伯特依然是学习上的竞争对手。

马修的心脏病又发作了，幸好没有出什么大事，但是医生说他现在不能干重活了。这件事让玛瑞拉非常担心。

史黛西老师对补习班的同学进行了大量的训练，用安妮的话说，他们是在拼了命地学习。很快，考试的时间到了。史黛西老师把安妮他们送到奎因学院，里面聚满了来自各地的学生。安妮紧张得心怦怦直跳。她努力控制住自己的情绪，全神贯注地投入到考试中去。

大约三个星期以后，考试结果出来了。黛安娜拿着报纸，一路小跑到安妮家里。“安妮，你考上了，是第一名！”黛安娜激动地喊道，“基尔伯特也是第一名。不过，你的名字排在前面。你们七个人，都考上了！史黛西老师一定会很高兴的。”

“啊，黛安娜，我要马上把这个好消息告诉马修，再告诉所有人。”

安妮和黛安娜急忙跑到田地里去找马修，玛瑞拉和林德太太正好也在那里。“马修，我考上了。是第一名，并列第一名！”

马修拿过报纸，笑呵呵地看着上面的录取名单，说：“安妮，我早就说过了，这对你来说简直太简单了。”

“考得不错，安妮。”玛瑞拉非常满意。

林德太太也为安妮感到高兴：“安妮，你考得太好了，你真是我们的骄傲，大家都为你感到自豪。”

晚上睡觉前，安妮悄悄地跪在窗前，在月光下做起了祈祷。她祈祷自己未来的梦想都能够一一成为现实。然后，安妮倒在床上睡着了，进入了舒适的梦乡。

十三、学院的新生活

一天晚上，玛瑞拉托人给安妮做的晚礼服送来了。这是一件绿色的晚礼服，做成了最流行的百褶裙款式。

这几个星期，玛瑞拉和马修一直在为安妮去奎因学院上学的事情忙碌着。玛瑞拉为安妮做了好几件漂亮的新衣服。

看着眼前高挑美丽的安妮，玛瑞拉忍不住回忆起了安妮刚刚来到绿山墙时的情景。那时候的安妮，还是一个瘦小、古怪的小孩子，一对亮晶晶的大眼睛里，充满了悲伤。一想起那时的小安妮，玛瑞拉就忍不住流下了眼泪。

“安妮，你现在长得这么大了，跟小时候完全不一样。一想到你就要离开绿山墙，我就觉得心里面空荡荡的，难受极了。”

“玛瑞拉！”安妮扑到玛瑞拉的怀里，抚摩着那张满是皱纹的脸说，“我还是我啊，那个可爱的小安妮。无论我以后走到哪里，我都会让您和马修在绿山墙幸福地生活下去。”

马修见到这一幕，慢慢走出家门，心想：我这么宠爱安妮，她依然是个心地善良的孩子，这真是老天对我们的恩赐啊。

一转眼就到了九月，马修把安妮和同学们送到了奎因学院。玛瑞拉望着空荡荡的房间，想起可爱的安妮，难过地掉下了眼泪。

安妮来到学院，和基尔伯特都选择了两年制的课程。安妮的班级里，除了基尔伯特，都是陌生的面孔。安妮不由得心情低落起来。老巴里小姐叫安妮住到她家里去，可是，她家离学院太远了，很不方便。于是，老巴里小姐又帮安妮租了一个小公寓。

这是一个很小的房间，除了一张小床和一个空书箱以外，什么都没有。不过，倒是个适合学习的好地方。安妮站在窗口向外望去，外面是冷冰冰的道路和密密麻麻的电话线；路上的人群络绎不绝，却看不到一张熟悉的脸。安妮想起绿山墙的小屋，那里的小河在月光下缓缓流淌，树叶在夜风中翩翩起舞。那些家乡的美景，在这里一点儿都看不到。想着想着，她忍不住哭了。

乔治、珍妮和鲁比一起来看望安妮。乔治告诉安妮，学院明天要颁发埃布里奖学金了。这是一项专门为那些攻读英国文学的学生设立的奖学金，它的获得者可以升入雷德蒙德大学文学系，并且每年还能拿到一大笔生活费。不过，只有英语和英国文学获得第一名的毕业生，才有资格获得这项奖学金。

"埃布里奖学金！"安妮心中的热情一下子被点燃了。她本来只是想通过一学年的学习，获得一级教师的资格证书。可是乔治的话，无意中为她指引了新的奋斗目标。英国文学本来就是安妮擅长的学科，既然如此，她为何不去努力争取获得埃布里奖学金呢？

那天晚上，安妮兴奋得睡不着："我要是能进入雷德蒙德大学，马修该有多高兴啊。我现在又有了新的目标，我要不断地前进，实现更高的目标。我想，这就是人生的意义吧。"

十四、获得奖学金

时间流逝得很快，一学年转眼就要结束了。下个星期，学院将进行毕业考试。乔治和鲁比他们为此忧心忡忡。安妮虽然不害怕考试，但依然冷静地做好了各种思想准备。

乔治告诉安妮："我听说这次的金奖已经确定了，要分给基尔伯特；而埃布里奖学金，是属于埃米里的。"安妮听了微微一笑，说："乔治，没关系，我现在一点儿也不在意这些。因为我就要回到绿山墙了，一想起那片山谷里的紫罗兰，我就觉得能不能获得金奖或埃布里奖学金，并不是那么重要了。我已经尽了最大的努力，即使失败了也不是什么坏事。失败之后重新振作起来，继续努力才是最快乐的事。"

公布考试结果的日子终于来到了，安妮和珍妮一起去学院看榜。珍妮笑嘻嘻的，她对自己考试及格是很有把握的，只要及格就够了。安妮却一路上沉默不语。

"别想了，安妮。谁得奖早就确定了。"珍妮对安妮说。

"我知道，听说埃米里已经拿到埃布里奖学金了。珍妮，我没有勇气去看榜。你替我去看看，然后告诉我结果好不好？如果我没有考好，你直接说'糟透了'就行了。如果，还发生了什么意外的事情，也要如实告诉我，好吗？"

珍妮答应了。她们俩刚一走进大厅，就看见一群男生把基尔伯特抬了起来，高声喊道："基尔伯特万岁！""为基尔伯特欢呼！为金奖获得者欢呼！”安妮听见了，觉得很难过。唉，要是马修知道了，该会有多失望啊。

忽然，不知道谁喊了一声：“为埃布里奖学金得主安妮小姐，三呼万岁！”人群中顿时响起了“安妮万岁！”的欢呼声。安妮脸红了，急忙拉着珍妮跑进了休息室。女生们拥过来围住了安妮，纷纷向她表示祝贺。“安妮，你太棒了，我真为你感到骄傲！”珍妮对安妮说，“快给家里写信，告诉马修和玛瑞拉这个好消息，他们不知道会有多高兴呢。”

过了几天，学院的礼堂里举行了毕业典礼，马修、玛瑞拉和老巴里小姐都来参加了。安妮身穿那件绿色的晚礼服，在台上读了一篇精彩的论文。台下的人们都望着她，议论说，她就是今年的埃布里奖学金获得者。

马修自豪地低声对玛瑞拉说：“玛瑞拉，咱们收养这个孩子，可真是做对了。”

“我早就这么想了。马修，你真唠叨。”玛瑞拉说。

老巴里小姐也轻轻地对玛瑞拉说：“你为安妮感到骄傲吗？我可太为她骄傲了！”

毕业典礼结束后，安妮和马修、玛瑞拉一起回到了绿山墙。苹果花已经开了，黛安娜特意在绿山墙等候安妮回来。“你考得太好了，安妮。你拿到了埃布里奖学金，就不用去做老师了吧？”

“是的，九月我要去雷德蒙德大学读书了。珍妮和鲁比都通过了毕业考试，她们可以回来教书。”

“听说基尔伯特也接到回来教书的通知了。他的父母供不起他上大学了，他只能自己教书赚钱。”黛安娜告诉安妮。安妮吃了一惊，她本来以为基尔伯特和自己一样，也要去雷德蒙德上学。如果失去了基尔伯特这个竞争对手，安妮似乎觉得缺少了一点儿什么。

第二天，安妮发现马修的脸色很难看，悄悄问玛瑞拉："马修的身体怎么样？""不怎么好。"玛瑞拉说，"从春天开始，他的心脏就不好。不过你一回来，看见你，马修的精神就好了许多。"

安妮捧住玛瑞拉的脸，说："玛瑞拉，您看起来也没有以前那么精神了。是不是太累了？我回来了，您好好休息一阵子吧。"

玛瑞拉摇摇头说："不是太累，是眼睛疼。听说有位眼科医生过几天要到城里来，我要去找他看看。咦，安妮，你听说亚比银行的事情了吗？"

"听说很不好，是不是？"

"雷切尔上周来家里的时候，说起这件事。我们家的钱全都存在那家银行里。我本来想把钱存在储蓄银行的，可是亚比

先生是爸爸的老朋友……”

“现在是亚比先生的侄子在管理银行。”

“是的。所以我告诉马修，还是尽快把钱都取出来吧。”

傍晚，安妮搀扶着马修从牧场回到家里。“马修，您要少干些活儿了，让自己轻松一点儿。”安妮抱怨说。“可是我做不到啊。”马修说，“我知道自己年纪大了，但我干了一辈子的活儿，希望去世的时候，也是在劳动中闭上眼睛的。”

“我要是一个男孩子就好了。”安妮说，“那样我就能帮您干很多活儿了。”“不，你比许多男孩子都强。”马修抚摩着安妮的手说，“获得埃布里奖学金的是女孩子，是我们家的安妮，我真为你感到骄傲啊！”

这天夜里，安妮独自坐在床前，凝视着窗外的月光。这是一个美丽、清凉的夜晚，空气中弥漫着花朵的香气。安妮永远也不会忘记这个晚上，因为，这是悲伤降临前的最后一夜。

十五、失去马修

安妮捧着一束水仙花从外面走进来，刚进屋就听见玛瑞拉惊慌失措地喊着："马修，马修，你怎么了？"

马修手里拿着报纸，靠在阳台门口，脸上灰扑扑的，好像很不对劲儿。安妮一慌，急忙扔掉花束，和玛瑞拉一起向马修跑去。可是，她们晚了一步，马修的身体瘫软下来，倒在了地上。

"马修昏过去了！"玛瑞拉喘着粗气说，"安妮，快去叫马丁，快！"雇工马丁急忙驾着马车去请医生。他路过果园坡的时候，还通知了巴里太太。林德太太刚好也在巴里家里，于是一起赶到了绿山墙。

林德太太摸了摸马修的脉搏，又听了听马修的心跳声，悲伤地摇摇头："玛瑞拉，来不及了。"

"不，这怎么可能！马修他……"安妮脸色苍白，颤抖着说。

"安妮，接受现实吧。你看看马修的脸色……"

安妮望着马修的脸，看到了死亡的影子。

医生来了之后，给马修做了检查。他告诉玛瑞拉，马修应该是受到了什么强烈的刺激，才突然去世的。原来，马修手里的那张报纸上登了一则新闻，上面说亚比银行破产了。

听到马修去世的消息，村里的人都赶来帮忙。玛瑞拉崩溃了，她的眼泪差不多流干了。安妮坚强地陪伴着玛瑞拉，将所有的悲伤和痛苦都藏在心里，一滴眼泪也没有流。

那天晚上，巴里夫妇和林德太太都留在绿山墙陪伴玛瑞拉和安妮。黛安娜也赶来了。“安妮，今天晚上我来陪你好吗？”“谢谢你，黛安娜。不过，我想一个人静静地待在这里。”安妮摇了摇头说。

黛安娜很不放心安妮，但她能够理解安妮的心情。到了半夜，安妮突然从梦中醒来，她想起马修去世前的那个夜晚，他是那样自豪地说：“是我们家的安妮，我真为你感到骄傲啊！”可是现在，她再也听不到那句话了。悲伤如同浪潮一样，向安妮扑来。安妮终于撑不住了，扑在枕头上放声痛哭。

安葬了马修后，绿山墙又恢复了往日的平静。但是安妮

看到身边的一切，都会想起马修，然后一个人悄悄地掉眼泪。

一天傍晚，安妮来到牧师家里，和阿兰太太聊天。“今天，我在马修的墓前种上了一株白蔷薇，马修最喜欢这种花了。现在我该回家了。玛瑞拉一个人留在家里，该有多么孤单啊。”

“等你上大学以后，她会感到更加孤独的。”阿兰太太说。安妮向阿兰太太说了声再见，心事重重地回到了绿山墙。

十六、陪伴玛瑞拉

玛瑞拉进城去看眼科医生了，直到傍晚才回来。安妮从外面回来，看见玛瑞拉无精打采地坐在桌子旁边。“玛瑞拉，您怎么了？眼科专家怎么说的？”安妮紧张地问道。

“啊，我只是有些累了。”玛瑞拉说，“专家检查了我的眼睛，说我现在不能看书、做针线活儿了，也不能哭了。如果我不听他的话，六个月以后，我的眼睛可能就什么都看不见了。”

安妮吓坏了。过了一会儿，她对玛瑞拉说：“玛瑞拉，您别担心，只要您认真听专家的话，就不会失明的。”“我不觉得能有多大的帮助。”玛瑞拉痛苦地说，“如果我什么事都干不了，连哭都不行的话，还不如死了好呢。安妮，我眼睛的事情，你先别告诉大家，我不愿意被人问长问短的。”

吃完晚饭，玛瑞拉去休息了。安妮回到房间，默默地掉眼泪。在这短短的时间里，竟然发生了这么多令人悲伤的事情。过了很久，安妮才平静下来。她下定决心，要勇敢地为绿山墙肩负起一些责任。

几天之后，一位陌生的客人来找玛瑞拉，安妮这才知道玛瑞拉要卖掉绿山墙。

“您为什么要这么做，玛瑞拉？”“安妮，难道还有其他办法吗？”玛瑞拉哭着说，“我们家里的钱全存在亚比银行，现在都没有了。我只能把绿山墙卖了，再另外找个地方住下来。

安妮，幸好你拿到了那笔奖学金，生活不会有问题。只是你放假回来就没有地方住了。安妮，你以后打算怎么办呢？”

“玛瑞拉，您不能卖掉绿山墙！”安妮坚决地说。

“我也不想卖掉它啊，安妮。可是现实就是这样的，我一个人没法住在这里了，我的眼睛要瞎了。”

“谁说您要一个人住在这里？玛瑞拉，我会留下来陪您的。我不去雷德蒙德上学了。”

“什么？安妮，你这是什么意思？”玛瑞拉惊讶地问道。

“玛瑞拉，我不要那份奖学金了。我已经做出决定了。您和马修抚养了我这么多年，现在你有了困难，我怎么能丢下您不管呢？玛瑞拉，巴里先生明年要租用咱们家的农场，所以您不用操心农场的事情了。另外，我还可以去做老师。我已经向学校提出了申请。我可以去城里教书。玛瑞拉，您放心，我会陪着您愉快地生活，不会让您感到孤独寂寞的。”

“安妮，你怎么能这么做？你为了我，付出的牺牲太大了。”玛瑞拉摇摇头说。

“玛瑞拉，这算不上什么牺牲。如果您卖掉了绿山墙，那才是最糟糕的事情。我从学院毕业的时候，仿佛前方有一条光明的大道。现在，我只不过是遇到了一个弯道。我相信，走过这个弯道以后，一定还有好事情在等着我们呢！玛瑞拉，绿山墙对我们来说是最重要的东西，绝对不能卖掉它。”

安妮放弃上学，准备留在家乡教书的事情，很快就传开了。许多人都觉得安妮做了一件傻事，只有阿兰太太能理解安妮的选择。一天晚上，林德太太来到绿山墙，对安妮说：“理事会批准了你的申请，你可以在村子里当老师了。”

“林德太太，理事会不是已经聘用了基尔伯特吗？”安妮惊讶地说。

“对，原来是选了基尔伯特。可是，听说你提出了教书的申请以后，基尔伯特就撤回了自己的申请，把机会让给了你。基尔伯特到白沙镇去教书了。唉，在那里他要多付出一笔食宿费，真是个善良的孩子。”

“我怎么能让基尔伯特为我做出那么大的牺牲呢？我不能接受他的好意。”安妮说。“现在不能改变了，基尔伯特已经签好了合同。安妮，你就留下来吧。”林德太太劝说道。

第二天，安妮来到马修的墓前，献上了一束鲜花。回家的时候，她在半山腰遇见了基尔伯特。“基尔伯特，谢谢你为我做出的牺牲。我真不知道该说些什么好。”安妮红着脸说。

基尔伯特握住安妮的手，高兴地说：“安妮，这不是什么牺牲。我们以后能成为好朋友吗？”

“当然。我为我一直以来对你的冷漠，感到抱歉。”安妮不好意思地说。

“那以后，我们就好好相处吧。安妮，我们注定要成为好朋友的。现在，让我们一起加油，为以后继续深造，努力奋斗

吧。来，我送你回家。”基尔伯特说完，陪着安妮向山下走去。

这天晚上，安妮的心情特别激动。她知道，虽然她的人生之路出现了一些波折，但依然是鲜花盛开的。最重要的是，她现在找到了一个志同道合的伙伴，这是多么让人喜悦啊。

“这个世界的一切，都是这么美好！”

安妮低声说。

OLIVER TWIST

查尔斯·狄更斯

英国著名小说家。他擅长刻画社会中的小人物，还将自己的美好愿望寄托在创作之中。所以小说结尾大多善有善报，恶有恶报。

雾都孤儿

这是光明的诞生，也是黑暗的消亡

一、救济院中的新生命

在一个小镇上的救济院里，我们的主人公小奥利弗来到了这个世界。

小奥利弗刚生下来的时候不能呼吸，医生花了很大的力气才让他开始喘气。在这段时间里，除了一个护士老奶奶和一名孤儿院的医生，再没有其他人可以帮他。

奥利弗经过一番努力才缓过气来，打了个喷嚏，开始哇哇大哭。

这时，躺在床上的一个脸色苍白的女子，她用尽力气抬起头，用很轻的声音说道："让我看看孩子……再死。"

医生把小宝宝放到她怀里，她亲了亲小宝宝的额头。没过一会儿，她就死了。

可怜的小奥利弗刚出生就失去了妈妈，成了一个孤儿。

奥利弗的悲惨命运这才刚刚开始。

救济院根本就不想收养这个小孩，决定将他送到分院去。那里还有二三十个跟奥利弗一样命运悲惨的小孩子，他们都由一位上了年纪的老奶奶曼太太照顾。

曼太太十分小气，对小孩子一点都不关心。在这位曼太太的"照顾"下，奥利弗成了一个瘦弱、矮小的孩子。即使是这样，也没有改变奥利弗善良、坚强的性格。

奥利弗九岁生日的这天，教区助理邦布尔先生突然出现，他使劲推着菜园的小门，把曼太太吓了一跳。

“呀！是您啊，邦布尔先生。”曼太太从窗子探出头，装出一副很高兴的样子说道。

邦布尔先生是个胖子，脾气十分暴躁。对于曼太太如此热情的问候，他一点都不领情，反而使劲摇着那扇小门，然后又猛踢一脚。

“天啊，实在对不起，”曼太太说着便跑了出去，“我竟然忘了大门从里面锁着呢，都是为了那些可爱的孩子！请进，先生，请进来呀。”

曼太太把教区助理引入一间小客厅，给他摆好座位，让他坐下来。

曼太太用甜得醉人的声音说：“您看，您走了好长一段路。怎么样，要不要喝点什么，邦布尔先生？”

“不要，一口也不喝。”邦布尔先生说。

“怎么样，只喝一点？”曼太太试探性地再问了一遍。

“好，那就喝一点。”

半杯酒下肚以后，教区助理说：“该谈正事啦。那个被送来的小孩子，今天九岁了，我们还是没有查出他的父亲是谁，也没查出他母亲的身份。”

曼太太惊讶地瞪大眼。

教区助理喝完手上的酒，接着说：“奥利弗现在太大了，再留在这儿已经不合适，我们决定让他重回救济院。”

“我这就带他过来。”曼太太说着就离开了房间。

“给这位先生鞠躬，奥利弗。”曼太太把瘦小的奥利弗领到邦尔布先生面前。

奥利弗鞠了一躬。

“你愿意跟我走吗，奥利弗？”邦布尔先生用严肃的声音问。

奥利弗正想说他十分愿意跟任何人走，可抬头看见曼太太站在教区助理的椅子背后，他感到害怕。

“她会跟我一起走吗？”可怜的奥利弗问。

“不，她走不了，”邦布尔先生答道，“但她有时会去看你。”

听到这里，奥利弗假装伤心地哭起来。曼太太将他抱进怀里，给了他一块面包。

二、被救济院驱逐

奥利弗手里拿着面包，头上戴着一顶褐色的小布帽，跟着邦布尔先生离开了那个可怕的地方。他在那里度过了一个黑暗的童年，从来没有听过一句亲切的话。但他毕竟还是孩子，当那座房子的大门关上时，他还是忍不住伤心起来。离开那些天天在一起玩耍的小伙伴，奥利弗感到非常孤独。

邦布尔先生快速地走着，小奥利弗紧紧地跟着他。

他们刚进入救济院，奥利弗就被救济院的理事叫到了一个房间里。

屋里有八到十位胖嘟嘟的绅士，坐在一张桌子旁边。

“向理事们鞠躬。”邦布尔说。

奥利弗向他们鞠了一躬。

“你叫什么名字，孩子？”其中一位理事问。

看到这么多理事坐在这里，奥利弗吓得双腿颤抖。

“孩子，”刚才那个理事继续说道，“你知道自己是个孤儿吧？”

“孤儿是什么意思，先生？”可怜的奥利弗问道。

“你没有父母，是教区把你养大的，你知不知道？”

“知道，先生。”奥利弗伤心地哭起来。

“你到这里来，就要接受教育，学一门有用的手艺。你明天早晨六点开始扯麻絮。”

在邦布尔先生的指导下，奥利弗深深地鞠了一躬，感谢他们让他做这项简单的工作。

奥利弗被领回救济院的半年时间里，生活过得十分艰苦。救济院为了减轻负担，每天让孩子们喝粥，孩子们都瘦得只剩下皮包骨头。

孩子们吃饭的地方在一座大厅里，墙角放着一口铜锅。

开饭时，每个男孩可分得一小碗粥，再没有更多。粥分了下去，一下子就全被吃完了。他们都饿坏了，这点粥根本吃不饱。

奥利弗从饭桌旁站起来，拿着碗勺走到大师傅跟前，说："先生，我还要。"

大师傅是个健壮的大胖子，听奥利弗说完，他的脸都白了。两个助手也惊呆了，孩子们全都一动不动。

"什么！"大师傅问道。

"先生，"奥利弗答道，"我还要。"

大师傅拿起长柄勺，朝奥利弗的脑袋狠狠敲了一下，然后尖声把邦布尔先生喊了过来。

理事们正在举行秘密会议，邦布尔先生突然闯进来，向理事们汇报："请原谅，先生们！奥利弗要求再给一点粥！"

所有人听完都惊讶极了。

大家进行了热烈的讨论，决定将奥利弗关禁闭。

第二天早上，大门外贴了一张告示：任何愿意把奥利弗从救济院领走的人，都可以得到五英镑的奖金。

自从犯下"要求添粥"这样恶劣的罪行后，奥利弗被救济院的理事们严密地监禁了一个礼拜。

一天早上，甘菲尔德先生——一位烟囱清扫工——碰巧沿着大街走来，边走边想该怎么支付房租。就在这时，他经过救济院，瞥见了贴在大门上的告示。

“噢——哦！”甘菲尔德先生兴奋地叫道。

因为他不多不少刚好想要五英镑。于是他走进救济院去见救济院的理事们。

“这上面提到的孩子，先生，你们是不是想送去当学徒？”甘菲尔德先生问。

“没错，朋友，”一个理事笑着说，“你觉得他怎么样？”

“要是你们愿意让他轻松愉快地学一门手艺，扫烟囱倒是受人尊敬的好工作，”甘菲尔德先生说，“我刚好需要一名学徒，愿意收下他。”

“这活儿够脏的呀。”那位理事说。

“以前发生过许多起孩子闷死在烟囱里的事。”另一位理事说。

“那都是意外，只要小心点，是不可能发生那样的事情的。”甘菲尔德说。

理事们仔细地讨论了一番，说道：“我们仔细研究了一下，不同意你的申请。”

“这么说，你们不愿把他交给我喽，先生们？”甘菲尔德先生退到门口，又停了下来。

“没错。”一位理事答道，“扫烟囱是一种很脏的活儿，我们认为，你至少应该少拿点奖金。”

甘菲尔德先生脸色一亮，快步返回桌前，问道：“你们愿意给多少，先生们？别难为我这个穷鬼就是了。你们愿意出多少？”

“我想，三英镑就足够了。”那位理事说。

“你们对我太抠门了，先生们。”甘菲尔德说，看上去有些犹豫。

“呸！就算没有任何奖金，谁要了他，也算是捡了便宜啦。带他走吧，你这傻瓜！”

交易就此达成。

邦布尔先生立刻接到指示，当天下午就带奥利弗去法官那里办理签字批准手续。

他们来到一个很大的房间。一张办公桌后坐着两位戴着假发的老人。一位正在看报，另一位正在阅读一张羊皮纸。

办公桌前，邦布尔先生站在一侧，甘菲尔德先生站在另一侧。

“就是这个孩子，法官先生。”邦布尔说：“向长官鞠躬，亲爱的。”

奥利弗深深地鞠了一躬。

“噢，”法官说，“我想他喜欢扫烟囱吧？”

“他喜欢得不得了，法官先生。”邦布尔答道。

“这位将来要成为他主人的先生，你会好好待他，给他饭吃，对吗？”法官问。

“我说我能做到，就一定能做到。”甘菲尔德先生大声地答道。

奥利弗被吓了一跳，大声哭了起来。

法官先生看见孩子哭得这么大声，猜到孩子一定是被强迫来这里，说道：“我们拒绝批准这份学徒契约。”

邦布尔先生原本打算辩解一下，但被法官先生给挡住了：“把这孩子带回救济院去，好好待他。他看上去就像从来没有被人关心过。”

三、备受欺凌的学徒生涯

第二天早上，同样一份告示又出现了：谁愿意领走奥利弗，就可以得到五英镑。

邦布尔先生正准备寻找一个能领走奥利弗的人，一出门就碰到了索尔伯里先生。这是一位经营棺材生意的人。

邦布尔先生说："你知道谁想要一个学徒吗？救济院有个孩子，我们希望有人能领走他。"

"天啊！"索尔伯里先生说，"这正是我要跟你谈的事情。"

邦布尔先生一把抓住他的胳膊，将他带进了屋。

索尔伯里先生跟救济院的理事们商量了五分钟，最后决定，奥利弗今天晚上就去他那儿"实习"。

小奥利弗被带到这些理事面前。他们告诉他，他今晚要去一家棺材店当学徒，如果敢逃跑，就将他的脑袋敲破。

当天晚上，邦布尔将奥利弗带到了索尔伯里先生家里。

邦布尔走进来的时候，棺材店老板正在记账。

"索尔伯里先生，"邦布尔说道，"瞧！我把那孩子带来了。"奥利弗鞠了一躬。

"好的。"索尔伯里先生说："索尔伯里太太，你到这里来一下可以吗，亲爱的？"

索尔伯里太太从店铺后面的一间小屋里走出来。她又矮又瘦，看面相就是个泼妇。

“亲爱的，”索尔伯里先生轻轻地说，“这就是我跟你说过的那个孩子。”

奥利弗又鞠了一躬。

索尔伯里太太打开一扇侧门，把奥利弗从很陡的楼梯推到潮湿阴暗的石室里。那里坐着一个邋里邋遢的姑娘，脚上的鞋子磨平了后跟，蓝色毛纱长袜也是千疮百孔。

“喂，夏洛特，”跟着奥利弗下来的索尔伯里太太说，“把给特里普留的冷饭给这孩子拿些来。”

奥利弗一听有饭吃，立刻双眼冒光。

吃完晚饭，索尔伯里太太拿起一盏油灯，领着奥利弗上

了楼梯。“你的床铺在柜台底下。我想，你不介意睡在棺材堆里吧？反正也没有别的地儿给你睡。”

第二天早上，奥利弗被门外响亮的踢门声惊醒。

“开门，听见没有？”那个声音高喊道。

“这就来，先生。”奥利弗应道，一边解开门链，转动钥匙。

“我猜你就是新来的学徒吧？”那声音从钥匙孔里传进来。

“是的，先生。”奥利弗答道。

“你多大了？”那声音问。

“十岁，先生。”奥利弗答道。

奥利弗打开门，只见一个穿着慈善学校校服的大个子男孩，正坐在屋前的木桩上吃黄油面包。

“你或许不知道我是谁吧，救济院来的？”那男孩从木桩上跳下来。

“不知道你是谁，先生。”奥利弗答道。

“我是诺厄先生，”那男孩说，“你是我的手下。把窗板卸下来，你这个懒惰的小恶棍！”说完，诺厄先生踢了奥利弗一脚。

“到炉火前来，诺厄，”夏洛特说，“我从主人的早饭里留了一小块熏肉给你呢。奥利弗，把诺厄先生背后那扇门关好。这杯茶给你，端到那边的箱子上去喝。快点，他们还要你去照看店铺呢。”

“听见没，救济院来的？”诺厄说。他凶恶地看着奥利弗。奥利弗坐在角落的箱子上害怕得发抖。

不知不觉，奥利弗已经在索尔伯里先生家待了一个月。

他在这儿学到了很多东西，深受老板的喜欢，但也因为

这样受到了其他人的嫉妒。

诺厄一直在欺负奥利弗。因为诺厄的缘故，夏洛特也对奥利弗不好。索尔伯里太太更是不喜欢奥利弗，嫌他太瘦小，吃得又多。只有索尔伯里先生对奥利弗有一些同情。

奥利弗一边忍受这三个人的欺负，一边还要做好老板交代的各种事情。

一天，奥利弗和诺厄在午饭时间下楼，到厨房去吃一小块羊肉。诺厄觉得可以趁机捉弄小奥利弗，惹他发火。

诺厄把两脚往桌布上一放，一会儿扯扯奥利弗的头发，一会儿又拉拉他的耳朵。

“救济院来的，”诺厄说，“你妈呢？”

“她死了，”奥利弗答道，“不许你跟我提起她！”

奥利弗说话时脸憋得通红，呼吸也急促了。诺厄以为他马上要哭了，于是继续发动攻势。

“她是怎么死的，救济院来的？”诺厄问。

“我们那儿的一个老护士告诉我，她是心碎而死的。”奥利弗答道。

“我很难过。不过，你应该知道，救济院来的，你妈是个十足的贱货。”

奥利弗气得满脸血红，跳起来掀翻桌椅，掐住诺厄的脖子。接着，奥利弗用尽全身力气，重重一拳将诺厄打倒在地。

诺厄哭喊道：“夏洛特！太太！新来的学徒要打死我啦！救命啊！”

听到诺厄的呼救，夏洛特跑过来大声尖叫，索尔伯里太太叫得更响。

夏洛特抓起奥利弗，挥起拳头重重地打在他身上。索尔伯里太太冲进厨房，一手帮夏洛特按住奥利弗，一手在他脸上乱抓一气。在这种有利的形势下，诺厄从地上爬起来，从背后猛揍奥利弗。

等他们三人再也抓不动、打不动的时候，就把挣扎着的奥利弗拖进煤窖，锁在里面。

“可怜的小伙子！”索尔伯里太太说，十分担忧地看着诺厄。

突然，索尔伯里太太想起了奥利弗的老朋友，大声说道：“跑去见邦布尔先生，诺厄，叫他马上过来。”

诺厄二话不说，拔腿就跑出去了。

四、前往伦敦

诺厄以最快的速度在街上飞奔，一直跑到救济院的大门前。

他在那里休息了一会儿，抽抽搭搭地哭起来。

“噢，邦布尔先生！”诺厄说，“奥利弗他——”

“他怎么啦？”邦布尔先生插嘴道，闪闪发光的眼睛里有一丝喜悦。

“先生，”诺厄答道，“他要杀我，还要杀夏洛特，杀女主人。可怜可怜我吧，先生！”

邦布尔先生惊呆了。

“你说他还想杀死主人？”

“不！主人不在，否则奥利弗早就把他杀死了。”诺厄答道，“他说过要杀死主人的。”

“啊！奥利弗说要杀他，是吗，孩子？”

“是的，先生。”诺厄答道，“是这样，女主人让我来问问，邦布尔先生可不可以抽空马上去一趟，揍他一顿，因为主人不在家。”

“当然可以，孩子。不把那小子打得半死，他是不会老实的。”说完，邦布尔便和诺厄全速赶往棺材店。

索尔伯里还没回来，奥利弗仍在十分用力地踢煤窖门。邦布尔先生觉得，应该先谈判，再开门。

于是，作为开场白，他在门外踢了一脚，然后用威严的声音说道：“奥利弗！”

“开门，放我出去！”奥利弗在里面应道。

“你听得出这是谁的声音吗，奥利弗？”邦布尔先生问。

“听得出！”奥利弗答道。

“你难道不害怕我？”邦布尔先生问。

“不！”奥利弗勇敢地答道。

这一回答让邦布尔先生感到十分意外。三个旁观者也惊讶得说不出话来。

“噢，您知道，邦布尔先生，他一定是疯了。”索尔伯里太太说，“但凡有点理智的孩子，都不敢这样跟您说话。”

“这不是发疯，太太，”邦布尔先生想了一会儿说道，“这是肉在作怪。”

“什么？”索尔伯里太太叫了起来。

“肉，太太，是肉在作怪。”邦布尔用严肃的口气强调，“你们把他喂得太饱了。”

“天啊！”索尔伯里太太惊呼道，“这真是好心不得好报啊！”

就在邦布尔先生决定将奥利弗关在煤窖里饿几天的时候，索尔伯里先生回来了。

所有的人都十分夸张地控诉奥利弗，好让索尔伯里先生对奥利弗暴怒。

他们的目的达成了。索尔伯里先生听完，把奥利弗拖了出来。

“好啊，你小子长本事了，是吧？”索尔伯里说，摇了奥利弗一下，给了他一耳光。

“他骂我妈妈。”奥利弗回答。

“他骂了又怎样，你这个不知道感恩的小坏蛋。”索尔伯里太太说。

“她不该挨骂。”奥利弗说。

“她就该挨骂。”索尔伯里太太说。

“撒谎！”奥利弗说。

索尔伯里太太立刻伤心地哭了起来。看到太太哭泣，索尔伯里先生将奥利弗痛打了一顿，又把他关进了厨房。

奥利弗难过极了，他跪在地上，一动不动。

过了很长时间，他站起来向四周看着，然后轻轻地打开店门。

外面十分黑。

他轻轻地又关上店门，用手帕将仅有的几件衣服打包好，坐在长凳上等待天亮。

当外面有一丝光亮照进来时，奥利弗站了起来。犹豫了一会儿，他走了出去，然后关上了门。

他不知道要去哪里。走着走着来到了救济院分院。

大早上的，看不清楚里面有什么。奥利弗停下来，看见一个男孩正在给一小块菜地拔草。

奥利弗认出他是从前的一个小伙伴。有好多次，他们一起挨打，一起受饿，一起被关起来。

“嘘，迪克！”

那孩子跑到门旁，从栅栏里伸出一条细小的胳膊欢迎他。

奥利弗说：“有人起床了吗？”

“除了我没别人。”孩子答道。

“千万别说见过我啊，迪克。”奥利弗道，“我要逃走啦。他们打我，欺负我。我不知道该去哪儿。你的脸色也太苍白了！”

“我听见医生告诉他们我快死了。”那孩子答道，脸上浮现出一丝淡淡的微笑，“见到你我很开心，亲爱的奥利弗。快走吧！”

奥利弗答道：“我们会再见面的，迪克。你会好起来的！”

那孩子爬上矮门，用瘦小的胳膊搂住奥利弗的脖子说：“再见，亲爱的奥利弗！希望你一路顺风！”

这是奥利弗第一次听到别人对他的祝福。在以后的人生中，无论遇到多大的困难，他都不会忘记这句话。

五、老奸巨猾的费金

奥利弗离小镇已经很远了。到了中午，他才在一块石碑旁边坐下来休息。石碑上写着几个大字：距离伦敦七十公里。

伦敦这个名字唤起了奥利弗很多的回忆。他以前常听救济院的老人们说，在伦敦是不用担心吃穿的。对于一个无家可归的孩子来说，那里是最合适的地方。

奥利弗身上只有一片面包、一件衬衫和两双长袜，还有一块钱。要想走到伦敦去，必须得克服许多的困难。

他这一天走了二十公里路。整整一天，他只吃了一点干面包，喝了一点向路边人家讨来的水。

很快就到晚上了，他钻到一堆干草里面，决定在那里躺到天亮。他真的太累了，没过多久就睡着了。

第二天早上醒来，他感觉身体都快冻僵了，肚子饿得咕咕叫，只好走到前面的第一个村子用一块钱买了一块面包。

这天他只走了十二公里，天就暗下来了。

他双腿发抖，酸痛无比，就在寒冷潮湿的草丛里睡了一觉。早上醒来时，他几乎走不动了。要不是遇到一个好心的公路收税人和一位仁慈的老奶奶，给了他很多食物，奥利弗可能就倒下了。

在离开家乡的第七天早上，奥利弗一瘸一拐地来到一个名叫巴尼特的小镇。

他浑身脏兮兮的，双脚都是血，坐在台阶上。

街上路过的人很多，但没有一个人停下来。

他在台阶上蹲了一会儿，一个男孩走到奥利弗面前，问道：“喂！伙计，你怎么啦？”

“我饿得厉害，也累得够呛，”奥利弗眼泪汪汪地答道，“我走了很远的路，这七天来一直在赶路。”

小男孩对奥利弗的遭遇感到十分同情。

他把奥利弗扶起来，带到附近一家杂货店，买了一些火腿和面包给奥利弗。

奥利弗吃了很多，他真的太饿了。那个小男孩一直看着他。

“你想去伦敦？”见奥利弗终于吃完，古怪的男孩问。

“是的。”

“有住的地方吗？”

“没有。”

“钱呢？”

“没有。”

古怪男孩吹了声口哨，把两只手往口袋里一插。

“你住在伦敦吗？”奥利弗问。

“是的，我以前住那儿。”男孩答道，“我看你今晚需要个睡觉的地方吧，对吗？”

“的确需要，”奥利弗答道，“离开故乡后，我还没在屋子里睡过觉呢。”

古怪男孩道：“今晚我得去伦敦。我认识那儿的一位可敬的老人，他会让你住下，而且一分钱也不要。”

奥利弗没想到竟然有人愿意给他提供住的地方。这诱惑太大了，他根本没法拒绝。

他们谈得越来越深入。奥利弗了解到，这位朋友的名字叫杰克，他有一个外号叫“机灵的逮不着”。

奥利弗和逮不着穿过一条条肮脏的街道，来到一个破烂的地方。

逮不着抓住奥利弗的胳膊，推开一座房子的门，将他拖进过道，随手关上了门。

逮不着吹了声口哨，立刻有一个声音从下面喊道：“喂！”

“万事大吉！”逮不着答道。

这似乎是他们的口令或暗号。因为过道尽头的墙上马上亮起了烛光，一个男人的面孔出现了。

“你们有两个人，”那人说，把蜡烛向前一伸，“另一个人是谁？”

“一个新兄弟。”逮不着答道，把奥利弗拖上前去。

“他是从哪儿来的？”

“格陵兰。费金在楼上吗？”

“在。正整理手帕呢，你们上去吧！”蜡烛缩了回去，那张面孔不见了。

他们爬上黑漆漆的破楼梯。逮不着推开一间后屋的门，把奥利弗拉了进去。

这间屋子有很长的历史了，墙壁和屋顶都脏得发黑。壁炉前摆着一张桌子，上面有一支蜡烛、两三只罐子、一块黄油面包和一个盘子，煎锅里正煎着几根香肠。

一个年迈的犹太人站在锅前，手里拿着烤面包的长柄叉，一头蓬乱的红发下，掩着一张凶恶面孔。他穿着一件长袍，一会儿看看煎锅，一会儿又看看晾衣架上的手帕。

地板上排着旧麻袋铺成的床位，一张挨着一张。四五个男孩围着桌子坐在一起，但年龄都没有逮不着大。

当逮不着在老犹太人耳边说话时，那些男孩全都围了过来，转头朝奥利弗笑。老犹太人也是这样。

“费金，”逮不着说，“他就是我的朋友奥利弗。”

“我们都非常高兴见到你，奥利弗。”老犹太说：“逮不着，把香肠拿开，搬一只桶到炉边给奥利弗坐。”

奥利弗吃完他的那份香肠，又喝了点老犹太人给他的酒，然后睡着了。

六、被当作小偷

这是奥利弗这么多天来睡得最舒服的一晚。第二天醒来的时候，屋里面只有老犹太人在做早餐。他一边用铁匙不停地搅着咖啡，一边轻轻地吹着口哨。

奥利弗半睁着眼睛，看着那个犹太人，听着他轻轻的口哨声和铁匙刮擦锅边的声音。

咖啡煮好了，犹太人把锅端到炉边的保温架上。接着，他站在那儿愣了几分钟，然后转身看了看奥利弗，叫了声奥利弗的名字。奥利弗没有回答，完全是一副睡着的样子。

老犹太人对此十分满意，他小心翼翼地走到门边，取出一个小盒子放在桌上。他拖了把旧椅子到桌边坐下，从盒子里取出一块精美的金表，上面有闪闪发光的宝石。

“啊哈！”老犹太人抖动着肩膀，露出笑容，“机灵狗儿啊！硬是撑到了底！始终没供出老费金！真是好样的！”

说完这些，老犹太人把那只表放回了盒子里，然后嘀咕道：“死刑可真是妙啊！死人从不后悔，死人也绝不会将尴尬的事说出去。五个人排成一行被绞死，没有出卖同伙，也没有谁胆小怕死！”

老犹太人自言自语着。

突然，他看着奥利弗，发现奥利弗正看着他。

他“啪”的一声关上盒盖，拿起桌上一把切面包的刀子，非常生气地跳了起来。他浑身剧烈地抖动着。

“怎么回事？”老犹太人说，“你为什么偷看我？你怎么醒了？你看见了什么？说出来，不然就要你的命！”

“我再也睡不着了，先生。”奥利弗颤抖着答道。

“你醒了有没有一个小时？”老犹太人恶狠狠地盯着那孩子问。

“没有！”奥利弗答道。

“好啦，我的宝贝！”老犹太人说，立刻恢复了老样子，“我当然知道，我的宝贝。我只是想吓唬吓唬你，奥利弗！”

奥利弗问老犹太人自己能不能起床。

“当然可以，我的宝贝。”老绅士答道，“等一下，门口角落里有一壶水，你把它拎过来。我给你个盆子洗把脸，我的宝贝。”

奥利弗起床走到房间的另一端，弯腰去提水壶。等他转过头时，桌上的盒子已经不见了。

他刚洗完脸，逮不着就回来了。跟他一起回来的还有一个非常年轻的朋友，叫贝茨。

“怎么样？”老犹太人对逮不着说，“你们今天早上已经干过活儿了吧，我的宝贝们？”

“很卖力。”逮不着答道。

“卖力极了！”贝茨补充道。

“好孩子！”老犹太人说：“逮不着，你弄到了什么？”

“两个皮夹子。”逮不着掏出皮夹子给老犹太人看。

“那么你呢，我的宝贝？”费金转头问贝茨。

“手帕。”贝茨答道，同时掏出四条手帕。

“哎呀，”老犹太人仔细查看着手帕道，“好东西，真不错。我们来教奥利弗怎么干这活儿，好吗？”

“非常愿意，只要您肯教我，先生。”奥利弗答道。

早餐吃完以后，老犹太人和两个孩子玩起一个偷手帕的游戏。两个孩子跟在老犹太人的后面，逮不着踩着老犹太人的鞋子，贝茨从后面撞到他身上，就这一瞬间，老犹太人口袋里的手帕和钱包全都不见了。

它们被两个孩子拿走了！

这游戏玩了很多遍以后，有两位年轻小姐过来，一个叫贝特，另一个叫南希。两个人待了很久，喝了一点酒，然后就和逮不着、贝茨一起出去了。

等他们出去以后，老犹太人让奥利弗跟他玩一遍偷手帕的游戏。

奥利弗一只手把口袋底往上托——他看逮不着就是这样做的——另一只手轻轻把手帕抽了出来。

“拿走了吗？”老犹太人大声问。

“在这儿呢，先生。”奥利弗说，把手帕拿给他看。

“你是个聪明的孩子，我的小宝贝，”这位爱做游戏的老爷爷拍着奥利弗的脑袋夸赞道，“我从来没见过你这么机灵的娃娃。坚持下去，你会成为当代最伟大的人物。”

奥利弗搞不清楚，做游戏掏老犹太人的包，跟他有机会成为大人物之间有什么关系。但是老犹太人是阅历丰富的老人，他的话一定是有道理的。

奥利弗在屋子里待了好多天，老犹太人每天早上都要和他们几个玩一遍那个游戏。奥利弗开始渴望呼吸新鲜空气，多次恳求老犹太人让他和那两个同伴一起出去干活儿。

一天早上，奥利弗总算得到了期盼已久的许可。老犹太人告诉他，出去要好好听贝茨和逮不着的话，然后他们就出发了。

他们从一条小窄巷里出来。逮不着突然停了下来，一根手指放在唇边，小心翼翼地拉着两个同伴往后退。

“怎么啦？”奥利弗问。

“嘘！”逮不着答道，“你们看见书摊边上那个老家伙了吗？”

“是马路对面那位老绅士吗？”奥利弗说，“我看见了。”

“他挺合适。”逮不着说。

“上等货色。”贝茨说。

奥利弗惊讶地看着逮不着，又看看贝茨。他刚准备问问什么意思，两个孩子就已经悄悄穿过马路，溜到那位老绅士身后了。

那位老绅士上身穿着深绿色大衣，手里拿着一根漂亮的竹杖。

他从书摊上拿起一本书，站在那里看了起来，十分专注。

奥利弗站在离他几步远的地方，十分惊讶地看着逮不着一只手伸进老绅士的口袋，掏出一块手帕，将手帕递给贝茨，然后两人飞一般地绕过拐角跑了。

这一幕让奥利弗感到恐惧、吃惊。

呆立了一会儿，他想到了老犹太人那些神秘的手帕和金表。他又慌又怕，拔腿就跑。

奥利弗开始逃跑的一瞬间，老绅士摸了摸口袋，发现手

帕不见了，急忙转过身。他正好看见奥利弗正发疯地奔跑，一下子就认定他是小偷，于是大喊“抓小偷”。

喊声好像有一种魔力，一下子就让所有的人都加入了追逐。

总算抓住了，好用力的一拳！奥利弗一下子被打倒在地上。

“先生，是不是这个孩子？”

奥利弗躺在地上，身上都是泥浆，嘴角流着血，恐惧地看着周围的一群人。

“是的，”老绅士说，“恐怕就是这个孩子。”

这时候，警察也赶到了，挤过人群，一把抓住奥利弗的领子。

“喂，起来。”这人粗鲁地说。

“不是我，先生。是另外两个孩子干的。”奥利弗激动地说，“他们就在附近。”

“得啦，我知道你的鬼把戏，那对我不管用。”说完，就匆匆将奥利弗拖走了。

七、无罪释放

这件事情就发生在警察局附近，所以警察很快就将奥利弗押进了警务法庭里。他们拐入一个地面铺有石块的小院子，遇见一个满脸络腮胡、手拿一串钥匙的胖子。

“什么事呀？”那人漫不经心地问。

“一个偷手帕的小扒手。”押着奥利弗的人说。

“你就是被偷的一方，先生？”拿钥匙的人问。

“是的，”老绅士答道，“但我不确定手帕到底是不是这孩子拿的。”

“现在必须去见法官，先生。”那人答道。“请吧，小犯人！”

门里是一间石砌囚室。进门以后，奥利弗被搜了身，结果一无所获。警察便把奥利弗锁在了里面。

那位老绅士看到门锁上了，感觉十分失望，叹了一口气。

“这孩子的脸上有什么东西打动了我。”老绅士自言自语地说，“他会不会是无辜的？看样子像。对了——”老绅士停了下来，看着天空，喊道，“老天呀！我从前在什么地方见过这样的神情？”

他仔细想了好久，还是没有回忆起奥利弗长得像谁。

突然有人在他肩上拍了一下。是那个拿着一串钥匙的人，他叫老绅士跟他上公堂去。老绅士立刻被带到范恩先生面前。

范恩先生坐在台子的护栏后面。门侧有一个木头围栏，可怜的小奥利弗已被关在里面。这森严的场面把他吓得一个劲地发抖。

“警察！”范恩先生说，将报纸扔到一边，“这人犯了什么罪？”

警察讲述了事情的经过。

“有证人吗？”范恩先生问。

“没有，大人。”警察答道。

“他已经受伤了，”老绅士说，“我担心，”他朝被告席那边看了一眼，着重补充了一句，“我担心他病了。”

“噢！没错，我敢说他病了！”范恩先生冷笑一声道：“得啦，别在这儿耍花招了，你这个小流氓。我不吃这套。你叫什么名字？”

奥利弗努力想回答，但发不出声音。他面色发白，感觉整个房间都在一圈圈打转。

“我看他的确病了，大人。”那警察劝道。

“我比你清楚。”范恩先生说。

“快扶住他，警官，”老绅士本能地伸出双手说，“他要倒下去了。”

“闪开，警察，”范恩严厉地说道，“他要喜欢就让他倒好了。”

话没说完，奥利弗就昏倒在地上。

“我知道他是装的。”范恩十分确定地继续说，“就让他躺那儿，他很快就会厌烦的。”

“您打算怎么处理这个案子？”书记官低声问他。

“判决结果，”范恩先生答道，“拘留三个月——当然是做苦工。退庭！”

正当两个人准备把奥利弗带到牢房里去的时候，一个上了年纪的人慌忙冲进公堂，向审判席走去。

“等等！别把他带走！”匆匆赶来的人上气不接下气地喊道。

“怎么回事？这人是谁？把他赶出去。退庭！”范恩先生十分生气地说道。

“我有话要说，”那人喊道，“我前前后后都看到了。我是书摊老板。你们不能不让我说话！”

范恩不情不愿地低吼道：“好啦，你有什么要说的？”

“是这样，”那人说，“我见过三个孩子，除了这里的囚犯，另外还有两个。这位老绅士看书的时候，他们就在马路对面。偷东西的是另一个孩子。我亲眼所见。我还看到这孩子都被吓呆了。”

“你为什么不早来？”范恩先生呆了一会儿说。

“没人帮着看摊子啊。”那人答道，“直到五分钟前我才找到人，然后就一口气跑到这儿了。”

“你真是个好人呀。那孩子无罪释放。退庭。”法官说。

“可怜的孩子！”老绅士布朗洛先生说，“麻烦谁给我叫辆马车。快！”

马车来了。奥利弗被小心翼翼地抬到座位上，布朗洛先生上车坐到另一个位子。

“我可以和你一起走吗？”书摊老板朝车里看了一眼，问道。

“当然可以，亲爱的朋友。”布朗洛先生连忙说，“我把你给忘了。上来吧。”

书摊老板上了马车，大家一起走了。

八、第一次感受温暖

马车停在一座整洁的房屋前。进屋后，布朗洛先生马上吩咐仆人准备好一张床，让奥利弗能舒舒服服地躺上去。

奥利弗在这里得到了大家的关心和照顾。他昏睡了好多天，所有人都十分焦虑。

终于有一天，奥利弗有气无力地从床上坐起来，焦急地向周围看去。

“这是什么地方？我被带到哪儿来了？”奥利弗说。

他虚弱极了，说话声十分轻。床头的帘子被一下子拉开，一位穿着整洁、十分慈祥的老奶奶从床边的扶手椅里站起来。她先前一直坐在那儿做针线活儿。

“嘘，亲爱的，”贝德温老奶奶柔声说，“这阵子你病得很重——要多重有多重。再躺下吧，这才是乖孩子！”

于是，奥利弗一动不动地躺在床上。他说了刚才那些话后已经筋疲力尽了，不久他就睡着了。

奥利弗睁开眼时，觉得精神好多了，就从床上起来，坐到窗边的椅子上。

“你喜欢画吗，亲爱的？”见奥利弗眼睛一直盯着挂在他座椅对面墙上的一幅画像，老奶奶问道。

“我也说不清，奶奶。”奥利弗说道，眼睛仍然紧盯着那幅油画，“我见过的画太少了，很难说喜不喜欢。”

“从我这儿看过去，画里的人的眼睛是那么忧伤，”奥利弗低声补充道，“就好像她想跟我说话，却开不了口一样。”

老奶奶惊叫道：“别说这么多话，孩子。你病后身体还很虚弱，神经也容易紧张。我把你的椅子转个方向，你就看不见那幅画像了。来吧！”老奶奶说干就干，“现在你无论如何也看不见了。”

在心里，奥利弗还是看得见那幅画像，就跟没换位置时一样清晰。

这时，布朗洛先生走了进来。他惊讶地看着奥利弗头顶上方的那幅画像，又指指孩子的脸。两者简直是一个模子里刻出来的，眼睛、脑袋、嘴巴，每个部位都十分相像。

话说，这时候的贝茨和逮不着早就已经逃回了家。

“奥利弗呢？”老犹太人站起身，凶巴巴地问，“那个孩子在哪儿？”

两个小扒手不安地对望了一眼，谁都没吭声。

“那孩子出了什么事？”老犹太人紧揪住逮不着的衣领，恐吓道，“快说！”

“警察把他抓走了。”逮不着说着，身子猛然一晃，从肥大的大衣里溜出来，衣服仍留在老犹太人手里。

老犹太人顺手拿起一个白罐子向他扔过去。

“嘿，你们在搞什么鬼！”一个低沉的声音吼道，“谁把啤酒泼到我身上啦？”粗声粗气说话的，是一个四十五岁左右的粗壮汉子，后面还跟着一只毛发蓬松的狗。

“你要干吗？虐待孩子吗，你这个贪——得——无——厌、买卖赃物的老东西。”说着，那人从从容容地坐了下来。

“嘘！嘘！赛克斯先生，”老犹太人紧张地说道，“别这么大声嚷嚷。你看上去心情不大好啊。”

“可能吧，”赛克斯答道，“但我看你心情也不大好啊。除非你认为乱扔白罐子不算什么，就像你泄露……”

“你疯啦？”老犹太人说，一把抓住那人的衣袖，指了指两个孩子。

赛克斯先生没再说下去，只是在左耳朵下面做了个打结的动作，然后把脑袋往右肩猛然一偏——这种哑剧表演老犹太人似乎完全明白。

赛克斯先生喝了几杯酒，把注意力转移到那两个孩子身上。

逮不着详细讲述了奥利弗被抓的原因和经过。

“我担心，”老犹太人说，“他或许会说出些给我们惹麻烦的话。”

“得派人去警察局打听下消息。”赛克斯说。

老犹太人点头赞成。

这时候，奥利弗上次见过的两位小姐进屋了。

“来得正好！”老犹太人说，“贝特会去的，对吧？”

贝特果断拒绝了。老犹太人脸色一沉，视线离开这位打扮得花里胡哨的小姐，转向另一位女孩。

“南希，我的乖乖，”老犹太人用安抚的语气说，“你看怎样呢？”

“我不去，费金。”南希说。

“不，她会去的，费金。”赛克斯说。

在他们的威胁和利诱下，这位小姐终于被说服，承担了这项任务。

南希小姐在长袍外系了条干净的白围巾，出去执行任务了。

不一会儿，她就带回来消息，奥利弗现在不在警察局里面。

“他现在还没出卖我们，”老犹太人一边忙着转移财宝，一边自言自语道，“如果他想把我们的秘密泄露给新朋友，我们还来得及堵上他的嘴。我们必须马上找到他。”

九、重陷贼窟

奥利弗养病期间，日子过得非常幸福。布朗洛先生给他买了一套新衣服、一顶新帽子和一双新皮鞋。

一天傍晚，布朗洛先生派人来说，如果奥利弗精神不错，他想在书房见见这孩子。

奥利弗轻轻敲响了书房的门，便进入一间满是书籍的屋子。窗户对着可爱的小花园，窗前放着一张桌子，布朗洛先生正坐在桌旁看书。

一见到奥利弗，他便将书推开，叫奥利弗到桌子跟前坐下。

“这里书很多，是不是，我的孩子？”布朗洛先生问。他注意到奥利弗正好奇地看着从地板延伸到天花板的书架。

“好多啊，先生。”奥利弗答道，“我从没见过这么多书。”

“你将来也可以读这些书。”老绅士和蔼地说，“那比光看它们的外表要有趣。”

“谢谢您，先生。”奥利弗说。

这时，仆人跑上楼，说格里姆维格先生来了。

布朗洛微微一笑，转向奥利弗说，那位格里姆维格先生是他的老朋友，举止有点粗鲁，希望奥利弗不要介意，因为那位先生其实是个可敬的人。

一位胖胖的老绅士走了进来。

“嘿！这怎么回事？”他望着奥利弗，倒退了一两步。

“这就是我们谈起过的小奥利弗。”布朗洛先生道。

奥利弗向他鞠了一躬。

“他就是那个孩子，对吧？”格里姆维格先生问道。

“就是那个孩子。”布朗洛先生答道。

“你怎么样了，小子？”格里姆维格先生问。

“好多了，谢谢您，先生。”奥利弗答道。

布朗洛先生似乎有些担心他这位古怪的朋友会说出什么不应该说的话来，便叫奥利弗下楼。

“你打算什么时候让奥利弗将自己的出生情况和遭遇详细地告诉你呢？”格里姆维格问布朗洛先生。

“明天上午。”布朗洛先生答道，“到时候我想跟他单独谈谈。”

贝德温老奶奶拿进来一小包书，是布朗洛先生那天上午向那位书摊老板买的。她把书放到桌上，准备离开房间。

“叫送书的孩子等一下，贝德温太太！”布朗洛先生说，“我有东西要他带回去。”

“他已经走了，先生。”老奶奶应道。

“叫他回来，”布朗洛先生说，“这事可不能马虎。我的书还没付钱呢，而且还有几本书得退回去。”

奥利弗和女仆气喘吁吁地追出去，送书的人已经走远了。

“派奥利弗去送吧。”格里姆维格笑着说，“他肯定会把书平平安安地送到的。”

“没错，请让我去送吧，先生。”奥利弗说。

老绅士正要说奥利弗无论如何也不能出门，但格里姆维格先生不怀好意地“咳”了一声，让他改变了主意。他决定让奥利弗去。

“你去吧，亲爱的。”老绅士说，“书就放在我桌旁的椅子上，你去拿下来吧。”

奥利弗很高兴自己能有点用，他急忙把书取下来，夹在胳膊底下。

贝德温老奶奶把他送到临街的大门，反复交代他哪条路最近，书商怎么称呼，那条街叫什么名字，直到奥利弗说他全都清楚了。

“我来算算，他顶多二十分钟就能回来。”布朗洛先生说，掏出怀表放在桌上，“那时天已经黑了。”

“噢！难道你真的认为他会回来？”格里姆维格先生问。

“难道你真的认为他不会回来？”布朗洛先生微笑着反问。

奥利弗边走边想，自己是多么快活、多么满足啊，要是能再看上可怜的小迪克一眼，不管付出多大的代价他都愿意。

这时，一个年轻女子大声尖叫道：“噢，我的好兄弟呀！”沉思中的奥利弗被吓了一跳。他还来不及抬头看，就感觉自己的脖子被紧紧搂住了。

“别这样，”奥利弗一边挣扎一边叫道，“放开我。你是谁？”

回答他的只是一阵哭声。那个年轻女子搂着他，失声痛哭。

“噢，我的天啊！”年轻女子说道，“我总算找到他啦！奥利弗！回家吧，亲爱的。谢天谢地，我终于找到他了！”

这时两个女人和一个肉铺学徒围过来看热闹。

“这是怎么回事，小姐？”两个女人当中的一个问。

“噢，太太，”年轻女子答道，“他父母都是勤劳的人，但他一个月前从家里逃走了，跟一群小偷和坏人玩在一起。他母亲的心都要碎了。”

“小坏蛋！”一个女人说。

“回家吧，回去，你这个小畜生！”另一个女人说。

“我不回去，”奥利弗十分害怕地说，“我不认识她，我也没有父母，我是个孤儿，住在彭顿维尔。”

“你们听听，他还嘴硬！”年轻女人叫道。

“哎呀，你是南希！”奥利弗惊呼道。他这才看清她的脸，不由得大吃一惊，倒退了几步。

“你们瞧，他认识我！”南希向旁观者嚷道，“大伙儿行行好，叫他跟我回家吧！”

这时，一个男人突然从一家啤酒馆里冲出来说：“小奥利弗！回到你那可怜的母亲身边去，马上回家去！”

那男人从奥利弗手中夺过书，朝奥利弗的脑袋上就是一拍。

“揍得好！”一个看热闹的人从阁楼窗户里喊道，“只有这样才能让他清醒过来！”

奥利弗本来身体就不好，现在被这么一敲，立刻就晕了过去。

十、被迫与窃贼为伍

奥利弗醒来后，被两人拖着走了半个多小时，来到了一座破旧的房子前。

很快，三人进入房内。这时老犹太人、贝茨和逮不着出现了。

“费金，你瞧他这身打扮！”贝茨说，把蜡烛凑到奥利弗身边，差点点着他的新外套，“上等的布料，时髦的款式！还拿着那些书！好像个绅士，费金！”

“见你打扮得这么好看，我很高兴，我的乖乖。”老犹太人假装谦虚地鞠了一躬后继续说道，“逮不着会给你另一套衣服，我的乖乖，免得把这身节日礼服弄脏了。”

听到他这么说，贝茨爆发出一阵大笑，就连逮不着也露出了微笑。

“嘿！那是什么？”见老犹太人搜出奥利弗身上的钞票，赛克斯跨前一步问，“钱得归我，费金。”

“不，不，亲爱的，”老犹太人说，“归我，赛克斯，归我。那几本书归你。”

“钱必须归我！”赛克斯戴上帽子，斩钉截铁地说，“归我和南希。不然，我就会把这孩子送回去。”

老犹太人吃了一惊。奥利弗也吃了一惊，不过是出于不同的原因。奥利弗希望，这两人吵到最后，真的能把自己送回去。

“这是我们的辛苦钱，”赛克斯说，“其实一半都不够。书你可以留下，如果你爱看的话。”

“这些书都是老绅士的。”奥利弗拧着双手说，“他是一位善良的好人。求求你们，把书送回去吧，把书和钱还给他。让我一辈子留在这儿都可以，只求你们把书和钱送回去。”

说着，奥利弗跪在老犹太人脚下，十分绝望地合上双手。

但没人理会他。

奥利弗被带到了隔壁厨房。

第二天中午，逮不着和贝茨出去干他们的老本行了，老

犹太人开始痛骂奥利弗。

他指责奥利弗忘恩负义，要不是他及时收留奥利弗，也许奥利弗早就饿死了。然后他又编了一个故事，说一个男孩背叛了他们最后怎么被杀死的。

奥利弗听完，感觉全身的血液都凉了。老犹太人露出丑陋的微笑，轻轻拍了拍奥利弗的脑袋说，只要他老老实实，专心工作，他们就还会是很好的朋友。然后，老犹太人拿起帽子，披上一件打满补丁的旧大衣，走了出去，随手锁上了门。

大约过了一个礼拜，老犹太人出门不再上锁，奥利弗可以在这整座房子里自由走动了。

这地方很脏，墙壁和天花板的角落里早就结满蜘蛛网。有几次，奥利弗轻轻走进一个房间，看见老鼠在地板上乱走。除了这些，这里就看不到也听不见任何生命的动静了。

一天下午，逮不着和贝茨要出去，逮不着命令奥利弗帮他换衣服。

奥利弗帮逮不着穿好衣服后，继续给逮不着擦靴子。贝茨说："你为什么不拜费金为师父呢，奥利弗？"

"马上就能让你富起来哟。"逮不着咧嘴一笑，接着说。

"我不喜欢干这行。"奥利弗害怕地应道，"我希望他们放我走。"

"可费金不想放你走！"贝茨反驳道。

奥利弗觉得，再跟他们讲自己的想法或许会很危险，所以只是叹了口气，继续擦靴子。

"如果你不去拿手帕和怀表，"逮不着说，"别人就会去拿。那样的话，失主倒霉，你也一样倒霉。所有人都没得到好处。"

“对极了，对极了！”老犹太人说，他进来时奥利弗没看见，“这道理非常简单，我的乖乖。听逮不着的话吧，哈哈哈！他懂得这个行业的基本道理。”

老犹太人叫奥利弗过来坐到自己身旁。然后跟奥利弗讲干这一行有多么大的好处，逮不着的技巧是多么熟练，贝茨是多么友善可爱，自己又是怎样大方。

从这天起，奥利弗就没被单独留下，而是常常同那两个孩子待在一起交流。他们俩每天都跟老犹太人玩之前那套游戏。

十一、破门而入

这天醒来，奥利弗十分高兴。因为他发现自己的旧鞋被拿走了，一双鞋底又厚又结实的新皮鞋摆在床边。他满心以为老犹太人准备放他走了，可希望马上破灭了。因为老犹太人告诉他，今天晚上要将他送到赛克斯那里去。

“就留在那边了吗，先生？”奥利弗十分害怕地问。

“不，”老犹太人答道，“我们可舍不得你。别担心，奥利弗，你还要回我们这儿来的。哈哈哈！”

老犹太人向门口走去，边走边回头看奥利弗。

“要当心啊，奥利弗！”老头儿晃着右手警告道，“他可是个粗汉。不论发生什么，你都不要吭声。他怎么说，你就怎么做。记住！”

老犹太人走后，奥利弗用手撑着脑袋，一直在思考老犹太人刚才说的话。

过了一会儿，一阵轻微的响声让他警觉起来。

“什么东西？”他惊跳起来，大喊一声，看到一个人站在门口：“是谁？”

“我，是我。”一个颤抖的声音答道。

奥利弗把蜡烛举过头顶，朝门口望去。原来是南希。

“我要跟你走？”奥利弗问。

“是的，我就是从赛克斯那里来的。”姑娘答道，“你要跟我走。”

“去干什么？”奥利弗颤抖地问。

“去干什么？”姑娘重复道，抬起眼睛，刚看到奥利弗的脸便移开了视线，“噢！不是去干坏事。”

“我不信。”奥利弗说，一直紧盯着南希。

“随你怎么想好了，”姑娘假笑起来，应道，“那就是去干坏事吧。”

门很快被躲在黑暗中的什么人打开，等他们出去后又很快关上。

一辆出租马车正等着他们。一切都发生得十分快速，奥利弗还来不及想自己在哪里，马车就已经停在了一所房子前。

“这边走。”姑娘说，第一次松开了抓着奥利弗的那只手。“赛克斯！”

“嘿！”赛克斯答道，出现在楼梯顶上，手里拿着一支蜡烛，“噢！来得正好。上来吧！”

这话从赛克斯这种性格的人口中说出来，可以说是十分热烈的欢迎。南希似乎非常满意，便热情地跟他打招呼。

“你把孩子带来啦？”大伙儿进入房间，赛克斯关上门，说道。

“是的，带来了。”南希答道。

“他来的时候老不老实？”赛克斯问。

“像小羊羔一样。”南希答道。

“那就好。”赛克斯面色阴沉地看着奥利弗说：“过来，小东西，我来给你上一课。”

“好了，首先，你知道这是什么东西吗？”赛克斯先生拿起桌上的一把手枪，问道。

奥利弗回答说知道。

“好，你再瞧这儿。”赛克斯接着说，“这是火药，这是子弹。”

于是赛克斯先生开始以十分精准的动作，给手枪装弹药。

“听着，”那盗贼抓住奥利弗的手腕，用枪口抵着奥利弗的太阳穴，奥利弗不由得吓了一跳，“你跟我出去以后，除非我跟你说话，不然你要是敢吭一声，子弹就会立马钻进你的脑袋。”

说完以后，他们开始吃晚饭。吃完晚饭，他们就睡觉了。奥利弗用了很长时间才睡着。

第二天一早，他们来到街上。不一会儿，赛克斯先生拽着奥利弗来到他的好友托比先生和巴尼先生家里。然后赛克斯与他们聊了一会儿天。

托比突然跳起来，宣布已经下午一点半了。

转眼间，另外两人也爬了起来。赛克斯和他的伙伴用黑色大披肩包好脖子和下巴，披上大衣。巴尼打开橱柜，取出几样东西，匆匆塞进口袋。

“走吧！”赛克斯伸出一只手说。

奥利弗被这次不同寻常的行动和周围的气氛完全弄糊涂了，呆呆地伸出一只手给赛克斯抓住。

“抓住他的另一只手，托比。”赛克斯说：“你到外面看看什么情况，巴尼。”

巴尼走到门口，回来报告说外面一切平静。于是，两个盗贼带着奥利弗出发了。

奥利弗和两人走了好久好久的路，停在一座四周有围墙的孤零零的房子前。三四秒之后，奥利弗就和托比躺在围墙另一侧的草地上了。紧接着，赛克斯也翻过围墙。他们开始小心翼翼地朝房子走去。

直到这时奥利弗才突然明白，这次外出的目的就算不是去杀人，也是要到房子里面偷东西。他现在害怕极了，双腿一软，跪倒在地。

“起来！”赛克斯轻声说道，从口袋里掏出了手枪，“要不我让你死在这里。”

托比看见这情形，一把打落了他手里的枪，捂住奥利弗的嘴，把那孩子朝房子拖过去。

赛克斯一边痛骂费金不该派奥利弗来干这趟差事，一边用撬棍使劲撬窗板。在托比的帮助下，那块窗板终于被打开了。

“听着，你这个小淘气，”赛克斯低声说，从口袋里取出一盏有遮光罩的提灯，凑到奥利弗面前，照亮了那孩子的整张脸，“我要把你从这儿塞进去。这盏灯你带上，轻轻爬上正前方的梯子，穿过小门厅临街的大门，打开它，放我们进去。”

赛克斯把奥利弗脚朝前轻轻送进窗洞，同时紧抓住奥利弗的衣领，让他安全着地。

“把灯拿去，”赛克斯朝房里看了看说，“看见你面前的梯子没？”

吓得半死的奥利弗气喘吁吁地说：“看见了。”

“一分钟内把门打开。”赛克斯依然压低嗓门说，“我一松手，你就去干你的活儿！”

在平复好情绪的短暂时间内，奥利弗下定决心，要从门

厅跑上楼，把这家人惊醒，不管这样做会不会害死自己。

“回来！”赛克斯突然大叫道，“回来！回来！”

出现了一盏灯。两个慌慌张张的男人在奥利弗眼前的楼梯顶上晃动，然后一声巨响，伴随着一团烟雾。

“握紧你的胳膊。”赛克斯边说边把奥利弗从窗洞里拽出来，“给我条披肩。他们打中了他。快！该死，这孩子流了好多血！”

接着传来了响亮的铃声，还有枪声和喊声。奥利弗感觉有人背着他在坑坑洼洼的地面上飞快地奔跑。然后，噪声越来越远，越来越模糊。一阵冰凉的感觉爬上那孩子的心头，接着他就昏了过去。

十二、女医护的临终忏悔

就在奥利弗被枪击中的时候，他出生的那间救济院发生了一件可能会永远改变他命运的事情。

“对不起，太太，”一个瘦小的老妇人探进头来说，“老萨莉快不行了。”

“这跟我有什么关系？”女舍监坐在自己的屋内生气地问道，“我也保不住她的命，不是吗？”

“没错，太太，”老妇人答道，“谁也保不住她的命，她早就没救了。但老萨莉心里有事放不下。她说她有话一定要对你说。太太。”

听完这番话，科尼太太匆匆拿起一条厚实的披肩将自己裹好，然后不情不愿地跟在老妇人后面离开了房间，一路上都骂骂咧咧的。

瘦小的老妇人踉踉跄跄地穿过走廊，爬上楼梯，嘴里含混不清地回答着同伴的责问。最后，她们走进女病人那间屋子。

这是个只有四面墙的顶层房间，远端点着一根昏暗的蜡烛，另一个老婆子守在床边，而教区医生的徒弟正站在壁炉边。

“今晚真冷啊，科尼太太。”见女舍监进来了，这位小绅士招呼道。

“确实很冷，先生。”科尼太太用最客气的语调答道。

这时，那个女病人呻吟起来，打断了他们的谈话。

“噢！”年轻人说，朝床那边转过脸，似乎刚才完全把病人搞忘了，“她就快不行了，科尼太太。”

“真的吗，先生？”女舍监问。

负责照顾病人的老妇人俯身朝床上看了看，然后肯定地点了点头。

科尼太太不耐烦地裹了裹披肩，在床边坐下来，等着那个快死的女人从昏迷中醒来。

过了一会儿，她走到炉边，生气地质问还要等多久。

“快了，太太。”照顾病人的老妇人答道。

“闭嘴，你这老糊涂！”女舍监板着脸说：“你，玛莎，告诉我，她以前有没有过这种情况？”

“经常有。”报信的老妇人答道。

“可她再也不会这样了。”另一个老妇人补充道，“她最多会再醒一次，太太，她不会醒多长时间的！”

“管它长不长。”女舍监没好气地说，“就算她醒了，也不会看见我在这儿了。你们俩，给我小心点，不要平白无故地来打搅我。要是再耍我，我马上就收拾你们，我保证！”

她正要离开的时候，忽然听到那两个老妇人大叫一声。只见病人直挺挺地坐起来，朝她们伸出两条胳膊。

“是谁？”她用空洞的声音喊道。

“嘘！”一个老妇人俯身对她说，“躺下，快躺下！”

“只要还有一口气，我就决不再躺下！”病人挣扎着说，“我一定要跟她说！”

她一把抓住女舍监的胳膊，把后者按到床边的一把椅子

里，正要开口，发现那两个老妇人探出身子，急不可耐地想听她说些什么。

“叫她们走开，”女人昏昏沉沉地说，“快让她们走开！”

两个瘦小的老妇人一起凄惨地痛哭起来，说可怜的萨莉已经糊涂得连最好的朋友也认不出了。女舍监把她们推出房，关上门，回到床边。

“现在你听我讲，”快死的女人大声说，像是要将生命的最后一丝气力发挥出来，“就在这间屋子里，就在这张床上，我照顾过一个漂亮的姑娘。她被送来的时候，显然走了很远的路，脚上都是伤口和瘀青，还沾满了泥巴和鲜血。她生下一个男孩就死了。让我想想——那是哪年来着！”

“管它是哪年。”听者不耐烦地说，“那女人怎么啦？”

“那女人怎么啦？”她大叫着，挺起身子，满脸通红，两眼瞪得溜圆，“我偷了她的东西，她那时身子还没凉呢！”

“偷了什么东西？你快说呀！”女舍监叫道，做了一个像要呼救的手势。

“她托我把那件东西保管好。”病人呻吟一声，答道，“当时她身边就我一个人，所以托给了我。她把挂在脖子上的那东西给我看时，我就打算要把它偷走了。”

“那孩子长得太像他母亲了，”病人继续讲下去，没有理会女舍监，“我一看到他的脸就会想起自己干的那件事。可怜的姑娘！”

“那孩子叫什么名字？”女舍监问。

“他们管他叫奥利弗，”那个女人有气无力地答道，“我偷的那件金首饰是——”

“没错，没错——那件东西是啥？”女舍监喊道。

女舍监急切地朝那女人靠过去，想要听清她的回答，可那女人缓慢而僵硬地倒了下去。接着，病人双手攥紧床罩，喉咙里发出一阵模糊不清的声音，不久就咽了气。

“彻底咽气了！”一个躲在门后的老妇人说。

门一开，两个老妇人就冲了进来。

“结果她也没告诉我什么。”女舍监说，装作什么事也没发生地走了。

两个老妇人忙着给病人处理后事，没来得及答话。

十三、阴谋背后的人

当救济院发生这些事情的时候，费金先生正坐在他的老巢中和逮不着、贝茨等人一起玩游戏。

突然，门铃响了。

“听！”逮不着大叫起来，“我听到铃响了。”说着，他拿起蜡烛，轻手轻脚地爬上楼梯。

铃又响了，而且响得很急，这伙人都躲在黑暗里听着。不一会儿，逮不着回来了，在费金耳边神秘地说了些什么。

“什么！”老犹太人惊呼道，“就他一个？”

逮不着肯定地点点头，一手护住蜡烛的火苗。

老犹太人咬着发黄的手指，默想了片刻，脸上的肌肉不安地抽动着。最后，他抬起了头。

“他在哪儿？”老犹太人问。

逮不着指了指楼上。

“好吧，”老犹太人说道，“把他带下来。嘘！别出声！悄悄走！”

逮不着手举蜡烛，领着一个用大披肩遮住半张脸的汉子走下楼梯——是托比先生！

“这趟买卖黄了。”托比有气无力地说。

“我知道。”老犹太人应道，从口袋里扯出一张报纸，指着它问，“还有呢？”

“他们开枪打中了那个孩子。我们俩架着他穿过屋后的田地，径直跨过篱笆，跳过水沟。他们一直紧紧地追着。该死！”

“那孩子呢！”

“刚开始赛克斯背着他一直猛跑，后来我们停下来，把他架着走。他一直低垂着脑袋，浑身冰凉。眼看着他们就要追上我们了，于是我们就分开了，把那孩子放在沟里。他的事我就知道这么多。”

老犹太人没有再听下去。他大吼一声，双手揪住头发冲出房间，跑出了房子。

老犹太人尽量避开所有的大路，专走岔路小巷，最后跑到赛克斯家里，想看一下赛克斯有没有回来。他还抱着一丝丝希望，期盼能在这里看到奥利弗。奥利弗并不在那里，他们都没有回来。

老犹太人沮丧地走回家。

他走到自己住的那条街的拐角，这时，一条黑影从阴沉沉的门洞里钻出，穿过马路，悄无声息地溜到他的身边。

“费金！”一声轻轻的呼唤在他耳边响起。

“啊！”老犹太人连忙转过头，“你是——”

“对！”陌生人打断他的话，“我在这儿等了你两个小时。你到底跑哪儿去啦？”

“去忙你交代的事了，亲爱的。”老犹太人答道，不安地瞥了他一眼，放慢脚步说，“一整晚都在忙你交代的事。”

“噢，想必也是！”陌生人冷笑道，“那么，有什么消息吗？”

老犹太人摇摇头，正要答话，陌生人却止住了他，指了指他们已经走到门前的那座房子，意思是，最好进屋再说。

他们小心翼翼地走进房间，关好大门。那个陌生人坐到沙发上，一脸的疲惫。老犹太人将扶手椅拉过来，坐到那人对面，小声地说话。

就这样，他们谈了大约一个多小时，这时蒙克斯——老犹太人在谈话时多次用这个名字称呼陌生人——提高了声音说道：“我再告诉你一次，这事安排得糟透了。为什么不把他留在这里跟其他孩子在一起，尽快培养成一个狡猾的小扒手？”

“我觉得要训练他干这行可不容易，”老犹太人答道，“他跟别的孩子不一样。”

“该死，真是不一样！”蒙克斯喃喃道，“要不他早成小偷了。”

“我没办法让他变得更坏，”老犹太人接着说，“派他跟逮不着和贝茨一块儿出去？这个一开始就试过了，让我们吃够了苦头，亲爱的。”

“那又不关我的事。”蒙克斯说。

“没错，亲爱的！”老犹太人继续道，“我并不是想抱怨。如果没发生那件事，你或许永远也不会注意到那个孩子，也就不会发现他就是你在找的人了。你要他成为小偷，如果他能活下来，这次我一定能找到办法。但万一出现了最坏的情况，万一他死了——”

“别忘了，费金！”那人打断老犹太人的话，满脸惊恐，双手颤抖地抓住老犹太人的一只胳膊，“我一开始就跟你说过，把他怎么样都行，就是不能让他死。你听见我的话没有？这个鬼地方，一把火烧了算了！那是什么？”

突然，蒙克斯好像看见了什么，吓得大叫一声，跳了起来。“怎么啦！”老犹太人也叫了起来，抱住那个胆小鬼。“一个影子，一个女人的影子飘过去了！”蒙克斯惊慌地说道。“那是你的幻觉。”老犹太人拿起蜡烛，转过脸对他的伙伴说。

“我敢发誓，我真的看见了！”蒙克斯哆哆嗦嗦地答道。

老犹太人轻蔑地看了下这个胆小的人，对他说，他要是愿意的话，可以跟着去看看，然后便上了楼。所有的屋子他们都检查了，空空荡荡。

最后，蒙克斯先生承认自己可能是神经过敏，疑神疑鬼。他突然想起时间已经是凌晨一点，于是，这对友好的伙伴分手了。

十四、短暂的幸福时光

奥利弗还躺在赛克斯扔下他的地方，一动不动。天渐渐亮了，这是光明的诞生，也是黑暗的消亡。空气越来越冷，早晨的雾气湿漉漉的。

突然，天下起了暴雨，雨点噼里啪啦地打在光秃秃的树木上。但奥利弗没有感觉到拍在身上的雨滴，因为他依然直挺挺地躺在泥地上，昏迷不醒。

终于，奥利弗发出了一声低沉的呻吟，他醒过来了。他的左臂用披肩胡乱地包扎了一下，披肩上都是血。他努力站起来，可从头到脚抖个不停。

他心里明白如果自己继续待在这里，那就死定了。于是他站起来，试着走了两步。他全身软绵绵的，踉踉跄跄地向前走着，也不知道要到哪儿去。

他向四周看看，发现不远处有一座房子，便使出全身力气摇摇晃晃地朝那座房子走去。

他离房子越来越近，忽然觉得这座房子好像在哪里见过。那堵花园围墙！昨晚他就是跪在里面的草地上，向那两个汉子求饶的。这正是他们要盗窃的那户人家。

奥利弗一认出这个地方，立刻想要逃跑。可他已经耗尽了所有气力，身子一软，倒了下去。

等奥利弗再次醒来的时候，他发现自己躺在二楼一间漂亮的房子里。尽管房子风格有点复古，但给人的感觉十分舒服。

房间桌上摆好了早餐，桌子旁坐着两位女士。这座房子的管家——贾尔斯先生正在侍候她们。

两位女士中，一位是特别和蔼的老夫人。另一位，还不到十七岁，是一个美丽善良的小姐，叫罗丝。

“去了一个多小时了吧？”老夫人沉默片刻后问道。

“是的，太太。”贾尔斯先生掏出怀表看了一下答道。

话音还没落，一辆马车停在花园门口，从车上跳下一位胖胖的绅士。他一下子冲进房间，坐下来问她们现在怎么样了。

“我们没事，”罗丝说道，“不过，楼上有个可怜人儿，姑妈希望您去看看。”

这位胖绅士叫洛斯本，是本地的外科医生。洛斯本医生到楼上去了很久，仆人上上下下跑个不停。终于，医生下楼了。

“这件事太离奇了，梅利太太。”医生背对门站着说。

“但愿他没什么危险吧？”老夫人说。

“我认为他没有危险。”医生答道，“这个贼你们见过吗？”

“没有。”老夫人答道。

“也没听说过他的情况？”

“没有。”

“罗丝想要去看看那个人，”梅利太太说，“可我不同意她去。”

“嗨，”医生应道，“他模样并没有多么可怕。我陪你们去瞧瞧，您不反对吧？”

“当然不反对。”老太太答道。

医生领着她们上了楼。三人进屋后，他把门关上，轻轻

拉开床前的帘子。她们本以为会看到一个面目凶狠的恶棍，结果床上躺着的竟是一个孩子！

那孩子被疼痛和疲惫折磨得憔悴不堪。他受伤的胳膊绑着绷带，上了夹板，横放在胸前。他的脑袋枕在另一只胳膊上，长长的头发披散在枕头上，盖住了半只胳膊。

“究竟是怎么回事？”老夫人惊呼道，“这可怜的孩子绝不可能是盗贼！”

医生摇摇头，表示他担心很有可能是这样。

“即使他做过坏事，”罗丝说道，“也应该想一想他现在这么年幼，也许他是受到坏人的逼迫才干这种事的！”

奥利弗到底是不是坏人？这一问题的答案要等奥利弗醒来以后才能知道了。

过了好久，奥利弗仍然昏睡不醒。直至傍晚，医生才来告诉她们，那孩子总算恢复了体力，可以说话了。

这次谈话进行了很久。奥利弗将自己并不复杂的经历全都告诉了他们，其间常常因为疼痛和虚弱而被迫停下来。

在一个昏暗的房间，听一个病恹恹的孩子用微弱的声音讲述坏人强加给他的一连串不幸与灾难，这不由得让人心情沉重。两位女士都流下了眼泪。

结束这次谈话后，奥利弗再次沉沉睡去。医生揉揉眼睛，责怪自己错怪这个可怜的孩子了，然后走下楼去。

可怜的奥利弗病得很厉害，他一连好几个礼拜都在发高热。但经过两位女士的精心照顾，奥利弗渐渐有所好转。

这一天，奥利弗张开苍白的嘴唇，用微弱的声音努力说出自己的感激之情。罗丝听后说道：“可怜的孩子！我们打算

去乡下。那里环境安静，空气清新，有很漂亮的景色，要不了几天你就会康复的。等你身体好了，我们还有许多事要麻烦你呢。”

“麻烦？”奥利弗叫道，“噢！亲爱的小姐，我多想为你们做事呀。只要你们高兴，我愿意献出自己的一切！”

“你不用献出什么。”罗丝小姐微笑道，“要是姑妈知道你是一个懂得感恩的人，她一定会十分高兴的。”

“噢，我明白！”奥利弗忙答道，“不过我在想，我现在实在对不起别人。”

“对不起谁？”小姐问。

“对不起那位好心的绅士，还有那位亲爱的老奶奶，他们过去是那样关心我。”奥利弗答道，“要是他们知道我现在多么幸福，一定会非常高兴的。”

“我肯定他们会的，”罗丝小姐应道，“洛斯本先生已经答应，等你身体好到可以出门的时候，就带你去看望他们。”

“真的，小姐？”奥利弗大叫起来，脸上露出开心的笑容。

不久，奥利弗已经基本康复，就和洛斯本先生一起出发去找布朗洛先生。但是，让他们感到失望的是，布朗洛先生六个礼拜前将房子卖了，去了西印度群岛。

奥利弗多么希望能找到布朗洛先生啊，他一直希望有机会告诉他们这一切，告诉他们自己是怎么被绑走的。可现在，布朗洛先生他们去了那么远的地方，而且一定以为他是个骗子，是个盗贼。想到这里，奥利弗十分难受。

十五、销毁遗物

又过了两个礼拜，温暖的天气终于来了。梅利太太一家带着奥利弗离开彻特西的房子，去乡村的别墅小住。

这是一段幸福的时光，奥利弗在这里开始学习读书写字。他还会同梅利太太和罗丝去散步，听她们谈论读过的书，或者找个阴凉的地方，坐在她们身边，听年轻的小姐朗读。

当奥利弗在这里享受幸福时光的时候，一桩肮脏的交易正在救济院里进行着。

邦布尔先生坐在救济院的客厅里，闷闷不乐地盯着死气沉沉的壁炉。现在已经是夏天了，壁炉中早就不烧火了，房间里只有从外面照射进来的几道微弱的阳光。

邦布尔先生已经和女舍监科尼太太结婚了，但他对自己的婚后生活很不满意。因为他一直被科尼太太欺负，在家里没有什么地位。他决定出去走走。

他路过许多酒馆，最后在一条岔路的一家酒馆前停下。

邦布尔先生跨进门，点了一杯饮料，然后走进他从街上看到的那个小隔间。

那里坐着一个身材高大、皮肤黝黑、披了件大斗篷的陌生人。邦布尔走进小隔间，那人斜着眼睛看了看他。

“刚才你在窗外看的时候，”他问，“是不是想找我？”

“我没这个意思。”邦布尔先生答道。

简短的对话之后是一阵沉默。陌生人打破了沉默。

“我觉得我见过你。”他说，“当时你的着装跟现在不一样，你曾是这里的教区助理，对不对？”

“正是。”邦布尔先生有点惊讶地说。

陌生人微笑着点了点头。

“现在，你听我说，”陌生人把门窗都关好后说，“我今天来这个地方就是为了找你。我需要从你那里打听一件事。”

说着，他把两块金币放在桌上，小心翼翼地推到对方面前。邦布尔先生十分高兴，将它们放进了背心口袋。

陌生人接着说：“你能想起十二年前的事情吗？”

“那是很久以前了，”邦布尔先生说，“让我想想。”

“场景是救济院。”

“好！”

“时间是夜里。”

“是。”

“地点是在某个破烂的小屋子。一个男孩就生在那里。”

“那里出生的男孩多着呢。”邦布尔先生说，沮丧地摇了摇头。

陌生人嚷道：“我只讲一个，一个胆小温顺、脸色苍白的男孩，后来，他逃到伦敦去了。”

“哎呀，你说的是奥利弗！”邦布尔先生说，“我当然记得他，没有比他更坏的小孩了……”

邦布尔先生刚准备列举奥利弗的罪行，陌生人就打断了他：“我要打听一个女人——当年照顾过他母亲的那个丑老妇人，她现在在哪儿？”

“她去年冬天死了。”邦布尔先生答道。

听到这个消息，陌生人松了一口气，准备起身离开这里。但邦布尔先生实在是狡猾，他立刻看到机会来了，可以出卖他的太太掌握的某些秘密，赚一笔钱。于是，他告诉陌生人，那个老妇人临死的时候跟一个女人秘密地聊过天，也许那个女人有他想要的东西。

“我怎样才能找到她？”陌生人问。

“只有通过我。”邦布尔答道。

“什么时候？”陌生人急忙喊道。

“明天。”邦布尔答道。

“晚上九点。”陌生人说，取出一张纸片，写下一个靠近河边的偏僻地址。

邦布尔先生扫了眼地址，发现上面没有姓名。于是，他指着字条说：“我到那里找谁啊！”

“蒙克斯！”那人答道，然后快速离开了。

第二天晚上，邦布尔夫妇走出镇上的大街，向河边那个偏僻地址走去。

走了好一会儿，那对夫妻在一栋破旧的屋子前面停了下来。

“应该就在这附近了。”邦布尔边说边查看手里的一张字条。

“嘿，这儿呢！”一个声音在上面喊道。

邦布尔先生抬头看去，只见一个人从三楼的一扇窗户向外面看。

他们走进这座屋子，蒙克斯把门锁好，转向邦布尔问道：

“就是这个女人吗？”

“就是这个女人。”邦布尔先生答道。

“好，”蒙克斯说，“我们还是抓紧谈正事吧，这对我们大家都有好处。”

女舍监没等他说完就问道：“那番话值多少钱？”

“看来这番话是值点钱的了，嗯？”

“也许是的。”

“有件东西被从她身上拿走了。”蒙克斯说，“一件她戴的东西，一件——”

“你最好出个价。”邦布尔太太打断了他，“听你说的这些，我已经可以肯定，你正是需要找我谈话的人。”

蒙克斯生气极了，质问他们想要多少钱才肯说出秘密。

邦布尔太太说道：“给我二十五个英镑，我就会把知道的一切都告诉你。”

“二十五英镑！”蒙克斯惊呼道，身子靠到椅背上。

他犹豫了一会儿，手伸进侧面衣兜，取出一只帆布包，点好二十五枚英镑放在桌上，推到邦布尔太太面前。

“那个被我们叫作‘老萨莉’的女人死前，”邦布尔太太开口道，“只有我和她在一起。”

“旁边没有别人？”

“旁边一个人都没有，”邦布尔太太答道，“死神来临的时候，只有我站在她旁边。”

“好，”蒙克斯说，专注地盯着她，“说下去。”

“她跟我谈到一个姑娘，”邦布尔太太接着说，“那姑娘几年前生下一个孩子，就是你昨晚提到的那个孩子。孩子母亲在临死的时候，恳求那个照顾她的护士帮她的孩子保管一件东西。可她刚死，护士就从她身上偷走了那东西。”

“那东西现在在哪儿？”蒙克斯急忙问。

“在这儿！我从老萨莉房间里找到的。”邦布尔太太答道。说完，她连忙把一只小袋子扔到桌上。蒙克斯猛扑上去，用颤抖的双手将它扯开。袋子里放着一个小盒，里面有两缕头发和一枚结婚戒指。

“戒指的内侧刻着‘阿格尼丝’几个字，”女人说道，“那上面留着空，用来填姓氏。然后是日期，离孩子出生不到一年。这是我后来才想到的。”

“全在这儿？”蒙克斯说，把小袋子里的东西急急忙忙、仔仔细细地检查了一遍。

“全在这儿。”女人答道。

听她说完，蒙克斯松了一口气。然后，他把小袋子绑在一个铁锤上，一起丢进了窗外的河里。

三个人互相看着，都松了一口气。几分钟之后，邦布尔夫妇就离开了这座房子。

十六、南希良心发现

就在三个人做完那笔小买卖的第二天傍晚，老犹太人让南希和他一起回老巢取一些东西。

当他们回到老巢时，门外响起一个男人的脚步声。老犹太人把食指贴在嘴唇上，拿起蜡烛朝门口走去。

来的人是蒙克斯。

“她只是我的一个徒弟。”见蒙克斯发现陌生人后身子往后一缩，老犹太人便说：“别走，南希。”

姑娘往桌边挪了挪，瞥了一眼蒙克斯，然后收回视线。

“有什么消息吗？”费金问。

“有重大消息。”

“是、是、是好消息吗？”费金犹犹豫豫地问。

“反正不是坏消息。”蒙克斯微笑着答道，“这次我干得很干净。我得跟你单独谈谈。”

姑娘往桌边靠得更近了，一点也没有要离开房间的意思，尽管她已看到蒙克斯正朝她指指点点。老犹太人指了指上面，带蒙克斯离开了房间。

木地板发出嘎吱嘎吱的声响，老犹太人把蒙克斯带到了三楼。

姑娘脱去鞋子，拉起长袍，站在门口，仔细聆听。然后，她悄无声息地溜出房间，登上楼梯。

随后，姑娘又迈着幽灵般的脚步溜了回来，紧接着便听见两个男人下楼的声音。蒙克斯走到街上去了。

“哎呀，南希，”老犹太人放下蜡烛，身子突然往后一缩，嚷道，“你的脸色好苍白呀！”

“脸色苍白！”姑娘重复道。

“可怕极了。你刚才一个人在干什么？”

“我没干什么呀，只是坐在这个闷死人的地方，也不知过了多久。”姑娘漫不经心地答道，“得啦！行行好，让我回去吧。”

他们没再多说话，互道“晚安”之后便分手了。

姑娘来到空旷的街上，在一个石头上坐下。有好一阵子，她陷入了迷茫之中。突然，她站起身，狂奔起来。

她终于停下脚步，在她前面是一座家庭旅馆，在海德公园附近一条幽静而美丽的街上。此时钟正在敲十一点。

她在门口来回走了几步，似乎有些犹豫。但钟声催她下定决心，迈进门厅。

“喂，姑娘！”一个穿着时髦的女人从她背后的门里探出头来，“你到这儿找谁？”

“找住在这座旅馆的一位小姐。”姑娘答道。

“一位小姐！”对方答道，轻蔑地瞟了她一眼，“哪位小姐？”

“罗丝小姐。”南希说。

年轻女人这时已经注意到南希的模样，于是露出极其鄙视的神情，然后叫了一个男服务员来。

服务员答道：“你不会以为小姐愿意见你这种人吧？”

南希听到他这么说，心里十分生气，但忍住说道："求你们替我捎个信。"

这番请求打动了一位仁慈的厨师，他和另外几个人一起代她求情。于是，那个男服务员答应带她去。她跟在男服务员后面，进入一间小房间。

南希面前站着一位苗条美丽的姑娘。南希头一仰，故意满不在乎地说："见到您真不容易呀，小姐。"

"如果有人对你态度粗暴，我感到十分抱歉。"罗丝答道，"别把这事放在心上。告诉我，你为什么要见我。"

罗丝语调亲切，声音柔美，态度温和，没有一点傲慢，这完全出乎南希意料。

"噢，小姐！"南希双手紧握在面前，激动地说，"世上要是多一些您这样的人，就会少一些我这样的人——肯定会的！"

"你让我感到不安。如果你生活上有什么困难，或者心中有什么苦恼，我很愿意尽我所能帮助你。"

然而南希接下来说的一番话，让罗丝感到十分震惊。

南希说："我就是把奥利弗拽回老犹太人巢穴去的姑娘。"

"是你！"罗丝说。

南希继续说道："您认识一个叫蒙克斯的人吗？"

"不认识。"罗丝道。

"他可认识您，"南希应道，"也知道您在这里。我就是听他说出这个地点才找到您的。"

"那个蒙克斯，"南希继续说，"我听到他跟费金达成了一笔买卖，他要费金把奥利弗变成一个小偷。这次我又偷听到他们的讲话，他说奥利弗是他弟弟，他已经将能证明奥利弗身份的唯一证据给丢进了河里。”

“他的弟弟？”罗丝惊呼道。

“他是这么说的。”南希回答道。

“那我该怎么办呢？你带来的消息有什么用呢？”罗丝说。

“您的身边总会有一位好心的绅士，听了这件事能保守秘密，还会给您出主意。”南希答道。

“可必要的时候我上哪儿去找你呢？”罗丝问。

“每个礼拜天，夜里十一点到十二点，”南希毫不犹豫地说，“只要我不死，就一定会到伦敦桥上散步。”

“等一下，”见南希匆匆向门口走去，罗丝连忙说道，“现在你冒这么大的危险来这儿，你有资格向我提出要求，我可以让你摆脱现在的生活。”

“来不及了！”南希痛苦地喊道，“我要是几年前听到这些话，或许还可以摆脱罪恶而痛苦的生活，可现在已经太迟了！”

这个不幸的女人一边这样说，一边哭泣着转身离开了。

十七、深夜会谈

南希离开后，罗丝感到十分焦虑，她怀着强烈的愿望想要弄清楚奥利弗身上的一切秘密。但同时，她又不知道该从哪里下手，该找谁商量。

这时，散步回来的奥利弗气喘吁吁地跑进房间来。

“你为什么这样慌张？”罗丝迎上去问。

“我简直不知道该怎么说，我觉得快要喘不过气来了。”奥利弗答道，“噢，天啊！我总算见到他了，你们总算可以知道，我对你们说的话都是真实的！”

“我从没有怀疑你对我们说了假话。”罗丝安慰他道，“不过，这是怎么回事？”

“我见到了那位绅士。”奥利弗答道，几乎连话都说不清楚了，“布朗洛先生，我们经常谈起的那位先生。”

“他在哪儿？”罗丝问道。

“他正从马车上下来，”奥利弗流着喜悦的眼泪答道，“要进入一座房子。我没跟他说话——我没法跟他说话，因为他没看见我。我浑身发抖，没法向他走过去。”

“快！”罗丝说，“让他们去叫一辆出租马车，我马上带你去那儿！”

根本不需要催促，仅仅过了五分钟，他们就已经在去见布朗洛先生的路上了。到那里之后，罗丝把奥利弗留在车上，借口要让老绅士做好准备再来接他。

她将名片递给仆人送上去，说有急事要见布朗洛先生。

仆人很快回来请她上楼。罗丝小姐跟着仆人来到楼上的一个房间里，见到了布朗洛先生，离他不远的地方，还坐着格里姆维格先生。

“我想，您就是布朗洛先生吧？”罗丝说。

“正是鄙人。”老绅士说。

“毫无疑问，我会让您感到很意外。”罗丝有些不好意思地说，“您曾经怀着极大的仁慈和好意对待我十分疼爱的一个小朋友。我相信，您肯定有兴趣再次听到他的消息。”

“当然！”布朗洛先生说。

“他的名字叫奥利弗。”罗丝应道。

她的话刚一出口，本来假装专心阅读的格里姆维格先生，便“啪”的一声把书翻了个个儿，身子往椅背上一靠，感到十分震惊。

布朗洛先生同样感到震惊。他把椅子向罗丝挪近些，说：“亲爱的小姐，如果你能提供什么证据，改变我曾对那个可怜孩子不得不抱有的坏印象，那么请赶快告诉我吧！”

罗丝便将奥利弗离开布朗洛先生家之后的全部遭遇简略地讲了一遍，只保留了南希报信那一段没讲。

“谢天谢地！”老绅士说，“这对我来说真是天大的喜事。但你还没告诉我他现在在哪儿，罗丝小姐。”

“他就在门外的马车上等着呢。”罗丝答道。

“就在门外！”老绅士喊起来，然后冲出门，跑下楼梯，钻进车厢。

布朗洛先生离开房间后，格里姆维格先生兴奋极了。他站起身，在房间走了至少十二个来回。

过了一会儿，布朗洛先生带着奥利弗回来了。格里姆维格先生十分亲切地迎接了那个孩子。

“对了，不该把另一个人忘了！”布朗洛先生说着便去拉铃：“请把贝德温太太叫来。”

老奶奶赶了过来，还没等老奶奶站稳，奥利弗就一头扑到了她的怀里。

“天哪！”老奶奶惊呼道，紧紧抱住了奥利弗，“这不是我那无辜的孩子吗？”

布朗洛先生留下老奶奶和奥利弗慢慢聊天，自己带着罗丝来到另一个房间。罗丝完完整整地讲述了自己同南希会面的情况，布朗洛先生听后感到深深的震惊和困惑。

罗丝还解释了为什么没有将这件事先告诉给梅利太太和洛斯本先生。老绅士认为她做事十分谨慎，并同意晚上八点亲自和他们严肃谈一次。说完这些以后，罗丝便带着奥利弗回去了。

等到晚上八点，布朗洛先生出现在罗丝待的那个宾馆里，见到了梅利太太和洛斯本先生。

布朗洛先生将罗丝跟他讲的话全部告诉了这两个人，他们生气极了，洛斯本先生甚至提出要立刻将那伙小偷抓到警局去。但是布朗洛先生立刻打消了洛斯本先生的念头。

他说道：“现在的关键问题不是抓住这些人，而是要立刻弄清楚奥利弗的身世，帮他夺回遗产。如果我们听到的故事不是虚构的，他的这笔遗产已被人用欺骗的手段抢走了。”

“啊！”洛斯本先生一边说，一边从口袋里掏出手帕扇风，“我差点忘了这件事。”

“我们现在要想办法抓住蒙克斯，只有抓住他，所有的一切才可能搞清楚，”布朗洛先生接着说，“在决定采取具体行动之前，我们必须同那姑娘见一次面，让她告诉我们蒙克斯的样子。”

大家一致赞同布朗洛先生的想法，于是，大家商定等星期天见到南希以后再开始行动。

十八、南希被跟踪

南希知道，走出这一步之后，自己将面临重重危险。无论是费金还是赛克斯，只要知道她把有关奥利弗的秘密透露给了罗丝和布朗洛先生，都会毫不犹豫地除掉她。

她的内心越来越混乱，身体也受到了影响，脸色越来越苍白。

星期天晚上，教堂敲响了钟声，赛克斯和老犹太人原本正在谈话，但听到钟声后就停了下来。

“还差一个小时就是半夜了。”赛克斯说，拉起窗帘看了看外面，然后回到座位上，“天又黑又沉，今晚正是做买卖的好时候。”

老犹太人没有说话，只是扯了扯赛克斯的衣袖，指了指南希。原来，那姑娘戴上了软帽，正要离开屋子。

“喂！”赛克斯叫道，“南希，大晚上的，你要上哪儿去啊？”

“不远。”

“这算哪门子回答？”赛克斯应道，“我问你要上哪儿去？”

“我说不远。”

“我问你要上哪儿去？”赛克斯反驳道，“我的话你听见没有？”

“我不知道要上哪儿去。”姑娘答道。

“那我知道。”赛克斯说。他倒不是真有什么原因反对姑娘去她想去的地方，只是犟脾气发作而已，“你哪儿也别去。坐下。”

“我不大舒服。”姑娘答道，“我要去透透气。”

“把脑袋伸出窗外就行了。”赛克斯答道。

“那还不够。”姑娘说，“我要到街上去。”

“那可不行。”赛克斯语气坚决地应道，起身把门锁好，拔出钥匙，把她头上的软帽摘下来，扔到一个旧橱柜的顶上，“好了，”那盗贼说，“老老实实待在那里，听见没？”

“放我出去，赛克斯。”姑娘在门口的地板上坐下，“我只要一个小时——放我出去！”

“我敢打赌，”赛克斯叫道，粗暴地抓住她的胳膊，“你一定是疯了！站起来。”

“除非你放我出去——不然我决不起来！”姑娘尖叫着。

赛克斯不顾她的挣扎扭打，把她拖进隔壁的一个小房间。她不断地挣扎，不断地哀求，直到钟敲十二下，她终于筋疲力尽，不再反抗。

“哎呀！”这盗贼一边抹去脸上的汗水一边说，“真是个古怪透顶的女人！”

“这话没错，赛克斯，”老犹太人应道，“这话没错。”

“依你看，她今晚为什么会突然想要出去？”赛克斯问，“说说看，你应该比我更了解她。这究竟是怎么回事？”

“不知道，我也不清楚，亲爱的。”老犹太人耸耸肩答道。

但老犹太人对姑娘的反常举动还是起了疑心，不过他并没有将自己的疑虑说出来。

第二天，老犹太人一大早就起来了，焦急地候着他的新伙伴。他的这位新伙伴叫博尔，也是一个小偷，是前几天从乡下来的。

在经过长时间的等待以后，这位伙伴终于出现了。

“博尔。”老犹太人拉过一把椅子，在博尔对面坐下。

“嗯，”博尔应道，“什么事？”

“我想让你去跟踪一个女人。”

“要我跟踪她干什么？”

“你什么都不用做，只要告诉我，她去了哪些地方，同谁见了面，把你能收集到的所有她的行踪都给我带回来。”

“她是谁？”博尔问。

“我们中的一员。”

“我明白了，”博尔说，“这事包在我身上好了。”

这个密探做好了准备，只等老犹太人的命令就出发。

六个晚上过去了，费金每次回家都十分沮丧地说时机未到。第七天晚上，他回来得早了些，满脸的喜悦。这天是星期天。

“今晚她要出去，”老犹太人说，“跟我来，快！”

他们来到一家店里，指了指一扇玻璃窗，示意博尔趴上去瞧瞧隔壁房里的那个人。

“就是这个女的？”他小声问道。

老犹太人点点头，说道：“你现在去跟着她。”

门开了，姑娘走出屋子，博尔跟老犹太人交换了个眼神，接着冲了出去。

街灯下，他看见姑娘的背影已经离自己相当远了。博尔赶上前去，谨慎地同她保持着距离。

她有两三次紧张地转头观望，有一次还停下来，让紧跟在后面的两个男人走过去。她似乎越走越有勇气，步子也越来越沉稳、坚定。密探一直与她保持着固定的距离，眼睛牢牢盯着她。

十九、南希遇害

已经是晚上十一点半了，伦敦桥上出现了两个人影。一个是女人，匆匆走在前面，急切地到处看，好像在找人。另一个是男人，鬼鬼祟祟地走在阴影里，同女人间隔一段距离。

姑娘不安地来来回回走着。这时，十二点的钟声敲响了。

钟声敲过不到两分钟，一位小姐由一位头发花白的绅士陪着，在离桥不远的地方从一辆出租马车上走下来。他们刚踏上人行道，那姑娘就浑身一震，立刻走上前去。

他们停下脚步，因为这时恰好有一个乡下人打扮的男人走过来——实际上，那人是同他们擦肩而过。

“这里不行，”南希慌慌张张地说，“我不敢在这里跟你们说话。离开大路，到那边石阶下面去！”

姑娘所指的石阶位于萨里的河岸，是装卸货物用的阶梯。那个乡下人模样的男人神不知鬼不觉地先赶到那里，观察一会儿地形之后，开始顺着石阶走下去。他把身子挺得笔直，紧贴着石墙，屏住呼吸，仔细地聆听。

“上个礼拜天你没来。”一个声音说，显然是那位老绅士。

“我来不了，”南希答道，“我被关在屋里了。”

“被谁？”

“我先前向小姐提过的那个人。”

“但愿他们没有怀疑你今晚要来找我们。”老绅士问。

“没有，没人对我起疑。”南希答道，摇了摇头。

“很好，”老绅士说，“现在你听我说。刚开始我还怀疑能不能完全相信你，但我现在坚信你靠得住。”

“我当然靠得住。”南希严肃地说。

“为了证明我对你的信任，我可以毫无保留地告诉你，我们打算利用那个名叫蒙克斯的人的恐惧心理，迫使他说出秘密。但你现在得告诉我们一些关于他的信息。”老绅士说。

南希详细地叙述了蒙克斯最有可能去的那家店的位置和时间，又努力回想蒙克斯的相貌特征。

“他很高，”南希说，“身子很壮，但不怎么胖。他的眼窝比谁都深，脸很黑。尽管他不过二十六岁，或者二十八岁，但皮肤跟老年人一样。他有病，发病的时候十分可怕，将自己的手咬得到处都是伤痕。

“他转过脸去的时候，在脖子上半部分，您可以瞥见从围巾下面露出来的……”

“一道相当宽的红色疤痕，像是烧伤或烫伤留下的一样？”老绅士喊道。

“怎么回事？”南希说，“您认识他！”

小姐惊叫了一声。有一小会儿，他们一句话都没说，偷听者甚至能清清楚楚地听到他们的呼吸声。

“我想是的。”老绅士打破沉默道，“根据你的描述，我应该认识他。我们会弄明白的。世界上有很多人长得一样。也许不是同一个人。”

“你提供的这些情况对我们极有帮助，姑娘，我希望你能得到回报。我能为你做些什么呢？”老绅士接着说道。

“不用了，先生，”姑娘泪流满面地应道，“您做什么都帮不了我。我这个人已经没救了，真的。”说完这句话以后，她就离开了。

那个躲在石墙后的偷听者一动不动地待了几分钟，直到确定人都走光了，他才悄悄地溜出来，然后拔腿向老犹太人家跑去。

再过两个小时天就要亮了。老犹太人现在脸色苍白，眼睛血红，像一个从坟墓里爬出来的幽灵。

博尔四肢摊开躺在地铺上，睡得正香。老犹太人不时瞟他一眼，然后又将目光挪回到蜡烛上。

他就这样坐着，一动也不动，直到他灵敏的耳朵似乎听到街上的一阵脚步声。

“终于来了，”老犹太人喃喃低语，抹了抹干燥发热的嘴巴，“终于来了！”

不一会儿，一个蒙面大汉走到房间里坐下来，脱掉大衣，原来是赛克斯。

“你怎么啦？”赛克斯说道，“你干吗突然叫我来？”

“我有话要对你说，”费金说，把椅子朝对方挪近了点，“你听了肯定会比我更气愤。”

“快说。”赛克斯吼道。

“嗯，那好，你先等一会儿。”老犹太人说道。接着，他弯下腰，把睡在地铺上的人摇醒。

博尔揉了揉眼睛，打了个大哈欠，迷茫地看着四周。

“把那件事再对我讲一遍——让他也听听。”老犹太人指着赛克斯说。

于是，博尔就将晚上听到的一切都跟赛克斯讲了一遍。赛克斯听完他讲的事情，怒吼道："让地狱之火烧死她！"说完，他愤怒地冲出房间，一步也没有停留，一直冲到自己家。

南希躺在床上睡得正香。赛克斯把她从睡梦中推醒，她坐起来，一脸惊慌。

"起来！"赛克斯说。

"是你啊，赛克斯！"姑娘说，很开心看到他回来。

"是我。"赛克斯应了一声，"起来。"

"赛克斯，"姑娘惊恐地低声道，"你干吗这样看着我！"

那盗贼坐下来，盯了她好几秒钟，鼻孔张得大大的，胸口剧烈地抖动着。然后，他一把揪住姑娘的头发，掐住她的脖子，把她拖到屋子中央。他快速朝门口瞥了一眼，用一只大手紧紧捂住她的嘴。

"赛克斯，赛克斯！"姑娘喘不过气来，惊恐地拼命挣扎，"我、不会叫喊，一声也不会。告诉我，我到底做了什么！"

"你心里有数！"那强盗答道，压住粗重的喘息，"昨晚你被人跟踪了，你说的每句话都被人听见了。"

"看在老天的分儿上，饶我一命吧。"姑娘应道。

赛克斯狂暴地扭动着身躯，抽出一条胳膊，抓起一根沉甸甸的木棍，把她击倒在地，血立刻溅满了整个屋子。

二十、恶人受到惩罚

赛克斯擦了擦衣服，洗了洗手，退到门边。他手里牵着狗，轻轻关门上锁，拔出钥匙，离开了那座房子。

他沿着小路穿过一片森林，跑到田野里，躺下睡着了。

不久，他醒过来了，便到处乱窜，来来回回地走。

一家小酒馆吸引了他。酒馆里生着炉火，几个乡下人在炉前喝酒。他们给这个陌生人腾出地方，但这人却坐在最远的一角，独自吃喝起来。赛克斯吃了一会儿以后，付完钱，匆忙地离开了这个地方。

他一个劲儿地朝前走。

突然，他听见有人在叫“失火啦！”

他来到火场。人们尖叫着、哭喊着，到处乱糟糟的。为了逃避记忆，逃避痛苦，他也加入了这密集的人群。

那一晚他都在东奔西跑，一会儿在抽水泵边抽水，一会儿冲进火场，但总是在声音最嘈杂、人群最密集的地方出现。就这样一直忙碌到白天到来，火场上只剩下几缕青烟和一片焦土。

就在他打算躺下来休息的时候，听见几个人在讨论凶杀案。其中一个人说：“他肯定会被抓的，警察已经行动了，明晚通缉令就会传遍全国。”

他匆匆离开，一直走到几乎累倒在地上。他横下心来，

决定回到伦敦去。但狗怎么办？警方是不会忘记那条狗的，而且会猜到它多半跟主人走了。倘若他继续带着狗，走在街上说不定就会被逮捕，于是他决定把狗溺死。

狗抬头望着他的脸，好像意识到了主人邪恶的想法，朝前走了几步，又后退几步，停了一会儿，然后一转身，以最快的速度跑掉了。

就在这时，在费金的房子里聚集着三个男人。一个是托比，另一个是逮不着，第三个是五十岁左右的盗贼，是从外地逃回来的，名叫卡格斯。

托比首先开口道："费金是什么时候被抓的？"

"刚好是吃午饭的时候——今天下午两点钟。贝茨和我从洗衣间的烟筒里幸运地逃脱了，博尔头朝下钻进一个接雨水的空桶，可他腿太长，从桶上方露了出来，也被抓走了。"逮不着说。

"贝特呢？"

"可怜的贝特！她去辨认南希的尸体，然后就疯了，不停地尖叫，说胡话。于是他们把她送去医院了。"

"小贝茨呢？"

"他就在附近，天黑过后才会来这儿。"

话音刚落，楼梯上传来啪嗒啪嗒的声音，只见赛克斯的狗闯了进来。

"这是怎么回事？"他们回房后，托比说，"他不会来这儿吧。"

"他要是来这儿，就该和狗一起到。"卡格斯说。

"它是从哪儿来的呢？"托比高声道，"为什么它独自来了，主人却没来？”

“他——”他们三个谁也不提那个凶手的名字，“他不会自杀了吧？你们说呢？”逮不着问。

他们仔细地思考了一会儿这个问题，突然听见楼下传来一阵急促的敲门声。

托比走到窗口，然后浑身哆嗦着缩回了脑袋。狗立刻警觉起来，呜呜地朝门口跑去。

“我们得放他进来。”托比拿起蜡烛说。

然后他下楼去开门，带了一个汉子回来，是赛克斯！

他一手搭在房中央一把椅子的背上，靠着墙，坐了下来。

没有一个人说话。当赛克斯用低沉的嗓音打破沉默时，三人全吓了一跳，好像从没有听过这声音一样。

“狗是怎么到这儿来的？”他问道。

“它自己来的。来了三个小时了。”

“今天的报纸说费金被抓走了，这是真是假？”

“是真的。”

他们再次陷入沉默。

一阵敲门声打破了沉默，贝茨回来了。赛克斯坐在门对面，那少年一进门就看见了他。

“贝茨！”赛克斯上前道，“难道你不认识我了？”

“不要靠近我！”少年答道，连连后退，惊恐地望着杀人犯的脸，“你这个魔鬼！”

屋外传来响亮的脚步声，托比慌忙站起来，看了看窗外。外面火光闪烁，然后便是一阵咚咚的敲门声。

“救命啊！”少年的尖叫声撕裂了夜空，“他在这儿！把门撞开！”

“我们以国王的名义来捉拿凶手！”外面有人大喊道。

“把门撞开！”少年尖叫道，“他们是决不会开门的，直接冲进有亮光的房间！”

“我要把这个瞎嚷嚷的小鬼关起来。”赛克斯凶狠地说道。

然后，他打开了一扇门，将贝茨关了进去。

接着，他冲着屋外的人群吼道：“你们有本事就尽管使出来吧！反正我都逃得掉！”说罢，他找来一根绳子，匆匆爬上房顶，打算跳到一旁的水沟里逃命。

人们愤怒极了。有人尖叫着建议挤在最前面的人放火烧房；有人咆哮着呼吁警察开枪打死他。

屋外的人们不断涌来，将房子团团围住。

“这下要抓住他啦！”距离最近的一个人大叫着。

众人纷纷脱下帽子，爆发出一阵欢呼。

过了一会儿，大门被撞开了。

这时，赛克斯把绳子的一头绑好，顺着绳子往沟里爬下去。但一不小心，脚底打滑，他摔了下去，脑部磕到了石头，当场就死了。

二十一、与亲人团聚

天色开始暗下来的时候，布朗洛先生在自家门口跳下出租马车，轻轻敲了敲门。

门开了。布朗洛先生打了个手势，两个汉子把另一个人扶出车厢，夹着他匆匆走进房子。这个被夹在中间的人便是蒙克斯。

他们就这样一声不吭地把他带上楼梯。布朗洛先生走在前面，领着他们进入一间后屋。

蒙克斯显然很不情愿走进房间，他在门口停了下来。

“是谁给了这两条狗权力，把我从街上绑架到这里？”蒙克斯问。

“是我给的，”布朗洛先生答道，“他们的行为由我负责。”

蒙克斯看到布朗洛先生严肃和坚定的表情，于是他走进房间，耸耸肩，坐了下来。

“想不到啊，先生，”蒙克斯说，扔下帽子和斗篷，“从我父亲的老朋友这里，竟会享受到这么好的待遇。”

“我是你父亲的老朋友，年轻人。”布朗洛先生应道，“我青年时期就与你父亲是特别好的朋友，要是他现在知道你做的那些事，他一定会感到十分耻辱。”

两人陷入沉默。布朗洛先生一只手掩面坐在那里，蒙克斯则一脸阴沉，满不在乎地把身子扭来扭去。许久，他终于打

破沉默："这真是太棒了。但你找我干什么？"

"你有一个弟弟。"布朗洛先生说道，"他是你父亲与一位海军军官的女儿生的。这是一个可怜的孩子，出生以后父母就都死了，从此无依无靠。但有比命运更强大的力量，把他推到了我面前，让我把他救了出来。"

"什么？"蒙克斯惊叫道。

"是我把他救了出来。"布朗洛先生接着说，"你父亲临死的时候留下了一份遗嘱，但被你母亲毁了。你应该没有忘记遗嘱里的内容，凡是涉及你弟弟的，你必须执行。之后你想去哪儿就去哪儿吧。你们两人在这世上不必再相见。"

蒙克斯在房间里走来走去，仔细地思考着老绅士的建议。

"你拿定主意了吗？"布朗洛先生低声问蒙克斯。

"是的。"他答道。

两天后，下午三点。奥利弗坐着一辆旅行马车，向他出生的那个镇子出发了。与他坐在同一辆车上的有梅利太太、罗丝、贝德温太太和好心的医生。布朗洛先生和一位还没有向奥利弗提及过姓名的家伙乘车跟在后面。

马车飞速行驶。奥利弗看着那条他曾经走过的路，万般情绪涌上心头。那时候的他无家可归，没有任何人会帮助他，收留他，可现在的他竟然有了这么多的人陪着。

"瞧那儿，那儿！"奥利弗大叫道，急切地抓住罗丝的手，指着车窗外，"我曾经爬过那里，躲在那排树篱后面，害怕有人追上来抓我回去！"

罗丝点了点头，抱着他说："不会了，不会了，再也不会有人抓你回去了。"

马车离镇子越来越近，一个小时后，他们就到了镇上的旅店里。罗丝和奥利弗待在一个房间里，其他人在另一个房间里。

过了一会儿，其他人全部走进了奥利弗的房间，布朗洛先生和一个男人走在最后面。一看见这个男人，奥利弗差点惊叫出来。

他曾经看到这个男人和费金在一起，而现在，他们却告诉他，这个人是他哥哥。即使到了这时候，蒙克斯也难掩心中的仇恨。他恶狠狠地瞪了那孩子一眼，在门边坐下。布朗洛先生拿着一沓文件走到桌前，罗丝和奥利弗就坐在附近。

“这是件苦差事。”他说，“尽管这份声明你已经签了字，但我还是想听你亲口说一遍才能让你走。”

“你只管说吧，”那人转过脸说道，“快点。我想，你们要我做的，我已做得差不多了。别把我扣在这里。”

“这个孩子，”布朗洛先生说，将奥利弗拉到自己面前，一手搭在他头上，“是你同父异母的弟弟。”

“没错！”蒙克斯说，怒视着那个浑身颤抖的孩子。

“这孩子出生在这个镇上，对不对？”

“在本镇的救济院里，”他回答的语气相当阴沉，“上面都写着呢。”说着，他不耐烦地指了指那沓文件。

“我非要你在这儿再说一遍。”布朗洛先生说。

“那就听着吧，你们！”蒙克斯应道。

接下来的一个小时，蒙克斯将文件里的内容说了一遍：他的父亲在病倒以后，留下了两份文件，一份是给奥利弗母亲的信，一份是遗嘱。信上写了父亲对奥利弗母亲的愧疚，希望能得到她的原谅，还提到了送给她的一个小金盒和戒指。遗嘱中还提到，只有奥利弗变坏了，蒙克斯才可以继承他留下来的钱财。

听完以后，大家都感到十分惊讶。布朗洛先生转过身，对旁边深感震惊的听众说，这个人给了老犹太人费金一大笔钱，作为把奥利弗牢牢控制住的报酬。

“那个小金盒和戒指呢？”布朗洛先生转向蒙克斯问道。

“我是从跟你提过的那对男女手上买下这两样东西的。他们是从一个护士那里偷来的，而那个护士又是从死人身上偷来的。”蒙克斯答道，“你知道东西最后去哪儿了。”

布朗洛先生冲格里姆维格先生微微点头，后者走出房间，转眼又回来了。他前面推着邦布尔太太，后面拖着她不愿进门的丈夫。

布朗洛先生指着蒙克斯问道：“你们认识这个人吗？”

“不认识。”邦布尔太太肯定地答道。

“或许你也不认识？”布朗洛先生又问她的丈夫。

“我这辈子都没见过他。”邦布尔先生说。

布朗洛先生再次向格里姆维格先生点点头，后者走出房间，带回两个老妇人。

“老萨莉死的那晚，你把门关上了。”走在前面的老妇人举起一只皱皱的手，“可你关不住声音，也堵不住门缝。”

“对，对，”另一个老婆子说，“说得对。”

女舍监说道：“既然你们已经调查过，找到了两个合适的证人，我也没什么可说的了。我确实把那两件东西卖了，它们已经落到了你们永远找不回来的地方。那又怎么样？”

“不怎么样。”布朗洛先生答道，“只是你们两位都不能再担任需要承担责任的职务了。你们可以走了。”

现在所有的证据和证人都证明了蒙克斯对奥利弗犯下的罪行，奥利弗多年来受到的折磨在这一刻终于得到了补偿。

从那以后，布朗洛先生将奥利弗收作养子。为了满足奥利弗心中的唯一愿望，他带着奥利弗和老奶奶一起住到了罗丝小姐一家的旁边。

那位可敬的医生感觉自己一个人住着无聊，也搬到了一块去住。格里姆维格先生就更不用说了，布朗洛和奥利弗搬家的那天，他就跟他们一起过去了。

从此，这群人成为一个小团体，过着幸福的生活。

THE CALL OF THE WILD

杰克·伦敦

美国著名小说家。他当过报童、水手、记者，还曾前往加拿大淘金。他以丰富的生活经历为素材，创作了许多现实主义风格的小说。

野性的呼唤

要么去征服，要么被征服

一、一只宠物狗的蜕变

从普吉特海峡到圣迭戈沿海地区的每一只狗，都要遇上麻烦了。

最近这些年来，有很多人都跑到北极去探险。他们在那里发现了一些金矿，赚了许多钱。于是，成千上万的人赶往北极，希望在那里发一笔大财。这些探险者需要大量的狗，特别是那种身强力壮、长满长毛的狗。这种狗既能帮助他们拉雪橇，又能忍受北极的严寒。

巴克是米勒大法官家的一只狼犬，它的父亲是一只体格魁梧的圣伯纳犬，母亲是一只身材矮小的苏格兰牧羊犬。虽然巴克没有继承父亲的庞大体形，但是它身手矫健，天生就有一种贵族的气派。

自从出生以来，巴克一直在大法官家里过着悠闲、富足的生活。不过，巴克并没有像其他宠物狗那样变得好吃懒做。它热爱一切运动，喜欢跟着主人打猎、游戏和散步。这些活动让它练就了一身强健的肌肉，保持着精壮的身材。

然而，就在1897年的那个秋天，巴克的命运发生了彻彻底底的改变。那天晚上，大法官正在开会，孩子们也都忙着自己的事情。没有人发现，园丁助手曼纽尔正牵着巴克穿过果园。曼纽尔是一个品行不端的人，他喜欢赌博，结果欠了一屁股的

债。为了还清那些债务，他打起了巴克的主意。

巴克以为他们只是出去散散步，于是顺从地跟着曼纽尔向火车站走去。车站上有一个陌生的男人正在等他们，他和曼纽尔交谈了几句，巴克就听见了金币发出的叮当声。

曼纽尔拿出一条结实的粗绳子，绕在巴克的脖子上，对陌生男人说：“你只要用力一拉，它就被勒住了。”

巴克依然没有反抗。但是，当它看见曼纽尔把绳子交到陌生男人手里时，它大声地叫了起来，表示它的不满。

突然，巴克感到脖子上的绳子被勒紧了，勒得它几乎无法呼吸。巴克发火了，它向陌生男人冲过去。那个人一把抓住它的喉咙，将它扔了出去。然后，他又拉紧了那条绳子。

巴克狂怒地挣扎着，绳子越勒越紧，它渐渐没了力气，躺在地上失去了知觉。

在火车的颠簸中，巴克慢慢醒来了，它听见了一声刺耳的汽笛声。巴克睁开眼睛，怒视着陌生男人，狠狠地咬住了他的手。陌生男人满手是血，气愤地勒紧了绳子，之后巴克便什么都不知道了。

火车很快到达了旧金山，陌生男人把巴克带到一家小酒馆里，向酒馆老板抱怨：“我辛辛苦苦地折腾这么一次，还受了伤，才挣了五十块钱！”

“那个家伙挣了多少？”酒馆老板问道。

“整整一百块！”

“那总共是一百五十块了。”酒馆老板算了一下，“这只狗，值这个价钱。来吧，在你离开之前，我想请你再帮我一个忙。”

陌生男人和酒馆老板一起走到巴克身边。神志不清的巴克依靠本能反抗着他们。但是，它一次又一次地被打倒。那两个人取下巴克脖子上的铜项圈，把它关进了一个木箱子里。

第二天早晨，四个蓬头垢面、衣衫褴褛的男人搬走了木箱。巴克被抬进一辆马车里，然后又经过了许多次转手，最后被送到了一辆特快列车上。

那列火车奔驰了两天两夜。这几天来，巴克滴水未进、滴米未沾，饿得前胸贴后背。巴克觉得自己受尽了屈辱和折磨，心中充满了愤怒。

火车终于到达了西雅图，那四个男人把巴克抬下火车，放进了一辆马车里。马车一路疾驰，来到一个狭小的后院。一个身穿红衣服的男子走出来，手里拿着一把斧头和一根棍子。

“你要把它放出来吗？”马夫紧张地问。

“那当然了。”红衣男人回答道。他举起斧头，重重地砍在木箱上。

巴克疯狂地吼叫着，想要从箱子里钻出来。红衣男人不慌不忙地又砍了几下，在箱子上砍出了一个大洞，足够让巴克钻出来。这时，他飞快地扔掉斧头，用右手握住了那根棍子。

两眼血红的巴克从洞里跳出来，弓起身体向红衣男人扑去。突然，它的身体在半空中受到了猛烈的一击，疼得从空中掉下来，摔倒在地上。巴克从没有挨过打，不知道发生了什么事。它忍住疼痛，翻身爬起，又向红衣男人扑过去。这一次，它又挨了重重的一棍。

巴克似乎已经疯了，它一次又一次地扑向红衣男人，每次都被打倒在地。鲜血从它的鼻子和嘴巴里流出来，身上的毛皮都被染得血迹斑斑。这时，红衣男人走到它面前，举起棍子，用力打在巴克的鼻子上。这一击让巴克痛不欲生。它像一头狮子一样凶狠地扑过去，红衣男人抓住它的下巴，用力一摔，巴克便一头栽倒在地上，浑身瘫软无力。

“你的名字叫巴克，是吗？”红衣男人拿出酒馆老板的信，看了看，对巴克说，“好了，巴克，要乖乖地听话！你已经尝到教训了吧，只要你以后听话，我不会再打你了。明白吗？”

说完，红衣男人拍了拍巴克的脑袋。巴克正想反抗，又忍了下来。那个人给它端来一盆水和一大块肉，巴克狼吞虎咽地吃了起来。

这一场人与狗的战斗，巴克输得很惨。它记住了这个教训，也知道弱肉强食才是这个世界的法则。从那天起，巴克体内的野性便被唤醒了，它开始勇敢地面对这残酷的现实。

日子一天天过去了，陆陆续续有很多狗被送到了小院里。每一只狗刚来的时候，都会受到巴克那样的遭遇。

这一天，一个身材矮小、皮肤黝黑的男人来到小院里，他一看见巴克，便大声叫了起来：“天哪，我要这只狗，多少钱？”

“三百块，算是送给你了。”红衣男人笑着说，“反正你花的是政府的钱，就别讨价还价了。佩尔特，你说是不是？”

佩尔特笑了笑。他是个非常了解狗的人，一看见巴克，就知道这是一只罕见的好狗。于是，他爽快地掏了钱，买下了巴克和另一只名叫科里的狗。

巴克和科里被佩尔特带上“独角鲸号”轮船，离开了那个红衣男人，也离开了它从小生活的温暖的南方。佩尔特把这两只狗带到船舱里，交给了一个叫弗朗索瓦的人。

很快，巴克就发现这两个人和红衣男人完全不一样，他们为人正直、公正无私。虽然巴克并不怎么喜欢他们，但心里却很尊敬他们。

在船舱里，巴克还认识了另外两只狗。其中一只叫斯皮兹，身材高大，是个笑里藏刀的家伙。当巴克发现它偷吃了自己的食物，正准备扑过去的时候，弗朗索瓦的鞭子却提前向斯皮兹挥去。从此，巴克确定弗朗索瓦是个处事公平的人，便更加尊重他了。

另外一只狗名叫戴夫，性格十分孤僻。它倒是没有偷吃过巴克的食物，但也从来不理睬巴克。戴夫似乎对任何事情都不感兴趣，每天就是吃了睡、睡了吃。

螺旋桨不知疲惫地转动着，轮船上的生活几乎每天都是一模一样的。尽管如此，巴克还是敏锐地感到了气温的变化——天气越来越冷了。

一天清晨，螺旋桨终于停止了转动，船上传来一阵阵激动的呼喊声。弗朗索瓦用绳子绑好这几只狗，把它们挨个带上了甲板。

一踏上冰冷的甲板，巴克的脚就陷入了一种奇怪的东西里面。那东西看起来白白的，非常松软。它吓得叫了一声，急忙把腿缩了回去。巴克伸出舌头，好奇地舔了舔。那东西冰凉冰凉的，瞬间就消失了。巴克觉得很奇怪，又试了一次，结果还是一样。

旁边的人看见巴克的样子都哈哈大笑起来。巴克觉得很害羞，却不知道他们为什么笑话它。要知道，这可是巴克看见的第一场雪啊！

二、残酷的生存之道

就这样，巴克彻底远离了以前那种文明的生活，来到了原始社会——巴克和科里被带到了迪亚海滩。这里的人和狗，身上都充满了野性，一个个穷凶极恶、无法无天。他们唯一服从的，就是弱肉强食的生存法则。在这片野蛮的土地上充满了争斗和危险，随时都要保持警惕。

在迪亚海滩上，巴克第一次看见了狗打架，这次打斗经历给它留下了深刻的教训。当然，巴克并没有参与这次打斗，只是它的朋友科里死了。

那时候，它们在一间木料仓库附近休息，科里主动靠近一只狗，想对它表示友好。没想到，那只狗猛地扑了过来，用利齿狠狠地咬住科里的脸。

更糟糕的是，不知道从什么地方，突然跑出来三四十只爱斯基摩犬，将科里和那只狗团团围住。科里扑了过去，那只狗却巧妙地绊倒了科里。守候在周围的爱斯基摩犬们疯狂地冲过去，将科里压在下面。可怜的科里，不断地发出痛苦的惨叫。

看到这一幕，巴克被吓呆了。而旁边的斯皮兹伸出红色的舌头，露出一脸狰狞的笑容。弗朗索瓦听见科里的叫声，挥舞着斧头冲过来，赶走了那群爱斯基摩犬。但是，已经来不及了，科里被那群狗撕成了碎片。

从此以后，科里惨死的画面，经常出现在巴克的梦里。

巴克暗下决心，一定不能让自己倒在其他狗面前。这时，巴克又看见了斯皮兹的笑脸，就更加痛恨那个家伙了。

巴克还没从科里的死亡中缓过来，就又遭遇了另一个打击。弗朗索瓦竟然拿来一套皮带和搭扣，绑在了它的身上！巴克在大法官家见过这些东西，那是马夫套在马身上的，好赶着马去干活儿。现在，巴克竟然也被套上了那些玩意儿，这件事深深地伤害了它的自尊心。

不过，巴克现在学聪明了，它并没有反抗，而是决定认真完成这项工作。它和其他狗一起，把弗朗索瓦坐着的雪橇拉到森林里，然后再把一些木柴拉回来。

在这支狗队里，戴夫的经验非常丰富，巴克一犯错，它就会使劲儿咬巴克的后腿。而斯皮兹是领头犬，总是跑在最前面。当巴克出错的时候，斯皮兹够不着巴克，不能咬它，只好大声地冲着巴克咆哮，或者用力拉扯缰绳，把巴克拉到正确的方向上来。

巴克非常聪明，在弗朗索瓦和两只队友的带领下，很快就掌握了拉雪橇的技巧。从森林返回营地的路上，巴克就已经明白了，只要听到“嗬”的声音就赶快停下来；听到“驾”的声音就赶快前进；在路上转弯的时候，要大幅地转；拉着载满货物的雪橇冲下斜坡时，要记得离戴夫远一些，不然会撞到一起。

“这三只狗真厉害啊！”弗朗索瓦对佩尔特说，“特别是巴克，学得那么快，我从来没见过这么聪明的狗！”

那天下午，佩尔特带回了两只爱斯基摩犬。它们是两兄弟，性格却截然不同。那只叫比利的狗，脾气温顺；那只叫乔的狗，却性格火暴。

到了傍晚，佩尔特又带回一只上了年纪的狗，它身体瘦长，脸上全都是一道道伤疤。这只狗名叫索莱克斯，瞎了一只眼睛。它和戴夫一样，几乎不怎么关心周围的事情。不过，巴克很快就发现索莱克斯有个忌讳。当时，巴克无意中走到了索莱克斯瞎眼的那一边。索莱克斯立刻爆发了，猛地把巴克推翻在地，在它肩膀上咬了一道长长的口子。从此以后，巴克就知道，无论任何时候，都要避开索莱克斯的瞎眼。

天终于黑下来了，佩尔特和弗朗索瓦的帐篷里亮起了灯。巴克忍不住走了进去，没想到，佩尔特和弗朗索瓦却大声呵斥，把它从帐篷里赶了出来。巴克仓皇地逃到雪地上，寒风呼呼地吹着，肩膀上的伤口疼得要命。巴克试着躺在地上睡觉，身体却冷得发抖。它也不敢离开营地，因为附近不断地响起野狗的叫声。

奇怪的是，其他的队友都不见了。它们去哪里过夜了呢？

巴克垂着尾巴，浑身颤抖着在帐篷周围转圈。突然，它感觉脚下的雪地陷了下去，好像有个软绵绵的东西在脚下蠕动。巴克吓了一跳，飞快往后一跃，疯狂地咆哮着。忽然，它听见雪地下传来一声友善的叫声，它这才平静下来，向洞口走去。巴克刚刚靠近洞口，就感到了一股热气。原来，比利正舒舒服服地蜷缩在雪堆下面。比利看见巴克，用又湿又热的舌头舔了舔巴克的脸颊，向它表示友好。

巴克这才知道，原来爱斯基摩犬都是在雪地下过夜的。它立刻手忙脚乱地挖了一个洞，趴在洞里睡觉去了。不一会儿它就睡着了。

第二天早晨，营地里的嘈杂声把巴克吵醒了。昨天晚上下了一夜的大雪，巴克完全被雪埋住了。巴克大叫一声，跳出了洞穴，站在雪地上。

弗朗索瓦看见巴克，大声叫着它的名字，然后对佩尔特说：“这真是一条好狗，什么都学得很快！”

佩尔特点了点头，他也对巴克十分满意。佩尔特是一个为政府送信的人，需要寻找最优秀的狗来派送急件。显然，巴克非常适合这项工作。

一个小时之后，狗队里又增加了三只爱斯基摩犬。现在，这支队伍里一共有九只狗了。十五分钟以后，所有的狗都背上背带，拉着雪橇朝迪亚峡谷跑去。巴克发现，今天队伍里的气氛非常活跃，它也受到了这种情绪的感染，浑身都充满了

力量。

戴夫和索莱克斯的变化最明显。它们身上那种满不在乎的劲头儿消失了，变得主动又机灵。如果有哪只狗耽误了它们的工作，它们就会勃然大怒。

在这支狗队里，戴夫排在最后面，它是后卫犬。戴夫的前面是巴克，巴克前面是索莱克斯。其他几只狗依次向前排成一列，站在队伍最前方的是领头犬斯皮兹。

弗朗索瓦把巴克排在戴夫和索莱克斯中间。那两只狗经验丰富，完全可以做巴克的老师。同时，它们也很严厉，如果巴克犯了错，就会毫不留情地惩罚它。有一次，雪橇在中途停下来休息，巴克不小心和缰绳缠在了一起。戴夫和索莱克斯看见了，扑过来咬了巴克好几口。很快，巴克便记住了这次的教

训，它随时都会关注身上的缰绳，绝不让它们再次缠绕起来。

在随后的旅程里，巴克再也没有犯过任何错误。同伴们不再惩罚它，弗朗索瓦的鞭子也不再抽打它。佩尔特甚至关心地抬起它的脚，看看脚掌上有没有受伤。

狗队离开峡谷后，穿越了森林边界，又横穿过冰河，最后翻越了矗立在海水和淡水之间的分水岭。到了晚上，它们赶到了贝内特湖边的营地，这才停下来休息。巴克又在雪地里挖了一个洞，它奔波了一天，早就累坏了，刚一躺下就睡着了。

第二天天还没亮，巴克和同伴们就被弗朗索瓦叫醒了。它们绑上背带，在黑暗和寒风中出发了。在随后的日子里，狗队来到了人迹罕至的荒野，那里没有人为它们开路，前进的速度一下减慢了许多。

像这样拉着雪橇赶路的日子，每天都在重复。由于体力消耗得厉害，巴克总是感到肚子饿。其他的狗身体小，每天只需要吃一斤鱼就够了。巴克虽然每天能分到一斤半的鱼，但还是吃不饱。

很快，巴克就改掉了挑食的坏毛病。原来住在大法官家里的时候，巴克吃饭总是细嚼慢咽的。现在，它发现这样吃饭行不通了。其他的同伴吃完自己的食物以后，经常会来抢巴克的食物。为了保护自己的口粮，巴克也学会了狼吞虎咽地吃饭。

同时，巴克也学会了偷别人的食物。有一天，一条新来的狗帕克趁佩尔特不注意，偷走了一条培根。巴克看见了，也跟着偷走了一大块猪肉。这件事情很快被佩尔特发现了。但是，佩尔特并没有怀疑是巴克干的，因为巴克的表现一向良好。而另外一只经常干坏事、时常被佩尔特抓住的新狗笨达布，成了巴克的替罪羊。

这次偷肉事件的成功，表明巴克已经渐渐懂得了生存之道，开始适应这种残酷的竞争环境。在北极这片寒冷的土地上，如果巴克只懂得道德和礼貌，是肯定无法活下去的。

慢慢地，巴克变得和以前截然不同了。它的身上长满了坚硬的肌肉；它的听觉、视觉和嗅觉变得更加敏锐了，即使在睡梦中，它也能辨别出安全或者危险的信号；巴克学会了在冰面上找水喝；它还能通过晚风的气息，预测出第二天的天气。

巴克体内的原始本能正在苏醒，它时常回忆起祖先们的生活。在很久很久以前，它的祖先们还是一群没有被驯化的野狗，它们会成群结队地在原始森林里奔跑，会像狼群一样用锋利的牙齿撕咬猎物。那些祖辈们代代相传的战斗技能，都深深地隐藏在巴克的血液中。如今，巴克正在一点儿一点儿地将它们唤醒，就好像它一直拥有着它们一样。

三、成为王者

经过多天的残酷磨炼，巴克变得更加成熟、稳重了。它时刻都保持着警惕，既不让自己陷入危险之中，也不允许自己做出冲动的行为。巴克体内的原始野性虽然复苏了，但是巴克悄悄地控制着它们，不在同伴面前露出一丝痕迹。

巴克非常讨厌斯皮兹，但它总是小心翼翼地与斯皮兹相处，不愿意挑起任何事端。斯皮兹也不喜欢巴克，它知道巴克是它最强大的对手，因此经常挑衅巴克。

一天傍晚，弗朗索瓦和佩尔特准备在一个湖边过夜。他们背后是一片悬崖，因此只能在结冰的湖面上生火。前几天，为了减轻雪橇的重量，他们扔掉了帐篷，现在只好穿着睡衣躺在冰上睡觉。

巴克利用自己判断风向的特长，在一块岩石下面挖了一个洞，打算晚上在这里睡觉。然而，等它填饱肚子回来睡觉的时候，却发现洞穴已经被斯皮兹占领了！

这一次，巴克再也不愿意忍受斯皮兹的欺负了。它大声咆哮着，像一头凶猛的野兽一样扑过去。斯皮兹原本以为巴克虽然体形比较大，但却是个懦弱的家伙。没想到，巴克发起火来竟然这么可怕。

巴克和斯皮兹厮打在一起，从洞里一直打到了冰面上。弗朗索瓦看见了，也吓了一跳。他能猜到是斯皮兹故意挑起的事端，便对着巴克大声喊道：“揍它！给它个教训！”斯皮兹对巴克的反抗感到愤怒，恨不得立刻将巴克打倒在地。巴克也想狠狠地教训斯皮兹一顿，它谨慎地寻找着进攻的最佳时机。

突然，一群饥饿的爱斯基摩犬冲到了营地上。这是一群骨瘦如柴的野狗，有一百多只，它们闻到了食物的气味，便悄悄地摸了过来。

弗朗索瓦和佩尔特看见这群野狗，挥起木棍驱赶它们。雪橇队里的狗发现敌人来了，也从洞穴里跳出来，加入了战斗。但是，它们刚一出现，就被野狗群包围了。野狗的眼睛发出凶狠的光芒，口水从尖利的牙齿上滴下来——它们早就饿得发狂了。

战斗爆发了。三只野狗向巴克发起了进攻，不久，巴克的肩膀就被撕裂了。戴夫和索莱克斯浑身是伤，乔咬断了一只野狗的前腿，帕克也咬断了一只野狗的喉咙。

巴克勇敢地向敌人扑去，突然，它感觉自己被另外一只狗咬了一口。它扭头一看，竟然是斯皮兹！这个阴险的家伙竟然趁乱从旁边偷袭同伴！

野狗的数量实在是太多了，弗朗索瓦和佩尔特决定带着狗队突围出去。巴克正要和同伴们一起向外冲，忽然，它看见斯皮兹又向自己扑来。巴克知道，只要自己一倒下，就会被那群野狗撕成碎片。于是，它奋力赶走斯皮兹，转身追上了逃跑的同伴。

狗队一路奔波，终于在森林里喘了一口气。九只狗都受了伤。天亮以后，这群狗一瘸一拐地回到营地，那群强盗已经离开了，但是营地里的食物都被抢光了，其他物品也被破坏得不成样子。

弗朗索瓦和佩尔特望着一片狼藉的营地，满脸愁容。现在，离他们的目的地道森还有四百千米，如果狗队不幸暴发了狂犬病，他们就没法按时为政府送信了。

弗朗索瓦和佩尔特压抑着愤怒的情绪开始整理东西。大约两个小时以后，他们终于带着这群遍体鳞伤的狗上路了。

佩尔特是一个非常勇敢的人，正是因为他毫不畏惧困难，政府才把重要而艰巨的送信任务交给他。佩尔特拿着一根长杆，在最前方给大家探路。有好几次，他都不慎掉进了冰洞里，幸好那根长杆横在洞口，才救了他的命。当时，野外的温度是零下五十摄氏度。佩尔特每次从冰洞里爬出来，都要赶快生一堆火，把湿透了的衣服烘干，否则他便会被活活冻死。

当这支历经磨难的队伍到达胡塔林夸地区的时候，所有的狗都筋疲力尽了。为了弥补前面耽误的时间，佩尔特不断地催着狗队赶路。

除了巴克以外，其他的狗都是爱斯基摩犬，它们的脚掌又结实又坚硬。而巴克的脚掌没有它们那么耐磨，上面到处都是被磨破的伤口，只能一瘸一拐地行走。到了晚上休息的时候，巴克就会瘫倒在地上，一步路也不想走了，连鱼也不想吃，弗朗索瓦只好亲自把鱼端到巴克面前。吃完晚饭，弗朗索瓦还会给巴克的脚掌按摩，最后还给巴克做了四只鞋子。不过，巴克的脚掌在连续的行进中，也逐渐变得坚硬起来。等那四只鞋子磨破了之后，巴克已经用不着穿鞋赶路了。

没过多久，狗队里又发生了一件可怕的事情。多利突然发疯了。它狂叫一声，朝着巴克冲过去。巴克隐隐约约觉得多利有些不对劲儿，急忙逃跑。多利疯狂地追在后面，嘴里还不断地向外喷着白沫。

多利咆哮的声音离巴克越来越近。忽然，巴克听见弗朗索瓦在远处喊它的名字。它急忙向弗朗索瓦奔过去。果然，弗朗索瓦正提着一把斧头，站在路边等待。等巴克从他身边跑过去后，他用力挥出斧头，一斧子砍在多利的头上。

多利死了，巴克气喘吁吁地走到雪橇边休息。狡猾的斯皮兹发现这是个好机会，立刻扑到巴克身上，撕咬着巴克。弗朗索瓦看见了这一幕，挥起鞭子，狠狠地抽打了斯皮兹一顿。

“斯皮兹是个魔鬼，说不定哪一天，它就把巴克咬死了。”佩尔特对弗朗索瓦说。

"我倒觉得巴克更可怕。"弗朗索瓦反驳说,"我观察了它很久。我敢保证,总有一天,巴克会狠狠地把斯皮兹解决掉!"

从那天起,巴克和斯皮兹彻底撕破了脸。斯皮兹原来见到过许多从南方来的狗,它们身体柔弱、天性胆小。但是,它发现巴克是一个例外。巴克不仅通过了各种考验,而且变得越来越强壮了。无论在力量、智慧和野性上,它都超过了大部分爱斯基摩犬。同时,巴克也展现出了一种特殊的领袖风范。斯皮兹很清楚,巴克现在的忍耐,只不过是为了寻找一个合适的机会推翻它,代替它成为狗队的领头犬。

巴克与斯皮兹之间的争斗,总有一天会到来。巴克很期待这一天,它渴望拥有这样一种来自权力的骄傲。正是因为巴克产生了夺权的想法,它不再像原来那样低调,而是开始不断地挑战斯皮兹的权威。

一天晚上,下了一场大雪。天亮以后,帕克不见了。很显然,帕克是故意躲起来的,这家伙总是喜欢在恶劣天气里偷懒。弗朗索瓦在雪地里找了很久,帕克就是不肯出来。斯皮兹发怒了,它把鼻子贴在雪地上,一边咆哮,一边嗅着帕克的气味。

最后,帕克还是被斯皮兹找到了。斯皮兹扑过去,想要教训帕克一顿。可是,巴克却像一道闪电一样冲上前去,用身体撞开斯皮兹,挡住了帕克。帕克看见巴克为它出气,胆子也大了,和巴克一起扑到斯皮兹身上,把它压倒在雪地上。

弗朗索瓦是一个公正无私的人,知道这件事应该惩罚谁。他举起鞭子抽打在巴克身上。

在以后的日子里,巴克不断地与斯皮兹作对。只要斯皮兹想要惩罚同伴，巴克就会挺身而出，护住同伴。当然，它也学聪明了，它总是趁弗朗索瓦不在的时候动手，这样就不会受到惩罚了。

巴克的故意捣乱，给斯皮兹带来了很多压力。狗队里的狗，慢慢不肯听从斯皮兹的指挥，也不再像原来那样团结合作。除了戴夫和索莱克斯以外，其他狗的脾气变得越来越暴躁，经常在队伍里打架或吵闹。而这一切，都是巴克故意制造的局面。

弗朗索瓦发现了狗队的变化，他担心巴克和斯皮兹有一天会进行决斗，如果这两只狗出了事，狗队就全完了。每天晚上，只要听见狗的打斗声，他就会冲出帐篷察看一番。

几天之后，狗队终于到达了道森。道森的街道上到处都是人和狗。不少本来应该由马来完成的工作，比如给矿区运送木头和柴火，在道森都是由狗来负责的。

巴克在道森遇见了许多没有被驯化过的爱斯基摩犬。每天晚上的九点、十二点和凌晨三点，这些狗都会在雪地上发出一阵阵嚎叫声。巴克觉得，那些叫声是一首古老的歌谣，其中包含了它的祖先们生存的艰辛和无奈。巴克被这些叫声感染了，它完全忘记了从前舒适的生活环境，回归到了祖先们的原始生活中。

狗队在道森休息了一个星期，然后又要向迪亚出发了。幸运的是，前方的道路已经被其他的狗队踏平了，它们不用自己开路，一路上轻松了许多。而且，政府还在路上安排了几处休息站，那里准备了足够的食物。所以，雪橇上只要装上信件就行了，这样减轻了许多重量。

佩尔特这次负责运送的信件特别紧急，他一心催促着狗队快速前进。虽然狗队的行进速度并不慢，可这一路上并不是风平浪静的。狗队内部的冲突接二连三，让弗朗索瓦伤透了脑筋。

现在，斯皮兹已经不再受到狗队的尊重了。失去纪律的狗队越来越难控制了，弗朗索瓦只能不断地用鞭子来教训狗群。可是，他稍微不注意，狗群又开始捣乱了。弗朗索瓦知道，这是巴克在背后捣鬼，但是他找不到巴克的把柄。当着他的面，巴克总是一本正经地拉着雪橇；暗地里，它却煽动狗群与斯皮兹作对，弗朗索瓦也拿它没办法。

一天晚上，达布在雪地里发现了一只雪兔。它向雪兔扑去，雪兔却巧妙地避开它逃走了。雪兔的出现，让整个狗队都变得兴奋起来。它们吠叫着，疯狂地追赶着雪兔。狗队附近有一片西北警察局的营地，那里也养了几十只狗。听见狗队的叫声后，大约有五十只爱斯基摩犬从营地里跑出来，加入了这次追捕行动。

那只雪兔飞快地在雪地里逃窜，狗群在它身后紧追不舍。巴克跑在最前面，带领着一大群狗在月光下奔驰着。原始的野性又一次被唤醒了，巴克大声地嚎叫着，渴望抓住那只敏捷的猎物。

和巴克一样，斯皮兹也希望第一个抓住雪兔，那是荣誉的象征。与巴克相比，斯皮兹的作战经验更加丰富。它并没有被追捕的热情冲昏头脑，而是冷静地观察着周围的环境。它看见在拐弯处有一条小路，便悄悄离开狗群，从小路上绕了过去。

当巴克转过弯，正要向雪兔扑去时，一道黑影从旁边跳出来，一口咬住了雪兔的背脊，那正是狡猾的斯皮兹。雪兔惨叫一声，不动了。巴克身后的狗群顿时爆发出一阵兴奋的吠叫。

即将到手的荣誉被斯皮兹抢走了，巴克无法忍受这种耻辱，猛地向斯皮兹扑过去。巴克知道，它渴望的生死对决终于到来了。今天晚上，它与斯皮兹只能有一个活下来。它往后撤退了几步，不断地兜着圈子，寻找最有利的进攻机会。那群爱斯基摩犬安静下来，悄悄围成一个圈子坐下来，把巴克和斯皮兹包围在里面。这场景是那样熟悉，巴克忽然想起来了，这就是它在梦中见过的场景。它的祖先们，原来也是这样与敌人决斗的。

斯皮兹的战斗经验十分丰富，无论它内心多么愤怒，它都会控制住自己的情绪，不让怒火蒙蔽了双眼。它明明渴望一把将巴克撕得粉碎，但是，在没有发现对方的弱点之前，它是不会第一个出手的。

巴克并没有斯皮兹那么冷静。它一次又一次地扑向斯皮兹的喉咙，想一口咬断它。但是，斯皮兹总是能躲开它的进攻，反而将巴克咬得皮开肉绽。有一次，巴克没有站稳，身体晃动了一下，差点儿倒下。周围的那群爱斯基摩犬，立刻兴奋地站了起来。但是，巴克很快就稳住了身体，那群狗又失望地坐下了。

巴克的头脑非常灵活，它很快想到了合适的战术。它再一次向斯皮兹扑去，假装又要撕咬它的喉咙。可是，就在即将靠近斯皮兹的时候，它突然俯下身体，一口咬断了斯皮兹的左腿。斯皮兹疼痛难忍，用三条腿勉强站立着。巴克乘胜追击，又用同样的办法咬断了斯皮兹的右腿。

现在，斯皮兹知道自己输定了，它勉强地站直身体，不让自己倒在雪地上。它看见那群狗已经露出利齿、流出了口水，死亡的气息正在渐渐向它逼近。在斯皮兹的战斗生涯中，看见过很多次狗群包围失败者的场面。只不过这一次，失败的那只狗却是它自己。

巴克弓起身体，准备进行最后一次攻击。那群爱斯基摩犬站起身来，一点点地缩小了包围圈，斯皮兹仿佛已经听见了狗群的呼吸声。它的身体不住地颤抖着，喉咙里连续发出可怕的怒吼。但是这些都无法阻止死亡的到来。

很快，巴克发出攻击。它凶猛地扑过去，撕裂了斯皮兹的肩膀。斯皮兹再也无法忍受疼痛，“扑通”一声倒在雪地上。狗群的包围圈快速地缩小，它们蜂拥而上，扑倒在斯皮兹的身上。身受重伤的斯皮兹，就这样消失在月光下。

巴克站在一旁，冷冷地注视着眼前的一切。它体内的原始兽性得到释放，它终于完成了一次完美的杀戮，成为狗群的王者。

四、雪橇犬的荣耀

第二天早晨，弗朗索瓦发现斯皮兹不见了。他到处寻找，也没有找到。看到遍体鳞伤的巴克，弗朗索瓦顿时什么都明白了。

“佩尔特，你看见了吗？巴克才是一个魔鬼呢，一定是它干掉了斯皮兹！”弗朗索瓦对佩尔特嚷嚷说。然后，他把巴克叫过来，仔细地查看它身上的伤口。

“斯皮兹下手可真够狠的，瞧它把巴克咬成什么样子了。”佩尔特一边给巴克敷药一边说。

“巴克比斯皮兹还要狠呢。你要知道，活着回来的是它，而不是斯皮兹！”弗朗索瓦说，“如今斯皮兹死了，狗队里不会再有麻烦了，我们也能顺顺利利地赶路了。”

佩尔特开始收拾东西，准备上路。他把各种装备搬上雪橇，弗朗索瓦挨个给狗群套上背带。现在，狗队里的领袖斯皮兹不在了，巴克自然而然地把自己当成了领袖，兴高采烈地冲到了狗队的最前面。可是，弗朗索瓦却把索莱克斯拉到前面，让它担任领头犬。

在弗朗索瓦看来，除了斯皮兹之外，狗队里只有索莱克斯有资格做领头犬。它经验丰富，性情也很冷静。巴克怒气冲冲地盯着索莱克斯，突然向它扑过去。索莱克斯吓了一跳，急忙让到一边，巴克毫不谦虚地站到了领头犬的位置上。

“佩尔特，你快看，巴克要造反了！”弗朗索瓦这才看出了巴克的心思。他猛地一拍大腿，说：“原来它想方设法干掉斯皮兹，就是为了霸占它的位置啊！”

弗朗索瓦有些生气了，他走到巴克身边，训斥说：“滚开，你这个家伙！”但是，巴克不肯听他的话，反而大声咆哮起来。

弗朗索瓦不理睬巴克的咆哮声，他一把抓住巴克的脊背，把它拖到一边。然后，他又把索莱克斯拉了过来。索莱克斯一向对争名夺利不感兴趣，它迟疑地往后退了退，表示自己愿意把这个位置让给巴克。可是，弗朗索瓦又把它拉到了前面。趁弗朗索瓦转身的时候，巴克冲上前，推开索莱克斯，自己又站到了前面。索莱克斯平静地站在一边，毫无怨言。

巴克的举动彻底激怒了弗朗索瓦，他随手捡起一根木棍，愤怒地走向巴克，嘴里还嚷嚷着：“看来，今天不狠狠教训你一顿是不行了！”

巴克看见那根木棍，脑海里闪过那个红衣男人的画面，它可是在木棍下吃过苦头的。于是，它慢慢地向后退了几步。弗朗索瓦以为巴克让步了，便把索莱克斯拉过来，巴克也没有表示反对。

弗朗索瓦以为没事了，开始给其他狗套背带。轮到巴克的时候，他大声喊着巴克的名字，可巴克就是不肯走过来。弗朗索瓦没办法，只好向巴克走去，但巴克怎么都不肯让他靠近。弗朗索瓦以为巴克害怕挨打，便把木棍扔到一边，可是巴克仍然站在原地不动，一点儿也不听他的话。

其实，巴克不肯回到狗队里，并不是因为害怕受到惩罚，而是在表示愤怒。它过去带领狗群反对斯皮兹，就是为了夺取领袖的位置。那个位置本来就是属于它的，是它凭本事赢得的，凭什么要让给其他狗？除了领头犬以外，巴克不会再接受狗队中的其他位置。

弗朗索瓦和巴克僵持了很久，佩尔特也过来帮忙，但还是失败了。两个人渐渐失去了耐心，举起木棍威胁巴克，巴克一边灵活地躲闪，一边不停地沿着营地兜圈子。它的意思很明显，只要让它做领头犬，它马上就会听从命令。

时间不断地流逝，佩尔特看了看手表，忍不住咒骂了几句。如果双方再这样僵持下去，恐怕到了天黑也不能上路。佩尔特耸了耸肩膀，叹了口气，表示认输。

弗朗索瓦走到索莱克斯面前，解开套在它身上的缰绳，大声叫巴克过来。巴克这才露出了微笑，但是它还是不肯回归队伍。现在，除了巴克以外，其他的狗都准备好了。它们排好了队形，随时等待出发。弗朗索瓦把领头犬的位置空出来，又叫了叫巴克。巴克还是不愿走过来。

“笨蛋，把木棍放下！”佩尔特看出了巴克的心思，冲着弗朗索瓦吼道。

弗朗索瓦恍然大悟，忙扔下木棍。巴克马上冲过来，昂首挺胸地站在狗队最前面。弗朗索瓦给它套好缰绳，雪橇终于开始滑动了。

这一天的行程还没有结束，巴克的表现就让弗朗索瓦大吃一惊。巴克完全肩负起了一只优秀领头犬的责任，无论是应对突发情况，还是执行命令，它都比斯皮兹更加出色。这么多年来，弗朗索瓦从没有见过比巴克更加杰出的领头犬。

更重要的是，巴克知道怎样在狗队里立规矩，也懂得怎样让队友服从自己的命令。

巴克第一个整顿的狗是帕克，一只经常偷懒的家伙。帕克以前站在巴克的后面，巴克知道帕克虽然看起来很卖力，其实根本没有出多少力气。巴克这次专门盯着帕克，不给它一点儿偷懒的机会。结果，在巴克上任的第一天，帕克使出的力气，就比以前任何一天的都要多。

巴克整顿的第二只狗是乔。乔的脾气很暴躁，第一天晚上，巴克把乔重重地压在雪地上，压得它喘不过气来。

当帕克和乔受到惩罚后，其他的狗都学乖了，狗队很快恢复了以往的团结。大家齐心协力，再不敢偷偷地搞小动作了。

当狗队到达林克的时候，佩尔特又带回来两只爱斯基摩犬，一只叫迪克，另一只叫库纳。没过多久，巴克就用自己的手段驯服了这两只新来的家伙，让它们乖乖地和狗队融为一体。

这一切都让弗朗索瓦和佩尔特感到惊喜：“再也找不到像巴克这样的好狗了！我们真是太幸运了！”

在巴克的带领下，狗队的行进速度越来越快，不断地刷新纪录。很快，狗队又到了三十里河。来的时候，它们花了整

整十天时间才穿过河流。现在，河面上结满了冰，狗队只用了一天时间就穿河而过。还有一次，狗队一口气奔跑了三万多米，速度快得吓人。

在这一趟十四天的行程中，狗队平均每天都能跑两万米，一下子打破了雪橇队的纪录，成了传奇。它们来到斯卡格小镇以后，立刻成为全镇的焦点，人人都在讨论这支神奇的队伍。

一天早上，不幸发生了。弗朗索瓦把巴克叫过去，把它搂在怀里，放声大哭起来。他哭着对巴克说：“巴克，你是我见过的最好的狗！再见了，巴克！”这是巴克最后一次见到弗朗索瓦和佩尔特，他们也像其他人一样，消失在巴克的生活中。

一个苏格兰混血儿接收了巴克和它的同伴们，他是邮局的管理人。巴克它们和其他十二支狗队，都归他管理。如今，巴克它们的行程和原来完全不同了。它们不用再像原来那样打破纪录，而是日复一日地拉着雪橇来回送信，重复着同样的单调工作。

现在，巴克最喜欢的是趴在火堆旁想心事。有时候，它会想起大法官的大房子，那里洒满阳光，温暖又舒适；有时候，它会想起那个凶狠的红衣男人，想起科里的惨死；有时候，它还会想起与斯皮兹的那场生死之战。

没过多久，巴克它们又要前往道森送信了，这是一趟非常辛苦的旅程。狗队拉着沉重的信件，一刻不停地赶路。等它们到达道森的时候，每只狗都筋疲力尽了。通常遇到这种情况，狗队至少要休息一个星期，才能缓过劲儿来。可两天之后，它们又要启程了。不幸的是，最近又开始下雪了，它们在松软的雪堆里开路，不得不付出更多的时间与体力。

幸好驾驶员对狗群很不错，每天晚上，他们都先给狗喂食，还挨个儿检查狗的脚掌。从冬天开始，这些狗已经拉着笨重的雪橇，跑了将近一千千米的路程。除了巴克以外，其他的狗都撑不住了。巴克发现，同伴们的脾气都变得暴躁了。乔经常无缘无故地大发雷霆；索莱克斯也不像以往那样冷静，只要有其他狗靠近它，无论是不是它瞎眼的那一边，它都会突然发怒。

当队伍到达卡西亚巴的时候，戴夫的身体非常虚弱，在路上不停地摔倒。那个苏格兰混血儿让雪橇停下来，解开戴夫身上的缰绳，让索莱克斯代替了它的位置。然后，他把戴夫拉到雪橇后面，让它跟着走。谁知，戴夫却愤怒地吠叫起来。即使它病得很重了，也无法忍受让其他狗接替它的位置。

雪橇重新上路以后，戴夫跟在雪橇旁边，在雪堆里艰难地前进着。雪橇后面的路明明好走许多，它却始终跌跌撞撞跟在雪橇旁，一有机会，就闯进狗队里，不断用牙齿攻击索莱克斯，想要回到自己的位置上去。

终于有一次，戴夫摔倒了，好久都没有爬起来。它使出全身的力气，才摇摇晃晃地站起来，勉强跟在雪橇后方。苏格兰混血儿点燃了烟斗，然后，又发出了前进的口令。狗群向前跑去，雪橇却留在原地一动不动，这是怎么回事呢？原来，戴夫咬断了索莱克斯的两条缰绳，固执地站在原来的位置上。

苏格兰混血儿生气地举起鞭子，戴夫却用哀求的眼光望着他。其他的驾驶员围过来，七嘴八舌地告诉他，如果不让雪橇犬工作，它们便会心碎而死。苏格兰混血儿也忍不住有些难过，他决定再给戴夫一次机会，让它光荣地死在自己的岗位上。于是，他又给戴夫套上缰绳，让它回到原来的位置。

戴夫骄傲地重新拉起了雪橇。有好几次，它摔倒在雪地里，被缰绳拖着走了一段路；还有一次，它摔倒后没来得及爬起来，就被雪橇从腿上重重地碾了过去。从那以后，戴夫就再也不能拉雪橇了，它只能瘸着腿，一跛一跛地跟在雪橇后面。

到了下一个营地以后，苏格兰混血儿在火堆旁边做了一个窝，把戴夫安置在里面。但是，当第二天狗队准备上路的时候，它颤颤巍巍地爬起来，向苏格兰混血儿走去。“扑通”一声，它刚走了几步就摔倒在地。雪橇队出发了，戴夫被留在原地。它孤单地躺在雪地里，痛苦地望着雪橇队远去的背影。当狗队穿过河边的树林以后，还能听见戴夫悲痛欲绝的嚎叫声。

苏格兰混血儿发出停止的命令，雪橇停了下来，他独自走回营地。一声枪响后，苏格兰混血儿一个人回来了。他高高挥起鞭子，雪橇又继续向前奔驰，在雪地上扬起大片的雪花。巴克知道发生了什么事情，每一只狗都知道。在河边的那片树林里，戴夫已经永远闭上了眼睛。

五、历经磨难

离开道森一个月以后，狗队终于到达了斯卡格。这群狗现在变得如此狼狈，它们都被这次艰苦的旅程折磨坏了。那个最会装病的帕克，原来经常假装脚受伤来逃避工作。现在，它跑了这么多路以后，脚真的跛了。繁重的劳动一点一滴地耗掉了它们的力气和精力，使它们只剩下干瘦的躯壳。

“大家都辛苦了！这是最后一趟工作了，到达目的地以后，我就给你们放个长假。”苏格兰混血儿不断地鼓励狗队。

这段时间，苏格兰混血儿也同样辛苦。他原本以为，送完这一趟信件以后，就能休息一段时间了。但是，他并不知道，最近有太多的淘金者涌进了北极。他们留在故乡的家人，为他们寄来了数不清的信件。那些信件高高地堆积在邮局里，就像阿尔卑斯山那样高，等待着邮差们去派送。政府已经下达了命令，一大批刚从哈德逊湾运来的狗，会替代这些雪橇犬送信。巴克和它的同伴们已经没有用处了，苏格兰混血儿只能把它们低价出售，换一些钱回来。

三天后，巴克看见两个美国男人在和苏格兰混血儿交谈。那两个美国人用很少一笔钱，买下了狗队和所有的装备。他们一个叫霍尔，另一个叫查尔斯。霍尔是个初出茅庐的新手，没有任何生活经验。查尔斯是一个中年白人，眼睛疲倦而无神，和霍尔不怎么亲密。很显然，这两个人都不是有经验的淘金客。

不知道他们为什么要离开舒适温暖的家乡，到这种他们不该出现的地方来。

很快，巴克和队友们就被新主人带到了他们的营地。那里乱糟糟的，没有一点儿秩序。营地里有一个叫梅赛德斯的女人，她是查尔斯的太太，也是霍尔的姐姐。

过了一会儿，他们三人就开始整理东西，把各种物品搬到雪橇上。他们虽然看起来忙忙碌碌的，却没什么工作效率。梅赛德斯烦躁不安地在丈夫和弟弟之间走来走去，一会儿指挥这个，一会儿指挥那个，其实她什么事情都没有处理好。查尔斯刚把背包放在雪橇前面，她就指手画脚地说应该放在雪橇后面。查尔斯只好又把背包搬到后面，在上面堆满了其他的行李。忽然，梅赛德斯又发现，有很多东西应该装进背包里。查尔斯只好又把其他行李搬下来，再取下背包，重新整理。

这时，旁边的帐篷里走出来三个男人，看见梅赛德斯他们手忙脚乱的样子，便哈哈大笑起来。

“不要怪我多嘴，你们的行李实在太多了！”其中一个男人对梅赛德斯说，“如果我是你们，会先扔掉那顶碍事的帐篷。”

“那可不行！”梅赛德斯大声反对。她惊慌地挥舞着双手，反问那个人说，“如果没有帐篷，我晚上睡在哪儿啊？”

“春天已经到了，这里的天气会越来越暖和的，后面就用不到帐篷了。”那个男人回答说。

梅赛德斯没有再说话，只是坚决地摇了摇头。

查尔斯和霍尔跑来跑去，终于将最后一批物品，堆到了高高的行李上。

“你们带这么多东西，雪橇拉得动吗？”另外一个男人问道。

“你怎么知道拉不动？”查尔斯没好气地反问道。

那个男人赶快解释说：“我只是有些好奇，因为雪橇看起来头重脚轻的。”

查尔斯听了，连忙转过身，使劲儿地向下拉紧绳子，用力捆好行李。但不知道怎么回事，那些绳子总是松松垮垮地垂在那里，一点儿也绷不紧。

“这么一大车玩意儿，那些狗可以拖着它们去爬山呢，你们说是不是？”第三个男人嘲讽说。

“那当然。”霍尔不耐烦地说。他挥起了鞭子，大喊道：“向前跑！快跑啊！”

巴克和同伴们听见主人的命令，习惯性地向前奔去。但是，雪橇太重了，已经远远超出了它们的体力范围。它们实在是拉不动雪橇，只好停在原地一动也不动。

“你们这些懒家伙，我可饶不了你们！”霍尔大声呵斥着，挥起鞭子就要往狗群身上抽去。

梅赛德斯急忙制止了他：“天哪，霍尔，你不能这么做！”她一把抓住鞭子，想将长鞭夺下来。

“你别管了！”霍尔不肯听姐姐的话，“我告诉你，这是一群懒惰的狗，你不给它们吃点儿苦头，它们就不会听你的话。”

梅赛德斯转过身去，望着那三个男人，希望他们劝劝自己的弟弟。

“如果你们想知道真话，那我告诉你们，那群狗不是懒惰，而是太累了。”一个男人回答，“它们需要好好休息一阵子，而不是拉着这么重的雪橇匆匆赶路。”

“休息个屁！”霍尔低低地骂了一句脏话。他扬起鞭子，狠狠地抽打着狗群。狗群伏低身子，将脚掌深深踩进扎实的雪地里，用尽全身力气往前拉。但是，那雪橇就像一座大山一样纹丝不动。狗群没有办法，只能喘着粗气、站在原地。霍尔又抽起了鞭子。梅赛德斯实在忍不住了，她眼泪汪汪地跪在巴克面前，张开双臂搂住它的脖子。

“你们这些小家伙，真是太可怜了！”梅赛德斯大声哭喊起来，“你们用力拉呀，只要拉动了雪橇，你们就不会挨打了呀！”巴克一点儿也不喜欢梅赛德斯，但它懒得反抗，只好装作不理睬她的样子。

那三个男人站在一旁，冷眼旁观。其中一个男人，一直在控制自己，现在他终于忍不住了，大声对霍尔说：“你们几个的死活，我根本不在乎。但是，我心疼那些狗。为了那些狗，我只想告诉你们，雪橇的滑橇已经结冰，粘在地上了。如果你们现在把雪橇摇松，那些狗会轻松许多。我来告诉你该怎么做，只要把你全身的重量压在舵杆上，左右摇晃，滑橇就能慢慢摇松了。”

这一次，霍尔听了那个男人的建议。他一连尝试了三次，才把冻结在雪地上的滑橇摇松，雪橇终于可以向前走了。霍尔得意地抽着鞭子，巴克和同伴们疯狂地奔跑着。它们跑了一段路后，遇到了一个大拐弯。这架雪橇本来就头重脚轻，只有经验丰富的驾驶员才能控制好它的方向。很显然，霍尔并不是。所以狗队刚刚转过弯，雪橇就翻了，那些没有捆紧的货物掉落了一地。

巴克它们顿时感到身上一轻，它们受够了霍尔的折磨，故意不听他的命令，继续向前奔去。霍尔大声叫嚷着："停！停！"可是，狗队装作没有听见的样子，一分钟也不肯停下来。霍尔的脚不小心被绳索绊了一下，整个人被拖倒在地上。狗队在街道上肆意奔跑，把剩余的行李撒了一地。

那些热心的居民急忙拦住了狗队，把它们拉到一边。然后，他们又帮助梅赛德斯把地上散落的东西捡起来。梅赛德斯带的行李实在是太多了，居民们好心建议他们，最好扔掉一半行李，增加一倍的狗，这样才能保证他们平安、顺利地到达道森。

霍尔根本不听居民们在说些什么，他的姐姐和姐夫也跟他一样。他们面无表情地搭起了帐篷，准备把那些弄乱的行李，重新清点一遍。许多人在一旁看热闹，当他们看见霍尔从行李中取出许多罐头的时候，都忍不住笑了。因为在雪地里旅行，随身携带笨重的罐头食品，是非常无知的行为，那只会给自己增加负担。

"瞧那些毛毯，都能开一家旅馆了！"一个路人看见梅赛德斯抱出一大摞毛毯，笑着对她说，"根本用不着这么多毛毯。还有你们的帐篷和那么多碗盘，难道你还认为有人会在路上洗盘子、洗碗吗？天哪！你以为你们是坐在软卧车厢里去旅行吗？"

霍尔他们面红耳赤，终于听从了大家的话。他们开始清理行李，除了几件必需品之外，那些不实用的东西，都被霍尔挑出来，扔在地上。

经过一番折腾后，霍尔他们的行李终于减少了一半。但是剩下的那一半，还是在雪橇上堆起了一座小山。傍晚的时候，查尔斯和霍尔出去了一趟，很快带了六只狗回来。现在，他们的雪橇队里一共有十四只狗了。

这六只新来的狗从没有拉过雪橇，什么都不懂。巴克和队友们都不怎么喜欢它们。尽管巴克尽到了领头犬的职责，耐心地给它们分配位置，教给它们各种拉雪橇的技能，但那六只狗始终无法适应拉雪橇的工作。

查尔斯和霍尔没有一点儿养狗的经验，他们似乎都没有发现狗队的异样，反而觉得自己的队伍威风无比。毕竟在这一路上，在来来回回的雪橇队里，从来没有看见哪一支队伍用了十四只狗拉雪橇。

有经验的人都知道，在北极，如果用十四只狗拉雪橇的话，那些狗会在路上活活饿死的。因为有那么多的狗，每天耗费大量的力气，需要吃掉很多的食物才能补充体力。可是，仅仅依靠一架雪橇，是无法满载足够多的食物的。一旦雪橇队在路上断了粮，又找不到补充食物的地方，那人和狗都要忍饥挨饿了。

查尔斯和霍尔根本不懂得这些道理。他们很快制订了行进计划，比如雪橇队一共有多少只狗，一只狗每天吃多少食物，需要跑几天才能到达道森，等等。

到了第二天中午，霍尔赶着狗队再次出发了。巴克并不相信这三个人的能力，它凭借自己的直觉和这段日子的生活经验，敏锐地判断出这几个人什么都不懂。随着与他们相处时间的增加，巴克更是确定了自己的判断。霍尔他们做事情总是马马虎虎的，没有时间观念，也没有条理性。有时候，他们一天还跑不了五千米；更多的时候，他们一天都在忙忙碌碌地收拾帐篷和行李，连出发的时间都确定不了。

没过多久，霍尔突然发现，他们储备的狗粮只剩一半了。在这片冰天雪地里，根本无法补充食物，就是拿上一大把钱，都没有人会卖给你。最后，霍尔想了一个办法，他决定减少每天的狗粮，增加每天前进的路程。

可是，霍尔的办法是行不通的。他可以给狗群少吃一些食物，却无法赶着狗群快速前进。再加上他们自己干活效率低下，在整理帐篷和行李上耗费了大量的时间，这样，他们每天留在路上的时间就更少了。

狗群渐渐撑不住了，第一个倒下去的是达布。这个平时总是笨手笨脚的家伙，虽然偷东西的时候经常被人发现，狠狠地挨一顿打，但是，它工作的时候是非常认真的。它的肩胛骨扭伤了，没有人给它治疗，也没有人让它休息几天，结果身体因为受伤和疲惫变得越来越虚弱了。有一天，达布再也拉不动雪橇了。霍尔毫不留情地举起他的柯尔特左轮手枪，结束了达布的生命。

新来的那六只狗，情况也好不到哪里去。它们本来胃口很大，但霍尔控制了狗粮，它们每天都吃不饱，身体衰弱得很厉害。没过几天，那六只狗就接二连三地饿死了四只。剩下的两只杂种狗只多坚持了几天，也瘪着肚子倒下了，从此再也没有爬起来。

艰难的旅程和恶劣的天气折磨着每一个人。霍尔他们早已没有心思欣赏北极的风光，而是不断地因为各种小事相互埋

怨、吵架。有些人在艰苦的旅程中，依然能够保持耐心和平和的情绪，而霍尔他们显然不是这样的人。他们几乎都对彼此失去了耐心，从早到晚，他们都会用尖酸刻薄的语言相互攻击。

霍尔和查尔斯吵得最厉害，他们都认为自己干的活最多，而对方总是在悄悄地偷懒。本来这些都是小问题，互相骂几句也就过去了。但是，只要梅赛德斯一插手，事情就会变得不一样了。梅赛德斯有时帮着霍尔说话，有时候帮查尔斯说话，结果两边都不讨好。最可怕的是，梅赛德斯有一种神奇的力量，能将三人之间的争吵，从旅程中的不愉快，延续到家庭冲突上去。她会从任何一件鸡毛蒜皮的小事上，牵扯出一大堆人。父亲、母亲、叔叔、姑姑、表兄弟、表姐妹，甚至是那些很少来往的亲戚，或者那些已经去世的亲戚，都可能被她牵扯进来。他们相互吵吵闹闹，连火都还没有生好，帐篷也只搭了一半。至于那些肚子饿得咕咕叫的狗，早就被这三个人忘到九霄云外去了。

作为这支队伍里唯一的女性，梅赛德斯的抱怨远远多过了查尔斯和霍尔。她本来是一位又美丽又娇弱的女性。现在，她的丈夫和弟弟根本不把她当作女人看待，她因此生了一肚子的气。其实这也没有办法，查尔斯和霍尔照顾自己和狗队就已经焦头烂额了，实在腾不出更多的精力来呵护梅赛德斯。

现在，梅赛德斯不再理睬狗群的死活了，她坚持要坐在雪橇上赶路。虽然她身材苗条，但也有一百多斤重。这些重量对于那些筋疲力尽又经常吃不饱的狗群来说，无疑是压倒骆驼的最后一根稻草。她一连坐了好几天的雪橇，终于有一天，狗群承受不住她的重量，纷纷倒下了。

霍尔和查尔斯一咬牙，把梅赛德斯从雪橇上拽了下来。梅赛德斯像个孩子一样，坐在雪地上又哭又闹。霍尔和查尔斯狠心赶着雪橇离开了，他们故意走得很慢，等着梅赛德斯追上来。可是，雪橇前进了一千多米之后，那个固执的女人一直没有出现。两人只好卸下行李，赶着雪橇返回去，把留在原地的梅赛德斯抱到雪橇上。从此以后，他们再也不敢把她赶下雪橇了。

当雪橇队历经艰辛，好不容易到达五指河的时候，狗粮全都吃完了。他们在路上遇到了一个掉光了牙的印第安老太太，她看上了霍尔别在腰间的柯尔特左轮手枪，于是走到他们面前，主动提出愿意用几斤冷冻马皮做交换。

霍尔舍不得那把枪，但又找不到一点儿食物，只好忍痛割爱。那些马皮并不是什么好食物，它们差不多是半年以前剥下来的，冻得比石头还硬。而且这些马皮应该是从饿死的马身上剥下来的，上面没有一点儿油水。狗群吞下这些马皮之后，无法将它们转化为身体需要的能量，吃了和不吃几乎没有什么区别。

就这样，巴克忍饥挨饿地带领着同伴们跌跌撞撞地继续赶路。它缓过来一点儿力气的时候，就拉几下雪橇；没有力气的时候，就只能躺在地上。很多时候，巴克刚刚躺下，霍尔就拿着鞭子走过来，没命地抽打它。巴克只能坚持着爬起来，脚步蹒跚地走上几步。

巴克几乎换了一副模样。它的皮毛不再像过去那样光滑发亮，而是脏兮兮地缠绕成一团。它那皮包骨头般的瘦弱身体上，到处都是鞭痕和血迹，透过松松垮垮的皮肤，还能隐约看见里面的一根根骨头。年轻的巴克早已失去了往日的光彩，它现在看起来，竟然像一只即将面对死亡的老狗。

其他的同伴们，也都和巴克一样，瘦成了一把骨头。对它们来说，挨打已经算不得什么，它们仿佛已经失去了对生活的渴望。

有一天，脾气温顺的比利终于撑不住了，倒在地上再也站不起来。霍尔看见了，从行李袋里拿出一把斧头，因为他的手枪已经卖掉了。霍尔举起斧头，当着狗群的面，砍下了比利的头。然后，他又把比利的尸体拖出来，扔在路边。巴克和同伴们看见了这悲惨的一幕，它们知道，总有一天，霍尔也会这样对待它们。

第二天，科纳也死了。狗队里只剩下五只伤痕累累的狗。乔的身体太虚弱了，不能再像过去那样发脾气。帕克瘸了一条腿，精神也不怎么好。失去一只眼睛的索莱克斯，仍然对工作尽忠尽职，只是它连一点儿力气都没有了。与这几只狗相比，迪克的身体要稍微好一些，所以它挨的打更多。巴克还是站在领头犬的位置上，但是，它再也不愿意管理狗队了。在大多数时间里，巴克都饿得看不清东西，它只能依靠仅有的一点点视觉和脚下的触觉，勉强往前走。

美丽的春天来到了，可是，无论是人还是狗，都没有发现大自然的变化。白天变得越来越长，而夜晚变得越来越短。每天凌晨三点钟，太阳就从东方升起来了；到了晚上九点钟，才慢慢地落下山去。大地充满了万物复苏的声音，不再像冬天那样寂静。灌木和藤蔓长满了绿叶；山坡上的积雪融化了，一道道小溪流从山上流下来；结了冰的河面，出现了许多裂缝，不时地发出噼噼啪啪的声响。只有这支雪橇队里的人和狗，垂头丧气、愁眉不展，看不到一丝一毫的生命力。他们就这样一步三晃地来到了白河河口处，误打误撞地走进了约翰·桑顿的营地。

这时，霍尔终于发出了休息的命令。雪橇队里仅剩的几只狗立刻像死了一样倒在地上不动了。梅赛德斯擦干眼泪，打量着陌生的环境，目不转睛地望着桑顿。查尔斯累坏了，他顾不得向桑顿问路，一屁股坐在一截圆木上，呼哧呼哧地喘着粗气。霍尔主动走过去，和桑顿聊了起来。

桑顿正拿着一把刀子，将一根桦木削成斧头柄。他一边干活一边听着霍尔的话，时不时地“嗯”上几下。霍尔向他请教，接下来该怎么走。桑顿想了想，很快提出了几个建议。不过他知道，霍尔这种人是不会听取他的意见的。

果然，当桑顿告诉霍尔，河面底部的冰层已经开始融化了，他们最好返回去，不要再到冰面上碰运气的时候，霍尔只是冷笑了一下，然后得意地对桑顿说：“我们刚出发的时候，那些人就说我们到不了白河。你看，我们这不是来了吗？”

“他们说得没错！”桑顿冷冰冰地说，“你们已经错过了过河的最佳时间，冰面随时都可能裂开，人和狗走在上面都可能掉下去。”

听桑顿这么一说，霍尔生气了，他气鼓鼓地站起来，嚷嚷说：“反正我们一定要去道森！巴克，起来了，赶路了！”

桑顿不再搭话，继续削着手里的木头。他懒得去阻止霍尔，反正这世界上到处都是这样的傻瓜。

但是，狗队并没有听从霍尔的命令。霍尔愤怒地挥舞着

鞭子，狠狠地抽打着每一只狗。一旁的桑顿看见了，双唇紧闭，努力抑制着心中的怒火。索莱克斯第一个站了起来，接下来是迪克。乔痛苦地嚎叫着，好半天才从地上爬起来。帕克挣扎了好几次，每次都爬起身又摔倒了，最后一次才摇摇晃晃地站了起来。

可是，巴克依然躺在地上，任凭霍尔的鞭子像雨点一样落在身上，一声也不吭，一动也不动。桑顿望着可怜的巴克，眼睛里充满了泪水。他忍不住扔下刀子，站起身来，犹豫不决地走来走去。

巴克彻底激怒了霍尔。霍尔扔掉鞭子，拿起一根木棍，向巴克身上打去。巴克依然躺在原地，不肯挣扎一下。其实，巴克是可以勉强站起来的。但是，它自从来到白河的那一刻起，就产生了一种可怕的预感。现在，那种预感变得越来越强烈了。它觉得灾难就要来临了，因此不愿意冒着生命危险，踏上那层正在融化的河冰。

突然，约翰·桑顿爆发出一声怒吼。他像野兽一样，朝着霍尔扑过去，用力把他撞到一边。梅赛德斯吓坏了，大声尖叫起来。坐在圆木上

的查尔斯却一动不动，因为他的身体全都僵硬了。

桑顿用身体挡住巴克，怒气冲冲地对霍尔说："你再敢打那只狗一下，我就杀了你！"

"那是我的狗，你管不着！"霍尔鼓足勇气走过来，说，"让开，不然我就不客气了！"

桑顿一动也不动。霍尔拔出腰间的长猎刀，梅赛德斯歇斯底里地哭叫起来。桑顿拿着斧头柄，打了一下霍尔的手，猎刀就掉到了地上。霍尔正要去捡，手上又挨了一下打。桑顿飞快地捡起猎刀，割断了巴克身上的缰绳。

霍尔失去了武器，吓得不敢动了。梅赛德斯奔过来，紧紧地拽住霍尔的双臂，害怕他再去招惹桑顿。霍尔看了一眼巴克，觉得遍体鳞伤的巴克也活不了多久了，于是扔下它不管了。几分钟之后，霍尔他们离开河堤，向结冰的河面走去。

巴克听见狗队离开的声音，这才抬起头来，向远处张望。现在，帕克成了领头犬，索莱克斯负责押后，乔和迪克排在最中间。狗队跌跌撞撞地往前走，梅赛德斯还是坐在高高的雪橇上，霍尔握紧了舵杆，查尔斯步履蹒跚地走在最后面。

这时，桑顿跪在巴克身边，仔细地抚摩着它的身体，检查巴克的骨头有没有被打断。幸好，巴克除了满身伤痕之外，身上的骨头都是完好无损的。

霍尔他们已经走出一段路了，桑顿和巴克目不转睛地望着他们穿过冰面。突然，雪橇的末端往下一沉，陷进了冰块里。霍尔的舵杆高高地翘起来，飞到了空中。紧接着，他们听见梅赛德斯惨叫一声，便知道发生了什么事情。他们看见查尔斯转身想往回跑，但一切都来不及了。雪橇下面的冰层突然裂开了，所有的人和狗都在一瞬间消失不见了，河面上只留下一个黑洞洞的大冰洞。

桑顿和巴克惊讶地望着对方。“你真是个幸运的家伙啊！”桑顿摸着巴克的头说。巴克感激地舔了舔桑顿的手，用这种特别的方式来感谢它的救命恩人。

六、霸气护主

原来，去年十二月，约翰·桑顿和同伴们来到北极，却不慎被严寒的天气冻伤了脚。为了让桑顿好好养伤，同伴们把他留在白河河口的营地里，想等积雪融化以后，做一个木筏回来接桑顿。他们给他留下了足够的食物、工具和生活用品。

桑顿救下巴克的时候，他的脚走起路来还有点儿跛。随着天气渐渐变暖，他的脚伤很快就康复了，能像以前那样正常行走了。

和桑顿生活在一起以后，巴克发生了翻天覆地的变化。巴克用不着辛辛苦苦地赶路，它每天都躺在河堤边，懒洋洋地听着鸟儿歌唱，或者望着奔腾的河水发呆。它的伤口愈合了，身上长出了肌肉，皮毛也恢复了往日的光彩。长时间的闲散生活，让巴克变得越来越懒散。它和桑顿每天无所事事，只等着桑顿的同伴们划着木筏来接他们。

巴克在营地里还交了两只狗朋友。一只狗叫斯基特，是一只爱尔兰小猎狗。刚认识它们的时候，巴克满身是伤。斯基特就用舌头帮巴克舔干净伤口。每天早上，等巴克吃完早餐，斯基特就会跑来帮它舔身体。到了后来，巴克已经习惯了斯基特的做法。有时候，它还会主动去找斯基特帮忙。

另一只大黑狗名叫尼克，它和斯基特一样，都是很善良的狗。只是，与活泼外向的斯基特相比，尼克要稳重很多。

相处的时间长了，巴克发现这两只狗就像桑顿一样善良、宽厚。巴克渐渐放下了心中的防备，和它们亲密起来。当巴克的身体恢复健康以后，斯基特和尼克经常带着它一起玩游戏。有时候，桑顿也会加入它们，和大家一起嬉戏。

这种融洽的生活经历，让巴克第一次感受到了纯粹的爱。从前，它住在大法官家里的时候，虽然经常和大法官的孙子一起打猎、玩耍，但那只不过出于一种责任，它只是那些孩子的守护者。尽管它和大法官感情深厚，但那种感情也只是一种友谊。只有现在，巴克才在桑顿这里感受到真正的、热烈的爱。

桑顿救了巴克的命，巴克对此感激不尽。除此之外，桑顿还是一个非常称职的主人，这让巴克对他的感情又深了一步。其他人照顾和饲养自己的狗，无非是出于一种责任感，甚至是为了用狗去换取金钱。而桑顿和那些人完全不一样，他仅仅是因为喜欢狗才会养狗。

桑顿把巴克它们当作自己的孩子，每天都会亲切地拥抱它们，与它们聊天。有时候，巴克也会用独特的方式向桑顿表达爱意。它经常一口咬住桑顿的手，在他手上留下一排深深的牙印。桑顿从来不为此训斥巴克，他知道这种有些危险的方式，是巴克对他的爱，就像他对巴克的拥抱一样。

巴克非常崇拜桑顿。有时候，它会蹲在远远的地方，凝视着桑顿的一举一动；有时候，它还会躺在桑顿的脚边，仔细地观察他的表情和动作。它和桑顿之间有一种默契，他们经常安静地望着对方，一句话也不说，就能感受到对方的心意。

被桑顿救下来后的很长一段时间，巴克都害怕桑顿会抛弃自己。自从被卖到北方以后，巴克换过很多主人。无论那些主人对它是好还是坏，都匆匆地从巴克身边消失了，成为它生命中的一个个过客。这种害怕被抛弃的恐惧，深深地印刻在巴克的心里。很多次，巴克都心惊胆战地从梦中醒来，然后悄悄走到帐篷外边，仔细聆听着桑顿的呼吸声。

巴克在桑顿面前总表现出一副非常温顺的模样，那是文明社会的生活在它身上留下的痕迹。但是，在巴克的体内，原始生活的野性依然存在。自从来到北方后，巴克就知道该如何在恶劣的环境中生存。即使留在桑顿的营地里，它也没有放松警惕和斗志。

巴克的脸上和身上有许多疤痕，这些都是它在一次次的战斗中留下的“纪念品”。它的打斗经验非常丰富，斯基特和尼克加在一起，都不是它的对手。不过，斯基特和尼克是桑顿的狗，而且对巴克非常友好，巴克是不会伤害它们的。但是，对于其他的那些狗，巴克就没有那么好说话了。无论那些狗是什么血统，巴克都会毫不留情地对付它们，让它们成为自己的手下败将。雪橇犬的经历让他知道，要么去征服，要么被征服。

巴克时常能感受到自己体内的野性正在蠢蠢欲动。有时候，它似乎听见森林深处有一个声音在召唤它。那个声音充满了诱惑，让巴克莫名地激动起来。仿佛有一股无形的力量，拉着它离开营地的火堆，向森林飞奔而去。它不知道自己要去哪里，只知道要向那声音奔去。每一次，当它跑到森林边缘，即将进入密林的时候，它总会想起桑顿的脸，然后冷静下来，扭头跑回营地。

巴克只在乎桑顿，对其他人总是不理不睬。如果对方对它太热情，它便扭头而去。桑顿的同伴汉斯和比特终于回来了，

还带回了一只木筏。刚开始，巴克对他们俩非常冷淡。后来，它发现桑顿对那两人十分友好，这才对他们稍微改变了一点儿态度。

一转眼就到了夏天，巴克对桑顿的感情更加深厚了。它只肯听桑顿的话，只要是桑顿的命令，无论让它做什么都可以。有一天，桑顿和同伴们卖掉了木筏，准备拿着钱离开道森，前往塔那那河的源头。途中，他们来到一处峭壁上休息。那峭壁非常陡峭，高高地耸立在干涸的河床上。桑顿坐在悬崖的不远处，巴克守在他身边。忽然，桑顿想开个玩笑，他把汉斯和比特叫到身边，然后对着巴克挥了挥手说："跳，巴克！"巴克毫不犹豫地冲了出去。桑顿吓坏了，急忙扑出去，拦住了巴克。多亏了汉斯和比特的帮助，这才把桑顿和巴克安全地从悬崖边拉了回来。

所有人都吓出了一身冷汗。

"巴克对你太忠诚了！"比特惊魂未定地说。

"我知道。但我总觉得，这并不是什么好事。"桑顿摇了摇头说。

"只要巴克在你身边，我绝对不敢动你一根手指。"比特望着巴克，对桑顿说。

"没错，我也不敢碰你一下。"汉斯跟着说。

这一年还没有结束的时候，他们来到了瑟科城。没想到，桑顿担心的事情终于发生了。有一天，桑顿独自去一家酒吧喝酒，巴克像往常一样跟在主人的后面。到了酒吧以后，桑顿坐在吧台前喝酒，巴克躺在角落里，盯着主人的一举一动。突然，一个叫波顿的人看见了桑顿，知道他是新来的，便故意过来找事。桑顿不想搭理他，谁知，波顿突然挥拳向桑顿打去。桑顿毫无准备，被打得晕头转向，幸好扶住一把椅子才没有摔倒。

就在那一刹那，角落里传来一声怒吼。巴克从地上一跃而起，怒气冲冲地扑向波顿，张开大嘴去撕咬他的喉咙。波顿吓得浑身发抖，下意识地用手臂挡了一下。巴克又一次扑在波顿身上，去咬他的喉咙。这一次，波顿来不及阻挡，喉咙顿时被撕开了一道口子。人们急忙赶走巴克，叫来医生给波顿疗伤。这时，巴克依然在周围转来转去，寻找合适的机会再次攻击波顿。

随后，人们在酒吧里举行了一次审判会。大家一致认为，虽然巴克咬伤了波顿，但是这件事本身是由波顿引起的，所以巴克对此不负主要责任。从此，巴克的名字传遍了阿拉斯加一带的所有营地。

那年秋天，巴克又一次救了桑顿的命。那天，桑顿、汉斯和比特试着将一艘撑杆船划过一段险滩。汉斯和比特两人留在岸上，他们将系在小船上的绳子一端牢牢地绑在岸边的大树上，以防小船被水流冲跑。随着小船的行驶，他们还要不断地移动位置，及时将绳子换到其他的树上。桑顿独自留在船上，撑着一根长长的竹竿，小心地在急流中移动。巴克也留在岸边，一直紧跟着小船，目不转睛地盯着它的主人。

桑顿驾驶着小船，来到一处水流湍急的地方，一块突出的暗礁从水面下冒了出来。桑顿用力撑着竹竿向前走，汉斯解开树上的绳子，抓住绳子的一头跟着桑顿。他想等桑顿驾船绕过暗礁后再绑绳子。可是，小船刚刚绕过暗礁，就遇到一股急流。这股急流来势汹汹，一下子就把小船向下游冲去。桑顿用力划动竹竿，却根本无法让小船停下来。汉斯忙拽住绳子，把绳子缠绕在树干上。但是他用的劲太大了，紧急刹车的小船在水流的冲击下翻了，桑顿被甩了出去。

一转眼，桑顿就被汹涌的河水冲跑了，眼看就要被卷入最危险的一段区域。就在这危急时刻，岸上的巴克跳进了水中，急匆匆地向桑顿追去。它在一处漩涡里追上了桑顿，桑顿急忙抓住巴克的尾巴。巴克使出全身的力气，奋力向岸边游去。可是，这里的水势太凶猛了，逆流而上的巴克艰难地在水里游动着，速度越来越慢。没过多久，奔腾的急流又将桑顿和巴克冲了下去，将他们重新带到了那段危险的区域。

桑顿知道，在这种情形下，他们几乎不可能上岸了。当他经过一块礁石的时候，他突然松开了巴克的尾巴，用双手抓住那块礁石，向巴克大吼一声："快走，巴克！"

巴克听见了桑顿的命令，但它并不想离开主人，便拼命地在水里挣扎着。可是，湍急的水流不断地推着它的身体，它离桑顿越来越远了。巴克努力挺起身体，抬头看了桑顿最后一眼，按照主人的命令，奋力地向岸边划去。最后，就在它奄奄一息的时候，汉斯和比特把它拉上了岸。

他们又赶快去搭救桑顿。因为在水流的猛烈冲击下，桑顿根本坚持不了太长的时间。汉斯和比特将拉船的绳子绑在巴克的肩膀和脖子上，把巴克放进了水里。巴克拼命向桑顿游去，可眼看着就要靠近桑顿了，却又被水流冲跑了。

汉斯急忙拉紧绳子，想把巴克拉上来。但是，绳索在水流的冲击下，紧紧地勒住了巴克的身体。巴克被水流连续冲击着，差点儿丢掉了命。汉斯和比特用力把巴克拉上河岸，解开绳子，不断地给它做人工呼吸，巴克这才醒了过来。

从远处传来微弱的呼救声，那是桑顿的声音。很显然，他已经支撑不住了。筋疲力尽的巴克一骨碌爬起来，带着汉斯和比特，又回到了刚才下水的地方。汉斯重新给巴克绑上绳子，再一次把巴克放进水里。这一次，巴克看准方向，直直地游到了桑顿的身边。上一次，它错过了救援主人的机会，这一回，它绝对不会再犯错了。

即将到达桑顿身旁的时候，巴克飞快地向主人冲过去，桑顿也一把搂住了巴克的脖子。汉斯和比特连忙把绳子绕在大树上，桑顿和巴克被绳子拖到水下，在水里起起伏伏地游着，还不时地撞到水下的暗礁。他们忍住疼痛，头晕眼花地在河水里扑腾着，终于被拉到了河岸上。

汉斯和比特让桑顿趴在地上，把一根木头放在他的肚子下面来回滚动，这样能快速地排出桑顿肚子里的水。很快，桑顿就吐出了一大摊水，醒了过来。他睁开眼睛，四处寻找巴克。巴克软绵绵地躺在他的附近，一动也不动，只是偶尔发出几声无力的嚎叫声。尼克站在巴克身边，守护着它。斯基特正伸出舌头，不断地舔着巴克的脸。桑顿慢慢站起来，走到巴克身边，轻轻地抚摩着它的身体，为它检查伤势。巴克的三根肋骨被撞断了。

“巴克伤得不轻，我们在这里休息一阵子吧！”桑顿对汉斯和比特说。汉斯和比特都点头同意。既然桑顿和巴克都受了伤，现在急着赶路太危险了，不如过些日子再出发。于是，他们在河岸边搭起了帐篷，驻扎下来，一直等到巴克和桑顿伤好了以后再继续赶路。

那一年冬天，巴克在道森又做了一件让人惊叹的事情，让它更加声名远扬了。而且巴克这次的表现，让桑顿、汉斯和比特都特别高兴。因为他们在为接下来的长途旅行做准备，需要一笔钱来补充物资，巴克正好给他们赢来了一笔巨款，足以让他们宽裕地完成这次旅行。

事情是这样的：在道森的酒吧里，男人们经常一边喝酒，一边炫耀自己家的狗。巴克因为在当地颇有名气，很多人都会提到它，还会拿自己的狗跟巴克做比较，想方设法地压倒巴克的风头。有一次，桑顿实在听不下去了，便当众夸奖了巴克一番。这时，有个人对桑顿说：“巴克有什么了不起的，我家的狗可以拉动一辆五百斤的雪橇。”“我家的狗能拉动六百斤的。”另一个人说。“七百斤的雪橇，我家的狗也不害怕！”第三个人跟着炫耀说。

听着那些人的吹嘘，桑顿忍不住了，开口说：“那有什么了不起的，巴克能拉动一千斤的雪橇呢！”

“是吗？巴克能拉着走吗？它能走出一百米吗？”马修斯说话了。他是一位靠金矿发了大财的人，刚才就是他吹牛说，他家的狗能拉动七百斤的雪橇。

“当然没问题，一百米对巴克来说是小菜一碟。”桑顿冷冷地盯着马修斯。

“不可能！”马修斯故意大声嚷嚷。他突然把一大袋金币扔到吧台上，拍着桌子说：“巴克肯定拉不动，我愿意赌一千块美金！”

整个酒吧都静了下来，人们目瞪口呆地望着桑顿。此时此刻，桑顿后悔极了，他感到脸颊一阵阵发热。拉动一千斤的雪橇，那可不是闹着玩儿的。何况他根本不知道巴克能不能做到，刚才只是为了和其他人斗气，才随口说的。现在覆水难收，最糟糕的是，如果巴克输了这场比赛，桑顿根本拿不出一千块美金。

“正好，我的雪橇就停在门外，上面刚好装了二十袋五十斤重的面粉。”马修斯看桑顿不说话，又嚷嚷了一句，“快叫巴克来试试吧！”

桑顿还是没有开口，他转过头，打量着酒吧的每一个人。忽然，他看见了一张熟悉的脸。那个人正是吉姆，他过去的老朋友。

桑顿忙向吉姆走去，低声对他说：“吉姆，能不能借我一千块钱？”

“没问题！”吉姆说。他拿出一个鼓鼓囊囊的钱袋，扔在马修斯的钱袋旁边。然后，吉姆担心地对桑顿说：“我知道你的狗很出色，不过我还是有点儿怀疑，它能不能拉动那么重的雪橇。”

桑顿和马修斯打赌的事情一下子传遍了小城，人们都裹着厚厚的毛皮大衣、戴着毛茸茸的手套跑到酒吧门口，围在雪橇旁边观看。马修斯的雪橇已经停放了差不多两个小时，在零下六十摄氏度的低温下，滑橇已经冻在雪地上了。这时，吉姆和马修斯有了不同的意见。吉姆认为只要巴克能够拉动雪橇，就算赢了。但是，马修斯坚持说，只有巴克把雪橇拉出了一百米的距离，才能获胜。他们两人争执不休，周围的旁观者大部分都同意马修斯的说法，吉姆也只好让步了。

桑顿把巴克叫了过来。巴克一出现，就在人群中引起了一阵轰动。它现在正是身强力壮的时候，身上全是饱满的肌肉，毛皮油光发亮。它往那里一站，雄伟的身姿让人们纷纷对它赞不绝口。

一个狗贩子盯着巴克，挤到桑顿身边说："真是一条好狗！我愿意出八百块买下它！"

桑顿摇了摇头，走到巴克身边。他用双手捧着巴克的头，低声对巴克说："巴克，你是好样的！证明给那些人看吧！"巴克仿佛懂得主人的心情，它低声地吼叫了一下，表示对主人的回应。

很快，众人把雪橇前的狗解开，给巴克绑上背带，把它带到雪橇前面。巴克看见熟悉的雪橇，顿时激起了斗志，不由得精神抖擞。它一口咬住桑顿的手，又很快放开了，用这种特别的方式对主人做出了承诺。

桑顿离开巴克，退到一边，大声喊道："巴克，开始吧！"

巴克先向前跑了几步，把缰绳拉紧，然后又松开一些。这是它以前拉雪橇时学到的经验，这样可以把滑橇从雪地上拉松一些。

"向右！"桑顿又发出了命令。

巴克用力奔向右边，它的身体猛地向前一冲，绷紧了绳子，然后又猛地停了下来。围观的人们听到了一阵破碎声，那是雪橇下的冰层破裂的声音。

"向左！"桑顿继续发令。

巴克转向左边，重复了一遍刚才的动作。冰层破裂的声音更加响亮了，滑橇开始向一边滑动，雪橇松动了！

"出发！"桑顿发出新的命令。

巴克使出全身力气，绷紧了缰绳，往前冲去。它的身体几乎贴在地面，四只脚掌在雪地上划出深深的沟痕。雪橇摇摇晃晃地往前驶去，突然，巴克脚下滑了一下，雪橇稍微有些倾斜，有人忍不住惊呼起来。很快，巴克就稳住了身体。它控制好雪橇的平衡，稳稳当当地一步步前进。

桑顿紧跟在雪橇后面，不断地给巴克鼓劲儿。人们早就量好了一百米的距离，在终点处放了一堆木柴。眼看着雪橇距离木柴堆越来越近了，围观的人们开始欢呼。八十米，九十米，一百米！巴克成功到达了木柴堆，桑顿急忙让它停下来。人群爆发出一阵雷鸣般的掌声。

桑顿跪倒在巴克身边，搂住它的脖子，用头顶住巴克的脑袋，不停地摇晃着巴克。

那个狗贩子又跟了过来，对桑顿喊道："天哪，我愿意出一千块，不，一千两百块钱买下这条狗！"

"滚开！我不会卖掉巴克的！"桑顿愤怒地站起来，冲着狗贩子喊道。

听到桑顿的回答，巴克轻轻咬住桑顿的手，静静地凝视着它的主人。围观的人们看见这对相亲相爱的主仆，谁也不忍心去打扰他们。

七、追随野性

巴克只用五分钟就为桑顿赢得了一千美金。桑顿用这一千美金还清了手上的债务，拿着剩余的钱准备和同伴们一起去寻找传说中的金矿。

人们都说，那个古老的金矿就藏在一间破旧的小屋附近。但是，从来没听说有人找到它。

桑顿、汉斯和比特，带着巴克和其他的六只狗，一起踏上了前往东方的大道。他们先沿着尼康河的上游走了三万多米；然后，又左转进入了斯图尔特河。他们穿过一条条河流，跨过一座座高山，来到一处荒无人烟的地方。

桑顿最喜欢在荒郊野岭里生活了。他生活经验非常丰富，只要背上一把枪、带上一把盐，就能在野外生活很久。他能一边赶路，一边打猎。在这段旅行中，他们每天都能吃到桑顿打来的新鲜的肉或鱼。他们的雪橇上装满了枪弹和各种工具，还有必需的探险设备，根本不需要准备任何食物。

巴克也很喜欢这样的生活。它每天都会来到陌生的土地上，不是陪着桑顿打猎，就是和桑顿一起钓鱼。有时候，他们会日夜不停地赶路；有时候，又会在风景秀丽的地方停下来，搭好帐篷住上一段时间。

他们走过了许多荒凉的地方，却始终没有发现那座神秘的小屋。有一年冬天，他们来到一片森林里。森林里有一条被人遗忘很久的小路，小路两旁的树干上刻着一些奇怪的记号。他们沿着记号仔细寻找，却始终找不到那条小路的起点和终点。

还有一次，他们在丛林深处发现了一间废弃的小屋。从它的破烂程度来看，应该是很多年前建造的。大家以为终于找到了传说中的房子，立刻进屋寻找线索。小屋里有一堆腐烂的毛毯碎片，还有一杆长筒枪。桑顿认识这种枪，这是西北部的哈德逊海湾公司制造的。除了这杆枪外，小屋再也没有什么有价值的东西了，他们又一次失望了。

风和日丽的春天再次来临了，桑顿他们依然在荒山野岭里四处寻找着，却仍旧一无所获。有一天，他们来到一片辽阔的山谷里，桑顿发现有一片河滩的颜色不对劲儿。那里的沙土呈现出一片金黄，在阳光下一闪一闪的。经过他们的仔细查看，发现那里竟然是一个金沙矿。只要挖出一些沙土，经过淘洗之后，剩下的就是金灿灿的金沙。大家欣喜若狂，他们决定不去寻找那传说中的小屋了，专心致志地在这里淘洗金沙。

桑顿带着汉斯和比特，砍来一些高大的云杉树，在山谷里盖了一间小木屋。他们每天勤奋地忙碌着，将淘洗出的黄金装进鹿皮袋子里，然后一袋袋地堆在小木屋外面。黄金越积越多，大家看着这些宝贝，感觉像在做梦一样。

那些狗每天闲得无事可做。巴克除了有时候陪着桑顿打猎以外，大部分时间都躺在火堆边睡觉。很快，它又听到了森林深处传来的召唤声。那声音唤起了巴克内心深处的渴望，它时常跟着那声音奔进森林里，将鼻子蹭在柔软的苔藓或肥沃的土壤上，大口大口地呼吸着泥土的气息。有时候，它还会随着那召唤大声嚎叫，或者躲在一棵长满藤蔓的大树后，屏住呼吸，仔细观察周围的动静。

有一天晚上，森林中又传来一阵呼唤声。巴克被惊醒了，它从来没有听过这种声音。不过它敢肯定，那是一种动物的嚎叫声。巴克悄悄爬起来，轻手轻脚地跃进森林，向着那声音跑去。它走了很久，最后来到森林间的一处空地上，看见一只身体瘦长的野狼，正坐在地上，对着天空嚎叫。

那只狼敏锐地嗅到了巴克的气息，它闭上嘴，警惕地打量着四周。巴克大步走过去，尾巴高高地挺立起来，向对方同时表示友好和威胁。那只狼一看见巴克，就吓得逃跑了。巴克紧紧地追赶着它，很快将狼逼到了一条死路上。狼愤怒地咆哮起来，向巴克露出尖利的牙齿。但是，巴克并没有攻击狼，只是绕着它一圈圈地旋转。

巴克并不想伤害那只狼。狼感觉到巴克的善意后，用鼻子闻了闻巴克的气味，和巴克相互打闹起来，它们终于成了朋友。过了一会儿，狼轻快地跑开了，示意巴克跟着它一起走。巴克和狼肩并肩地向前跑，它们跑到河流的上游，翻过高高的山头，又跑下一道斜坡，来到了一片宽广的平地上。

这时，太阳已经出来了。巴克和狼一起自由地奔跑着，它心中充满了喜悦，它终于响应了森林的呼唤，回到了属于它祖辈的原野里。

跑了一段时间以后，它们来到一条小河边喝水。巴克看见河流，立刻想到了桑顿。它犹豫了一会儿，最后慢慢转过身，向着来时的路走去。那只狼惊讶地看着巴克，跟在它身边，轻轻地嚎叫着，似乎在请求巴克留下来。巴克却坚定地离开了，再也没有看那只狼一眼。

当巴克回到小木屋的时候，桑顿正在吃午饭。巴克激动地扑过去，把桑顿撞倒在地上，用舌头舔着他的脸。桑顿像往常一样，用力地摇晃着巴克，不停地问它跑到哪里去了。

在接下来的两天里，巴克再也没有离开营地。它紧紧地跟在桑顿身边，一步也不肯离开。可是，两天之后，巴克又听见了森林的呼唤声。它忍不住想起那个美好的夜晚，想起那只瘦长的狼，想起它们一起奔跑过的森林和河流……

巴克忍不住又进入了森林，独自翻过高高的山头，来到了和那只狼分别的地方。它在那里等候了一个星期，想要找到狼的踪迹，可惜什么都没有发现。

有一次，巴克在河里捕捉鲑鱼时，遇到了一头大黑熊。饥饿的黑熊对巴克发起了攻击，巴克毫不畏惧地与黑熊展开了一场激烈的搏斗。这场战斗彻底激发了巴克体内的斗志，它凭借自己的勇气和力量，击败了强大的对手。

从此，巴克变成了一个真正的杀戮者，它喜欢尝到鲜血的味道。它不再像一只家养的宠物狗，而是变得更加高大强壮。如果不是它的胸膛上长着一撮白毛，很容易被当成一头体形庞大的狼。巴克的身上既有狗的智慧，也有狼的野性。无论是跳跃、防御还是攻击，巴克的速度都快得出奇。它还能够在一瞬间察觉危险，然后迅速做出反应。

秋天到了，原野里出现了大群的麋鹿，它们正要从北方向南方迁徙。有一天，巴克在山岭上遇到了一头大公鹿。那头鹿身材高大，脾气暴躁，正是巴克寻找的强劲对手。巴克绕着公鹿转来转去，它看见公鹿的身体上插着一支箭，看来是从人类的手下逃走的。巴克很快想出了一个攻击公鹿的办法，它要

设法引诱公鹿离开鹿群。

巴克接二连三地冲进鹿群，挑衅公鹿。公鹿终于被它激怒了，追着巴克向远处跑去。天色慢慢暗了下来，那只公鹿想回去追赶鹿群。但是，巴克无情地拦住了它，不断地向它发起攻击。受伤的公鹿无法突破巴克的防线，只好眼睁睁地望着鹿群消失在远方。

巴克抓住一切机会攻击公鹿。公鹿体力消耗得太厉害，每当它想吃点树叶或者喝点水，补充体能的时候，巴克就会扑过来袭击它。

到了第四天，巴克轻轻松松地打倒了公鹿，它得意地在这个失败者身边停留了一天一夜，等到吃饱喝足之后，才转身向桑顿的营地奔去。

走到半路上，巴克忽然产生了一种不祥的预感，似乎一场灾难就要发生了。它加快步伐，拼命向小木屋奔跑。距离营地还有一千多米的时候，巴克看见眼前出现了一条新开辟的道路，笔直地通往营地。巴克警惕地踏上那条小路，顿时感到了

危险的气息。忽然，它从空气中闻到了鲜血的气味儿。它跟着那股血腥味儿走进灌木丛，发现尼克躺在那里，一支箭戳穿了它的身体。

再往前走了一段路，巴克看见另一只狗躺在路中央，还没有完全断气。巴克没有停留，继续向前走。营地的方向不断传来浓烈的血腥味，巴克立刻将身体趴在地面上，轻轻地向营地爬去。当它爬到营地的边缘时，看见汉斯倒在地上，身上插满了羽毛箭，已经死去很久了。

巴克扭头向小木屋望去，发现小木屋已经被毁掉了，一群印第安人正围绕着小木屋的废墟跳舞。巴克怒吼一声，发疯般地扑过去，撕裂了印第安人酋长的喉咙。紧接着，它又扑向第二个人、第三个人……印第安人吓坏了，急忙向巴克射出羽毛箭。可是，巴克的速度太快了，箭都射到了其他的印第安人身上。有一个年轻的印第安人瞄准巴克，扔出一只长矛。结果，那只长矛却刺穿了另一个印第安人的胸膛。印第安人惊慌失措，以为自己遇到了恶魔，魂飞魄散地逃进了森林。

巴克愤怒地跟在印第安人身后，准备像对待那头公鹿那样拖垮他们。它把印第安人赶出森林，一直赶到了荒原上。一个星期之后，那群印第安人被追杀得差不多了，巴克这才返回了营地。

它在营地上找到了比特的尸体，还发现了桑顿留下的足迹。巴克沿着主人留下的气息，一路追踪，很快来到了一处深潭前。它看见斯基特躺在潭水边上，头和前腿浸泡在水里，而桑顿却不见了。巴克悲伤地站在潭水前，它知道它的主人已经在水里丧生了。

巴克在深潭前守候了整整一天，桑顿的死让它感到无比空虚。尽管它知道无论是人还是狗，都会有死亡的那一天，但是，它始终无法接受这悲伤的现实。

夜深了，森林里突然传来一声嚎叫。那声音唤醒了巴克的记忆，它决定去追赶那呼唤声。现在，桑顿已经永远地离开了它，它与人类之间的唯一联系不复存在了。如今的巴克，已经完全自由了。

一大群野狼追赶着一群麋鹿，冲进了山谷。巴克正站立在山谷中央的空地上，等候着它们的到来。一只狼突然向巴克扑去，巴克一口咬断了它的脖子。紧接着，狼群一拥而上，巴克凭借敏捷的速度和有力的攻击，接二连三地打败了它们。

大约半个小时以后，落败的狼群向后退去。一只瘦长的狼慢慢走来，站在巴克面前，它正是那晚和巴克一起奔跑的朋友。巴克认出了它，和它碰了碰鼻子，表示自己的友好。

随后，一只老狼走过来，友好地闻了闻巴克的气味，坐在它旁边，对着月亮嚎叫起来。巴克也跟着坐下来，发出响亮的嚎叫声。狼群围住巴克，闻着它的气味，欢迎巴克加入它们的队伍。然后，巴克和狼群一起奔进了森林深处……

几年以后，印第安人发现狼群中出现了一个新的领袖，它比狼还要凶狠，比狗还要聪明。森林中还出现了一处神秘的山谷，只要任何一个印第安人敢闯进去，就再也不会活着出来。

每年夏天，都会有一只体形庞大的狼独自来到那处山谷。它总是在林间的空地上站立许久，发出一声悲伤的嚎叫，然后转身离开。

这只狼并不是一只孤独的狼。在冬天漫长的夜晚，它总是带着一群狼，在雪地里奔跑。它高唱着一首古老的歌曲，那首歌的名字就叫作“野狼之歌”。

NIGHT ON THE GALACTIC RAILROAD

宫泽贤治

日本著名小说家、诗人、农业学家。他一生写了九十多篇童话和一千多首诗。作品中充满了对自然的热爱和对幸福的追求。

银河铁道之夜

尽力去寻找幸福吧！我相信它就在不远的地方

一、忧伤的午后课堂

乔凡尼生活在一个小镇上。这是一个坐落在山中的小镇，绿色的高山和平缓的山丘将它包围，一条细长的河流从小镇和山丘中穿过。

在日本的小镇上，时间是一种很神奇的东西。有时候，时间走得很快，春夏秋冬，四季变换，仿佛是一瞬间的事儿，你甚至感觉不到树叶从绿色变成枯黄的过程；有时候，时间又走得很慢，日出而作，日落而息，仿佛一切都跟昨天一样，没有一丝一毫的变化。

小镇里的人不多，人们白天去田地里干农活，晚上回到家，一家人坐在饭桌前，一边吃饭，一边说笑，其乐融融。孩子们喜欢跑到街上玩耍，在路灯下面，团团围在一起，享受着放学后的快乐时光。

乔凡尼跟别的孩子不一样，他的好朋友并不多，他也不喜欢跟其他的孩子一起玩耍。

但乔凡尼是一个懂事的孩子，他喜欢读书，学习成绩非常好，老师们也都很喜欢他。

乔凡尼上四年级了。这一天，他正坐在教室里，认真地听老师讲课。

老师站在讲台上，黑板上挂着一张大大的星座地图，地图上满是各种样子的星座，它们有的像大熊，有的像猎人，有的像一只牛……这张星座地图就像一个大大的牧场一样，各种动物都聚集在那里。

老师指着星座图上一片白色的地方，问同学们："同学们，你们看看这片白茫茫的地方，像不像一条长长的银色丝巾？有人说，它像一条河流；也有人说，它像倒在地上的牛奶。你们知道它到底是什么吗？"

几个同学举手示意，迫不及待地想说出自己的答案。乔凡尼却一副犹犹豫豫的样子，不确定自己印象中的答案是否正确。

"乔凡尼同学，你知道那是什么吗？"老师问。

乔凡尼一下子从座位上站了起来，看着讲台上的老师。他没有信心，怕自己万一答错了同学们会笑话他。

乔凡尼的前桌查内力是一个淘气的孩子，他转过头，看着乔凡尼紧张的样子，笑了起来。

这可让乔凡尼更加难受了，他一句话也不敢说，脸憋得通红。

老师看着乔凡尼不知所措的样子，说："这条河叫银河，但银河不像我们镇上的河流一样，里边没有欢快的河水和活蹦乱跳的鱼儿。那如果我们用高倍望远镜观察银河，会在银河里看到什么呢？"

乔凡尼想着，银河里应该是星星，但他还是不敢回答。

于是，老师点名其他同学来回答问题："康帕瑞拉同学，你来回答。"

可康帕瑞拉同学也没有回答问题，教室里一片沉默。

老师只好说："乔凡尼同学，如果我们用高倍望远镜去观察银河，能看到很多很多的小星星。你说对不对？"

乔凡尼点点头，他心里想：康帕瑞拉一定知道银河里都是星星，我们俩一起在一本杂志上看到的文章就是这么写的。看到银河的照片之后，康帕瑞拉还从他爸爸的书架上拿下来一本厚厚的书，翻到了银河那一页。

想到这里，他看了看坐在旁边的康帕瑞拉。

乔凡尼想：这件事康帕瑞拉肯定没有忘记，他不回答问题，一定是在同情我。他知道我每天都要干活，又苦又累，根本没有时间和同学一起玩，甚至很少和他这个好朋友讲话。所以他假装不知道答案。

想到这里，乔凡尼觉得自己很委屈，他的眼泪一点一点地落了下来。

老师没有看到乔凡尼哭了，他继续讲：

"如果我们把银河想象成一条真正的河流，那这一颗颗小星星就像河底的石头一样。如果我们把银河想象成流在地上的牛奶，那这些星星就像是牛奶里的小脂肪球。"

看着同学们满脸的问号，老师继续说："银河里有很多很多的星星，群星之间，是真空。我们生活的地球、天上的太阳和月亮，都飘浮在真空之中。所以说，我们现在生活在银河的'河水'之中。同学们都知道，水越深的地方，颜色看起来就越黑。同样地，在银河中，星星越多的地方，颜色看起来就越白。"

乔凡尼不知道真空是什么，但他被老师讲的银河吸引住了。

老师看看同学们，然后把手指向了一个双面凸透镜，凸透镜里装着很多亮晶晶的沙子。

老师对同学们说："银河的样子，和这个凸透镜的样子差不多。凸透镜里亮晶晶的沙子，就像是地球、太阳和月亮。"

同学们都仔细地看着这个神奇的凸透镜，努力地把它想象成银河，把凸透镜的沙子想象成天上的星星。

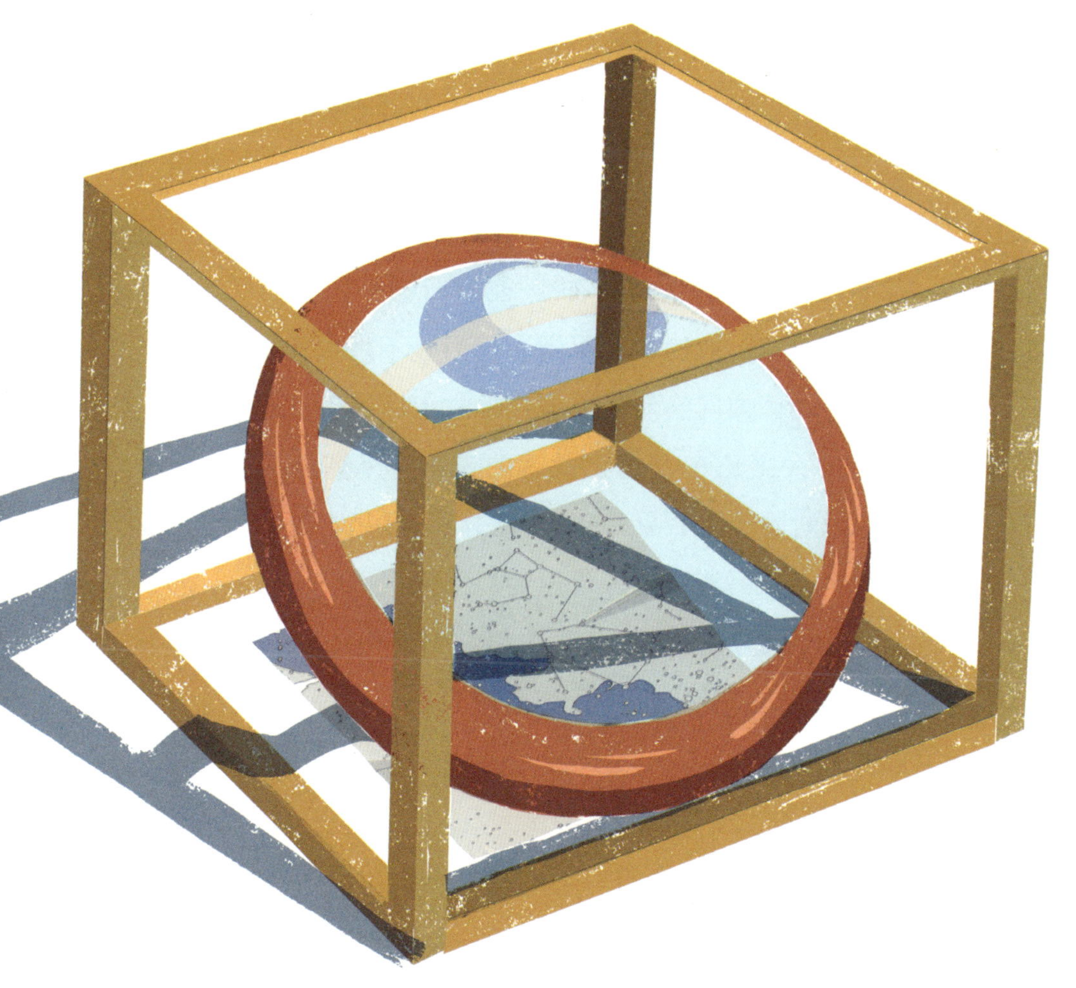

二、印刷厂的小工人

不一会儿，下课铃响了。

看着同学们认真的样子，老师说道：“今天晚上是银河节，大家去野外仔细观察一下天上的银河，看看银河里的星星。”

老师整理好书本，准备离开教室。同学们都站了起来，喊完“老师再见”后，背起书包，高高兴兴地离开了教室。

只有乔凡尼不开心，他害怕在同学们面前出丑，尤其不喜欢查内力那个讨厌鬼。

他整理好自己的书本，放进他旧旧的书包里，然后心事重重地走出教室。他的动作很慢，因为他不想和其他同学一起走下楼梯，他害怕同学们嘲笑他在课堂上回答不出问题。

西边的太阳正在收起它最后的光芒，月亮已经挂在了天上。乔凡尼看看天上，果然，一片白色的星星在天的一边闪闪发光，像是一条河流，也像是洒到地上的牛奶。

当他走到学校门口时，乔凡尼看到班里的七八位同学围在康帕瑞拉身边。他走近一看，原来大家正在为今天晚上的银河节做准备。

“我们要做一个什么样的灯笼？”

“我们要做个大的王瓜灯笼，还要涂上蓝色的颜料。”

“然后呢？”

“我们把灯笼放到河里，看它顺着河水漂流下去。”

大家在七嘴八舌地讨论着。

这时，康帕瑞拉看到乔凡尼，跟他说："乔凡尼，你也一起来吧，我们一块做灯笼。"

"我没时间。"乔凡尼使劲地摇了摇头，低下头匆匆地离开了。

走在街上，乔凡尼看到各家各户的门口都挂上了灯笼，一个个亮着光的小灯笼，像天上的星星一样耀眼。

乔凡尼没有回家，他转了几个弯儿，走到一家印刷工厂。工厂里只有十来个工人，他们彼此都非常熟悉，当然也认识乔凡尼。他们管乔凡尼叫"小放大镜"，尽管乔凡尼不喜欢这个外号，但大家都这么叫他，他也就慢慢接受了。

工厂建在小镇边的山脚下，离学校不远。一进工厂大门，乔凡尼先向大家鞠了个躬，然后把鞋脱下来放在门口。

他慢慢地走到工厂的机器旁，听着机器发出"轰隆隆"的响声，他看到工人们在一边哼着歌曲一边认真地做着自己的工作。

看到乔凡尼来了，工厂老板递给他一张纸，这张纸上印着密密麻麻的字。乔凡尼的工作，就是把纸上的字一个一个剪下来。

"这么多字，能剪完吗？"老板问乔凡尼。

乔凡尼点点头。

他从机器旁边拿出了一个小盒子，然后走到亮着灯光的桌子旁，把小盒子和印满字的纸小心地摆在桌子上。又从小盒子里拿出小剪刀，开始专心地剪起来。

身边的工人看着乔凡尼认真的样子，逗他说：“哟，我们的小放大镜，今天来得够早呀。”

工人们都笑了起来。

乔凡尼没有回答他们，仍然在认真地干活。他的手指头非常灵活，一会儿就剪下了很多字。

工厂的灯光有些昏暗，灯泡一闪一闪的。干上一会儿，乔凡尼就觉得眼睛里都是字，它们好像印在眼珠上一样。他不时地用手揉揉眼睛，可是字还在那里，擦都擦不掉。

就这样，到了晚上6点，工人们该下班了，乔凡尼也干完了自己的工作。他认真地把剪下的字放到盒子里，然后递到了老板手中。

老板接过盒子，向乔凡尼点点头，然后把几个硬币放在乔凡尼手中。乔凡尼向老板鞠了个躬，拿起书包，蹦蹦跳跳地走出了工厂大门。

三、温暖的家

走在小镇长长的街道上，看着街道路灯下自己的影子，乔凡尼已经忘了课堂上的事，也忘了讨厌的查内力嘲笑自己的样子。他嘴里哼着歌，来到了面包店，买了一袋面包和一包糖，然后快快乐乐地回家了。

乔凡尼的家离面包店不远，他和妈妈住在一座简陋的小房子里。

走到家门口，乔凡尼看到了大门旁边摆着的两个箱子。箱子里装满了绿色的卷心菜和芦笋，那是他们为冬天准备的食物。箱子上面是关着的窗户，他看不清谁在屋里，因为窗帘都拉了下来。

站在门口看了一会儿，乔凡尼觉得少了些什么。他看看这儿，摸摸那儿，围着房子仔仔细细地转了一圈。

这时，乔凡尼突然想了起来：原来是灯笼呀，别人家都挂了灯笼，我们家买不起灯笼，所以没有挂。想到这里，乔凡尼不再唱歌了。

“妈妈，我回来了。”乔凡尼一边脱鞋进屋一边问躺在床上的妈妈，“您今天感觉身体好一点了吗？”

妈妈一见到乔凡尼就笑了起来，她伸开双手，想要抱一抱他：“我的宝贝回来了！我今天感觉特别好。你呢？在工厂干活很累吧？”

乔凡尼走到妈妈的身旁，给了她一个大大的拥抱，高兴地说：“妈妈，我不累，老板给了我一些钱。我刚刚在面包店买了一包糖，我去倒一杯牛奶，把糖放到里面给您喝。”

看到乔凡尼这么懂事，妈妈也非常开心，她说：“你先吃饭吧，我现在还不饿。”

“妈妈，姐姐是几点回去的？”

“三点多吧，你姐姐帮我把屋子都收拾干净了。”

“您的牛奶送来了吗？”乔凡尼问。

“好像还没有送过来。”妈妈回答。

“那我去帮您拿。”

“不着急，乔凡尼，你先吃饭吧。你姐姐走之前做好了饭，

就摆在厨房的桌子上。”

“那我就先吃饭了。”一边说着，乔凡尼来到厨房。他拿起盘子，把饭盛了出来，然后大口大口地吃了起来。

姐姐已经出嫁了，跟姐夫生活在小镇的另一边，一个漂亮的红色小房子里。每天中午和傍晚，姐姐都会来到这里，帮妈妈和乔凡尼做好饭，打扫打扫卫生。姐姐喜欢乔凡尼，乔凡尼是个懂事的孩子，她不想让自己的弟弟干太多的活。

吃饭时，乔凡尼跟妈妈说：“妈妈，我觉得爸爸很快就会回来了。”

“我也这么觉得。你从哪里听到的消息？”妈妈问。

“我看了今天上午的报纸。”乔凡尼说，“报纸上写着‘今年，北方的渔民捕到了好多鱼’。”

“可是你爸爸没有去捕鱼呀。”妈妈说。

“爸爸一定是去捕鱼了。他不可能去做坏事。”乔凡尼告诉妈妈，以前爸爸经常给他螃蟹、鹿角，这些东西现在还放在学校的标本室里。

“你爸爸还答应要送你一件海獭皮外套呢。”母亲说。

听到母亲的话，乔凡尼脸红了：“唉，别提了，就因为这个事，同学们一直笑话我。”

“他们说你坏话了？”母亲问。

“嗯，他们都嘲笑我，每次见面，都问我，你的海獭皮外套在哪里呢？不过康帕瑞拉从来不嘲笑我。”

“因为你和康帕瑞拉一直是好朋友呀。你爸爸和他爸爸也是从小一起长大的好朋友。”

听了妈妈的话，乔凡尼想了一会儿，说：“怪不得呢，以前爸爸经常带我去康帕瑞拉家做客。他家有好多好多书，他爸爸也很有礼貌，每次看见我都给我拿好吃的。对了，他们家有一个玩具火车，还有一条圆形的火车道，火车道上有电线杆和红绿灯。”乔凡尼感叹地说，“那时候多好呀，我喜欢他家的玩具。”

母亲问乔凡尼：“那现在呢？你还经常去找康帕瑞拉玩吗？你们可是最好的朋友呀！”

“现在呀，我每天早上给人送报纸时，会经过康帕瑞拉家，他们家总是非常安静，一点动静都没有。”乔凡尼说。

“因为你要送报纸，出去得太早了，他们还没起床呢。”

“对了，今天晚上大家要去河边放灯笼，康帕瑞拉肯定会去的。”

“是呀，今天是银河节！你的小伙伴们应该都去了河边，把他们做的灯笼放到河里。乔凡尼，你有没有做灯笼呀？”妈妈高兴地问。

乔凡尼皱起了眉头说：“妈妈，我没做灯笼，康帕瑞拉让我跟他们一起做灯笼，我拒绝了，我可没有那么多时间。”

妈妈叹了口气：“我们的乔凡尼最懂事了，你跟他们一起去玩吧，妈妈已经吃完饭了，不用担心。”

“嗯，一会儿我去取牛奶时，顺道过去看看。”

“没关系，你去跟同学们玩吧。但是一定不要去河里玩。”

乔凡尼高兴地跳了起来：“好的，妈妈，我就站在岸边看看，一个小时后就回家了。”

“不用着急，你可以多玩一会儿，只要你跟康帕瑞拉一起玩，我就不担心你。”

“我保证会跟他一起玩的，也保证不去河里玩，您放心！”

说着，乔凡尼走到厨房，急匆匆地把厨房打扫干净，然后他穿好衣服和鞋子，走到门口。

“妈妈，我去看大家放灯笼了，等一会儿我再把牛奶拿回来！”

“好的，乔凡尼，注意安全。”

“妈妈再见！”说着，乔凡尼开心地走出家门，迈着轻快的步子朝河边走去。

四、银河节之夜

乔凡尼住的小镇面积很小，不到半个小时，就能逛个遍了。小镇上那条长长的街道，从东到西，连接着一路明亮的灯光。

街道的两边栽满高大的柏树，柏树中间有一盏高大的路灯。走在路上，乔凡尼的影子像妖怪一样，越变越长。乔凡尼一边吹着口哨，一边对着自己的影子“咯咯咯”地笑了起来。

乔凡尼想象着自己像司机一样，驾驶着一辆长长的火车，火车上坐满了来自天南海北的乘客。乔凡尼则握着方向盘。他的火车应该是蓝色的，他喜欢蓝色，所以给火车喷上了蓝色的油漆。他幻想着，快速地走过路灯。

这时，他看到了查内力，白天上课时嘲笑自己的查内力穿着一身崭新的衣服，从路灯下一下子蹿了出来。

乔凡尼吓了一跳，他赶紧跟查内力打招呼：“查内力，你要去河边放灯笼吗？”

可是，乔凡尼还没有说完，查内力就冲乔凡尼大声喊道：“乔凡尼，你爸爸送你的海獭皮外套到了吗？你怎么不穿呀？”然后大笑了起来。

听到查内力嘲笑自己，乔瓦尼像被人打了一巴掌，心一下子凉了。

“你要说什么？查内力！”乔凡尼生气地说。

查内力没有理他，蹦蹦跳跳地朝河边跑去了。

乔凡尼心里难受，他想：查内力这个讨厌鬼为什么老是嘲笑我？我不是个坏孩子，也没有做错事，可是他整天说我，他真是个大笨蛋！

心里想着这件事，乔凡尼不知不觉地走到了钟表店前。钟表店里的灯亮着，乔凡尼趴在玻璃上，仔细地看着钟表店里各式各样的钟表。

老师说，时间是一种很神秘的东西，它藏在钟表里。我们都看不到时间，却可以感受到时间的变化。乔凡尼心里想。

突然，乔凡尼发现钟表店的墙上挂着一张星座图，这张星座图跟老师在课堂上用的那一张非常像。

盯着那熟悉的星座图，乔凡尼看到了白色的银河，在银河的周围，是一个个星座，乔凡尼认出来，里面画着大熊座、小熊座、猎户座、天蝎座，还有长着人头马身的半人马座。

在钟表店前看了一会儿，乔凡尼突然想到，还没有给妈妈拿牛奶！

想到这里，他依依不舍地离开了钟表店，朝卖牛奶的商店走去。

天气有点凉，空气像水一样，在街道上流动。路上的孩子们都穿着新衣服，像过年一样开心，他们嘴里唱着儿歌：“半人马、半人马，快快下些小雨吧。”有的孩子手里还拿着蓝色的烟花，蹦蹦跳跳地在街上玩耍。

看着这些快乐的小朋友，乔凡尼感到很开心，但他也有些孤单：他朋友很少，就算是在银河节，他也不能跟朋友一起高兴地玩耍。

这样想着，乔凡尼来到了商店门前。

商店门口空荡荡的，什么都没有。或许商店已经关门了？老板不在这里？

“晚上好！”他热情地朝商店里打招呼。

但屋子里没有声音，乔凡尼感到奇怪：商店老板是不是也去河边放灯笼了？

他又喊了一声：“晚上好！请问有人吗？”

这时候，一个上了年纪的老奶奶慢慢地走了出来，她满脸皱纹，右手拿着一根拐杖。

“你是谁？有什么事吗？”她问乔凡尼。

“我叫乔凡尼。我们家的牛奶还没有送到，所以我过来拿一下。”乔凡尼小声地回答。

“老板不在，我也不知道哪个是你家的牛奶，你明天再来拿吧。”老奶奶说。

乔凡尼慌忙说：“不行的，我妈妈生病了，为了她的健康，每天必须喝一瓶牛奶。”

“那你一会儿再过来拿吧。”老奶奶说完就走回了屋子。

乔凡尼鞠了个躬，对老奶奶说：“好的，我一会儿再来，谢谢您。”

当乔凡尼拐过街角时，几个穿着校服的学生从前面的杂货店里走出来，他们吹着口哨，大声地笑着，每个人手里都拿着一盏灯笼。

乔凡尼对这声音并不陌生，他们是他的同班同学。

乔凡尼本来打算躲起来，但他觉得自己还是跟同学们面对面地打声招呼比较好。于是，他挺胸抬头，朝同学们走去。

“你们是去河边放灯笼吗？”乔凡尼正想问声好。

但他还没开口，就听见查内力那个“讨厌鬼”大声地说：

“乔凡尼，你爸爸送你的海獭皮外套到了吗？”

“你爸爸送你的海獭皮外套到了吗？”

“你怎么不穿上你的海獭皮外套呀？”

……

其他同学也跟着说了起来。

乔凡尼满脸通红，他不知道自己该怎么回应同学们的嘲笑。

他朝拿着王瓜灯笼的同学们看了一眼，这时候，他发现其中有康帕瑞拉的身影。康帕瑞拉个子很高，所以乔凡尼一眼就看到了他。康帕瑞拉朝乔凡尼笑了一下，脸上有抱歉的表情，好像是请乔凡尼原谅自己。

乔凡尼赶紧低下头，从他们身旁离开了。走远之后，他回头看了一眼，发现康帕瑞拉和其他同学一起，吹着响亮的口哨，高兴地朝放灯笼的大桥跑去。

五、黑色小山丘上的天空

乔凡尼有一种说不出来的孤独感。忽然间，他看到街道尽头的黑色小山丘，乔凡尼经常去那里玩耍。好像突然想到了什么，乔凡尼开始朝着黑色小山丘跑去。

这是一座平缓的山丘，山顶不高，但因为没有灯光，显得黑乎乎的。山顶之上，是北方的大熊星座，在乔凡尼看来，山丘仿佛和大熊星座连在了一起。

他对这里太熟悉了，即使山上没有灯光，乔凡尼还是认得上山的路。顺着被露水打湿的林间小路，乔凡尼向山顶跑去。

不知不觉间，乔凡尼穿过了长满松树和橡树的森林，眼前豁然开朗：一条白茫茫的银河横在天空，天上的星星闪着明亮的光，像一眨一眨的眼睛，让人陶醉。

在山顶上，乔凡尼看到了竖立在那里的天气轮柱，它们是木头做的，用来预测天气的变化，在星光的辉映下，天气轮柱像是披上了一层白色的衣衫。

向小镇的方向看去，街上的路灯点缀着小镇的黑夜，这让乔凡尼想起了书里写的海底宫殿。如果我们生活在山上，山脚下的村庄算不算在海底呢？乔凡尼心里想。

站在山顶，隐隐约约可以听见孩子们叫喊的声音，他们唱着的歌曲，通过微风传到了乔凡尼的耳朵里，“半人马、半人马，快快下些小雨吧”。

从山脚下跑到山顶，路途虽然不远，乔凡尼却已经大汗淋漓了。他躺在被露水打湿的草地上，仰头望着天空。在他的周围，是一片茂盛的野菊花，散发着清香的气息。

“轰隆轰隆”“轰隆轰隆”……乔凡尼听到远处传来的火车的鸣笛声，那是小镇附近的火车道，每到晚上，就有一辆火车从那里经过。爸爸没出远门的时候，会带他到火车道附近，看火车“轰隆轰隆”飞驰而过的样子。

这时，躺在山丘上，乔凡尼仿佛看到了铁轨上的火车快速驶过，许许多多的旅客坐在火车里，有的在削苹果皮、有的在和同伴聊天……火车一定是红色的吧。想到这里，乔凡尼很难受，他觉得自己太孤单了。

乔凡尼躺在草地上，专心地看着天空，那一条白色的银河，星星在其中闪烁。

乔凡尼觉得，银河并不是空荡荡的，它不像老师讲得那样只有无数的星星。“里边有一片小森林，也有一片放养牛羊的牧场，牧羊人正在羊群中挤奶。或许，牧羊人还有一个跟我一样大的儿子，他可能也正躺在银河中看着我们。”乔凡尼自言自语地说。

接着，他看到了蓝色的织女星座。乔凡尼觉得织女星座里的星星像在眨着眼睛，一会儿三个星星发光，一会儿四个星星发光，像一个调皮的孩子。真是可爱的星星。

想到这里，乔凡尼又开心地笑了起来。他闭上眼睛，享受着草地上凉爽的感觉，面前的天空好像挤满了星星，它们像一个个白色的灯笼，也像一团白色的雾气……

六、前方到站：银河站

朦朦胧胧之中，乔凡尼从草地上站了起来。雾气慢慢消散，可天气却依然很凉。

乔凡尼揉了揉眼睛，发现周围变了样，自己身后的一根根天气轮柱变成了三角形的路标。

路标上标记着一个一个的地名，它们就像萤火虫一样，在不断地闪烁。

“这是哪里？怎么变样了？”乔凡尼很好奇。

这时，一阵“轰隆轰隆”的声音从远方传来，那是火车的声音。仔细听，“轰隆轰隆”的声音越来越近，报站的声音从远处传来：“前方到站：银河站，下车的旅客请做好准备！”

声音越来越近，乔凡尼看见一辆火车从前方驶来。

这是一辆小小的红色火车，整辆火车只有三四节车厢，它开得不快。火车上亮着橘黄色的灯光，这些橘黄色的小灯也是一闪一闪的。

火车停在了乔凡尼的身前。他回过神来，好奇地走进了车厢。

随着汽笛响亮的声音，火车开动了。

车厢里的人不多，乔凡尼找了个靠窗的座位坐下。他看

银河站

YIN HE ZHAN . Str.

到车窗外的草地和花朵在慢慢地往后闪，接着，山丘和小镇也从眼前消失了。

乔凡尼不知道这是哪里开来的火车，也不知道火车的终点站是哪里，他安静地坐在座位上，一句话也不敢说。

这时，乔凡尼注意到，在自己的前面坐着一个小男孩。他个子高高的，穿着被淋湿的黑色衣服，头发也湿了。他从书包里拿出一块小小的毛巾，在头上擦了起来。

乔凡尼觉得眼熟，一定在哪里见过这个男孩子。

他仔细地看着这个熟悉的背影。

突然间，乔凡尼瞪大了眼睛，从座位上站起来，走到了男孩子面前。

"康帕瑞拉！果然是你！"

乔凡尼高兴地叫了起来，他没想到会在这辆火车上遇到自己的好朋友。

看到乔凡尼，康帕瑞拉也高兴起来。他对乔凡尼说："乔凡尼，你也在这儿呀！刚才我们还在河边玩呢！可惜呀，咱们的同学都没赶上这辆火车，他们拼命跑，还是没有追上。"

乔凡尼想到，康帕瑞拉和同学们约好一块儿出来玩，现在却只剩下他和自己待在一起。乔凡尼问："要不咱们等一等他们？"

康帕瑞拉摇了摇头，回答："不用了，他们的爸爸妈妈已经把他们接回家了，现在应该都睡着了吧。"

康帕瑞拉的脸色有些苍白，似乎身体不太舒服。

康帕瑞拉说："你看，窗外的星星多漂亮呀！这么多星星，像不像小孩子的眼睛？"

“是呀，它们就像一颗颗宝石一样美丽。”乔凡尼说。

“啊，糟糕！”康帕瑞拉突然想起了什么，他翻了翻书包，然后皱起眉头，伤心地对乔凡尼说，“我忘记带水杯了，也没有带画笔和画纸。我喜欢画画，喜欢把美丽的风景画到纸上。可惜这次没有带画画的工具。”

“那太可惜了，风景这么美丽，不画下来太可惜了。”乔凡尼说。

不过，康帕瑞拉是个乐观的男孩子，他笑着说：“没关系。你看，那边有天鹅。以后有机会，我一定要把它们都画下来。爸爸说过，要带我去城里的动物园看天鹅。”

乔凡尼羡慕地看着康帕瑞拉，说道：“你爸爸真好，他能经常陪着你。”

“你爸爸呢？还没回来吗？”康帕瑞拉问。

乔凡尼摇了摇头，他们一起望向窗外。天鹅在点点的星光之下，仰起了它们白色的长脖子，像一个个高贵的公主。

不一会儿，康帕瑞拉从书包里拿出了一张地图，摆在了他和乔凡尼面前。

地图画得非常精致，上面有蓝色、橘黄色和绿色的光点，标出了车站、森林和小山的位置。乔凡尼看到，地图上有一条长长的铁路线，沿着银河向远方伸展开来。我们坐的火车是不是正在这条铁道线上行驶？乔凡尼心里想，窗外就是长长的银河，而铁道线也恰恰在银河旁边。

看了一会儿，他突然觉得自己以前见过这张地图，但忘了是在哪里见到的了。

“你是在哪里买到的这张地图？看起来好漂亮呀！”乔凡尼问康帕瑞拉。

“在银河站停车时，我问工作人员要的。你没问他们要吗？”康帕瑞拉跟乔凡尼说。

“我没问他们要。”乔凡尼回答。他看着地图，指着地图上写着“天鹅”两字的标志问：“刚才是银河站，咱们现在是不是在这儿？天鹅站。你看那边的天鹅多漂亮呀！”

这时，康帕瑞拉指着远处天空的一片光亮，兴奋地对乔凡尼说：“你快看，那边有一大片亮光，是月亮吗？”

乔凡尼顺着康帕瑞拉手指指着的方向，看到银河中一片白茫茫的星光。微风吹来，银河里的星星好像也在飘动。

“那不是月亮，是银河！”

乔凡尼兴奋地跳了起来，他将头伸出窗外，高兴地唱起了《星星圆舞曲》。

康帕瑞拉也把头伸了出去，他们想离银河更近一点。

在行驶着火车的铁路旁边，是一个个闪着光亮的三角路标，近处的路标看起来很大，远处的路标则看起来很小。不过，随着火车向前开去，远处的路标也慢慢变大了。路标上的字，乔凡尼还有很多不认识，课堂上，老师都没讲过。

乔凡尼一会儿看看美丽的银河，一会儿看看三角形路标，深深吸一口气，花朵的香味也飘进了他的身体里。“神清气爽”，乔凡尼突然想到了一句成语。

乔凡尼陶醉在这美丽、迷人的风景之中——闻着花香，看到了世界上最美丽的风景，身边还有最好的朋友。乔凡尼一定是世界上最幸福的人。他在心里默念道，然后看了一眼身边的

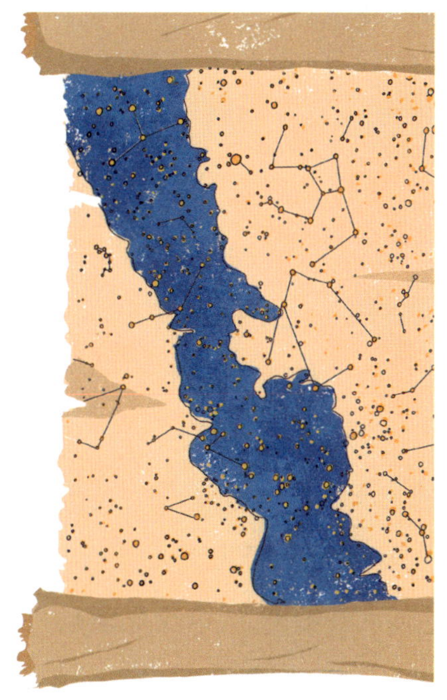

康帕瑞拉。康帕瑞拉闭着眼睛，陶醉在一片花香之中。

“你看，多美丽呀！我们在天空的田野之中！”乔凡尼激动地对康帕瑞拉说。

“天空的田野？”康帕瑞拉重复了一遍，却开始琢磨起了另一个问题。“这辆火车应该不烧煤吧，可能是因为用电的原因，它开得没那么快。”康帕瑞拉自言自语。

看着康帕瑞拉认真思考的样子，乔凡尼笑了。

“轰隆轰隆”“轰隆轰隆”……火车继续在“天空的田野”中行驶，它掠过一块一块的三角形路标，穿过草原，向前开动。火车开过的时候，天鹅们纷纷抬起头，看一眼，然后仰头看着天空……

在这美丽的风景面前，乔凡尼不再像以前一样不敢说话了，他的嘴里不停地夸赞着火车外的风景。

“乔凡尼，你瞧，龙胆花开了，秋天到了！”康帕瑞拉手指着窗外一片紫色的龙胆花，轻声地对乔凡尼说。

顺着康帕瑞拉手指的方向，乔凡尼看到铁道两旁的草丛中，开满了美丽的紫色龙胆花。它们在绿色的草地上光彩夺目，一朵接着一朵，随着微风摆动，空气好像都变成了紫色的。

“太美啦！太美啦！我们跳下去摘一些花吧，拿回去送给妈妈！她一定会非常开心！”乔凡尼激动地说，他想从窗户上跳到花丛里。

但康帕瑞拉拦住了他："不行，火车还没有停，你不能下去。大人们都说，坐火车一定要注意安全。等火车停了，我们再下去摘花。"

乔凡尼只好待在自己的座位上，想象着把花儿捧到妈妈面前，妈妈开心的笑容。自从生病以来，妈妈经常偷偷地哭，每次回家看到妈妈脸上挂着泪痕的笑容，乔凡尼的心里总是很难受。

就在这时，龙胆花好像读懂了乔凡尼的心事一样。几朵闪着紫色光芒的龙胆花，乘着微风，慢慢地飞了起来。它们一闪一闪地向火车飘来，飘过车窗，在乔凡尼面前停了下来。

乔凡尼伸出双手，接住了紫色的龙胆花。龙胆花在他的手中晃动了两下，安静地躺在了手心里。

七、葡力奥辛海岸一游

“我们走了这么远，希望爸爸能原谅我，出远门前一定要跟爸爸妈妈说的。”康帕瑞拉突然有些不开心了，他小声地说。

乔凡尼也想着自己的妈妈，他在心里说：是啊，我的妈妈就在远方的家等着我呢，她一定在想我，想让我早点回家。

这时候，康帕瑞拉突然悲伤地说：“只要能让爸爸妈妈过得开心、过得幸福，我什么都愿意做。”

乔凡尼看到康帕瑞拉快要哭出来，感到十分惊讶：“你的爸爸妈妈并没有遇到什么不幸的事呀！”

康帕瑞拉好像没有听到乔凡尼的话，继续自言自语地说：“虽然我不知道要怎么做，但我可以确定，一个人只要做好事，就一定会感到非常幸福和快乐，他的家人和朋友也都会因为他而感到幸福。”

康帕瑞拉好像下定了决心，一定要做个听话的孩子，让爸爸妈妈感到幸福。

就在这时，车厢里突然亮了起来，好像是谁在车厢里点亮了蜡烛，照亮了乘客们的脸庞。

乔凡尼和康帕瑞拉往车窗外看去，那满是星星的银河中，一座闪闪发光的小岛出现了。小岛的顶上是一个白色的十字架，这个十字架像是用结了冰的河水做成的，正在放射着光芒。

这是北十字星，它让乔凡尼想起了小镇上的教堂，教堂的顶端也有一个白色的十字架。

随着火车的前进，不一会儿，小岛和白色十字架都被火车抛在了身后。

坐在火车上，乔凡尼和康帕瑞拉又看到了美丽的银河，银河的对岸弥漫着白色的亮光。

乔凡尼看了看自己手中的紫色龙胆花，鼻子凑近花朵，使劲地闻了一下，一阵浓烈的香气飘进了他的鼻子里。

“喂，咱们是不是快到天鹅站了？”乔凡尼小声地问康帕瑞拉。

“是的，十一点整准时到达天鹅站。”康帕瑞拉小声回答道。

“那咱们快到了。”乔凡尼看了看火车上的表，小声地对康帕瑞拉说。

果然，不一会儿，铁道口的绿灯亮了，这是火车进站的标志，说明火车来到了天鹅站。

火车的速度越来越慢，它进入了天鹅站。

写着“天鹅站”三个大字的三角形路标竖立在路边，一声“呜——”的汽笛后，火车停了下来。

乔凡尼和康帕瑞拉看了看火车站内挂着的钟表，它分秒不差地指向十一点钟。

“尊敬的乘客您好，天鹅站到了，请到站的乘客收拾好行李，准备下车。”

乔凡尼听到火车上的工作人员对大家说：“火车在天鹅站停车二十分钟。”

所有乘客都下了车。他们在火车上坐的时间太长了，需要下车活动一下。

“咱们也下车看看吧，火车要在这儿停二十分钟呢！”乔凡尼跟康帕瑞拉说。

“走，咱们下车！”

乔凡尼和康帕瑞拉跟着热闹的人群走下了火车。正是秋天，天气凉爽，微风吹来，让人感觉非常舒服。

乘客们都朝车站大门走去，他们一边聊天，一边感叹银河边风景的美丽。

乔凡尼和康帕瑞拉也走向车站大门。

车站里的路灯是浅紫色的，像龙胆花发出的光那样美丽。乔凡尼还在想着他们在火车上见过的那一大片美丽的龙胆花。慢慢地，他们走到了车站前的小广场上。

广场的周围是一棵棵高大的银杏树，广场上一条宽阔的马路通向散发着白色光芒的银河。

眼前一片白茫茫。乔凡尼和康帕瑞拉一起走在那条宽阔的马路上，路上没有其他乘客，只有他们两个人的黑色影子。从远处看，他们俩像是走进了一条白色的河流，在水流之中，一起向前走去。

不一会儿，他们走到了银河岸边。

那是一片美丽的沙滩，宽阔的银河把它白色的浪花洒在这片沙滩之上。

“在车上看这沙滩，就觉得很好看。没想到来到这里，感觉更美丽了。”乔凡尼开心地说，他已经脱下了鞋子，一步一步轻轻地走到了沙滩上。

“你以前去过海边吗？”康帕瑞拉问。

“没有，但我爸爸去过，他经常给我讲海边的故事。我猜呀，他现在还在海边捕鱼呢！”乔凡尼漫不经心地回答。

“你爸爸是渔夫吗？”

“他什么都做过。以前在海边打鱼，现在呢，我和妈妈都不知道他在做什么。但他应该马上要回家了，我有预感。”

康帕瑞拉也脱下了鞋子，跑到沙滩上，随手抓起了一把沙子。细腻的沙子闪着银色的光，在康帕瑞拉摊开的手掌中闪闪发亮。

除了沙子，银河岸边还有很多小石子，它们也像宝石一样，闪着各种颜色的光。

康帕瑞拉走到岸边，捡起一颗蓝色的小石头，捧在手心，认真地观察。

乔凡尼则把手放进了透明的银河水中，他感受到了水的流动，然后是一阵冰凉的感觉。乔凡尼瞪大了眼睛，哈哈大笑起来。

康帕瑞拉听到了乔凡尼的笑声，他也站到了乔凡尼的身边，把手放进了水里。他们的手上沾满了银色的光芒，像星星，像宝石，一闪一闪的，漂亮极了。

两个小伙伴开心地玩了一会儿，他们沿着银河继续往前走。在不远处，有一块巨大的白色岩石，岩石上站着几个人，好像在挖什么东西。

这些人一会儿起身，一会儿又弯下腰，手中的工具发出巨大的响声，“咚”“咚”“咚”“咚”，那是敲击石头的声音。

“咱们过去看看！”两人不约而同地说。

乔凡尼和康帕瑞拉一起朝岩石走了过去。

岩石前面竖立着一个牌子，写着“葡力奥辛海岸”。乔凡尼认得这几个字，便认真地读了出来，但他不知道“葡力奥辛”是什么意思，康帕瑞拉也不知道。

走到岩石前，康帕瑞拉像发现了什么一样大声喊：“看，这里有怪东西！”岩石的石缝里有一个个黑乎乎的东西，他们惊讶地停了下来。

这是什么呢？

乔凡尼好像在书上见过它，他想了想，说："这是核桃，我见过它们。你看，岩石上有好多这样的核桃，它们是从石头里长出来的。"

"这核桃也太大了吧，比咱们以前见到的大很多。"康帕瑞拉感叹道，"到处都是奇怪的东西。"

"咱们还是去岩石上看看吧，说不定那几个叔叔正在挖什么宝贝。"

说着，乔凡尼和康帕瑞拉捡起地上的核桃，拿在手里，继续往前走。

走到岩石上，一个戴着眼镜、穿着雨鞋的高个儿男人出现在他们面前，他正拿着笔在笔记本上写着什么。

乔凡尼觉得，这个人很有学问，像是学校的老师，他一定知道很多知识。写了一会儿，高个儿男人拿起地上的铁铲子，在岩石上继续挖东西。

一边挖，还一边跟身边的学生们说话："注意点那块石头，认真一点，小心一点，别弄坏了。"

他们挖的是什么？

乔凡尼好奇地走到老师和学生们跟前，在雪白的岩石里，有一堆白色的骨头。这是动物的骨头，它一半露在外面，一半埋在岩石里。老师和他的学生正在把它挖出来，岩石上还有他们做的记号。

看到乔凡尼和康帕瑞拉，老师扶了扶眼镜，好奇地问道："你们两个怎么会来这里，是来这儿参观的吗？"

乔凡尼和康帕瑞拉点了点头。

老师看着他们手里的核桃，说道："你们看到了地上有很多核桃吧。这些核桃都是一百二十万年前结出来的果实。在一百二十万年前，这个地方还是一片大海，大海里长出了大大的核桃，也有巨大的动物。岩石下边还有很多贝壳化石，等待着人们来挖掘。"

乔凡尼和康帕瑞拉听得很认真，他们从来没听说过海里还能长核桃，这真是一件怪事。老师继续说："我们现在挖的这个白色骨头，是一种野兽的骨头，这种野兽叫'伯斯牛'。你们见过牛吧？'伯斯牛'是所有牛的祖先，甚至有可能是我们人类的祖先。它们生活在几千万年前，现在已经灭绝了。"

“您把它挖出来，是要去制作标本吗？”乔凡尼好奇地问。他在书上看过，很多动物的骨头都被制成了标本。

“不，我们不用它制作标本，我们要把它放到博物馆里。”

乔凡尼刚想继续问下去，康帕瑞拉就告诉他：“马上就要到二十分钟了，我们该回到火车上了。”

乔凡尼点点头，尽管他很喜欢听人讲动物的故事，但他不得不离开这里了。乔凡尼转过头向老师告别：“我们该走了，谢谢您，再见！”

老师抬起头，笑着回答：“好的，再见！你们要好好学习，长大后成为对社会有用的人。”

因为害怕赶不上火车，乔凡尼和康帕瑞拉跑了起来。

“我们跑得太快了，如果能一直跑这么快，就可以环游世界了。”乔凡尼开心地对康帕瑞拉说。

很快，他们跑到了火车旁，上了火车，坐在原来的位置。他们想起了银河沙滩上凉爽的微风，也想起了岩石上老师的话，“长大后成为对社会有用的人”。“有用的人”会不会感到很幸福呢？

八、神秘的捕鸟人

火车又开动了，乔凡尼盯着挂在车厢里的钟表，随着分针的转动而看走了神。钟表响起“嘀嗒嘀嗒”的声音。不知道为什么，乔凡尼感觉心里有点难受，他说不上那是因为悲伤，还是因为孤独。

康帕瑞拉则目不转睛地盯着车厢上方的灯泡，一只小虫子正在灯泡上爬动。它从灯泡的一面慢慢地爬到了另一面，又从另一面爬回到原来的地方。

这时，一个响亮的声音响起：“请问这儿有人坐吗？”

是一个大人的声音。乔凡尼和康帕瑞拉回头一看，一个戴帽子的中年男人正面带微笑看着他们。

“这个座位没有人，您坐吧。”康帕瑞拉客气地跟男人说。

这个男人穿着一身灰色的旧衣服，有着一大把红色的胡子，背着两个大大的袋子。

红胡子男人来到乔凡尼和康帕瑞拉面前，把背上的袋子高高举起，放到了座位上面的行李架上。

“你们这是要去哪儿？”红胡子男人大声地问。

看着窗外的田野和银河，乔凡尼有些不好意思地回答：“我们哪儿都去，实际上，我也不知道我们要去哪儿，甚至不知道自己为什么会坐上这辆火车……”

红胡子男人哈哈大笑，高兴地说：“那可太棒了！这辆火车可以到任何地方！你们想去哪儿就去哪儿。”

“您呢？您这是要去哪里？”康帕瑞拉也问起了红胡子男人。

人们听见了康帕瑞拉的问题，都转过头来看他们。这让康帕瑞拉也有点不好意思了，这么多人看着他，他的脸“唰”的一下子红了。

乔凡尼看到了康帕瑞拉不好意思的表情，他没想到康帕瑞拉还会害羞，“咯咯咯”地笑了起来。

红胡子男人把脸转向康帕瑞拉，认真地回答他：“我就在下一站下车，我是做捕鸟生意的。”

“捕鸟？捕什么鸟呀？”红胡子男人让康帕瑞拉感到好奇。

“捕仙鹤、大雁，有时候也会捕一些白鹭和天鹅。”

乔凡尼问红胡子男人：“捕鸟简单吗？您是用什么方法捕鸟的？”

“你是问仙鹤？还是白鹭？”红胡子男人反问道。

“白鹭吧。”

“白鹭这种鸟儿，是很好抓的。它们是由银河里的白色沙子凝聚而成的，有时候会飞回银河。所以呀，我一般是在银河河岸上等着，当它们飞到河岸时，只要两只脚一落地，我就扑过去，一把把它们按在地上。再在地上多按一会儿，它们的身体就会被压扁。”红胡子男人介绍说。

乔凡尼感到好奇：“把它们压扁，是为了制作标本吗？”他又想起了岩石上伯斯牛的白色骨头。

红胡子男人哈哈大笑，他摸了下乔凡尼的头，笑着说：“不是制作标本，是把它们卖出去，大家都爱吃白鹭的肉。”

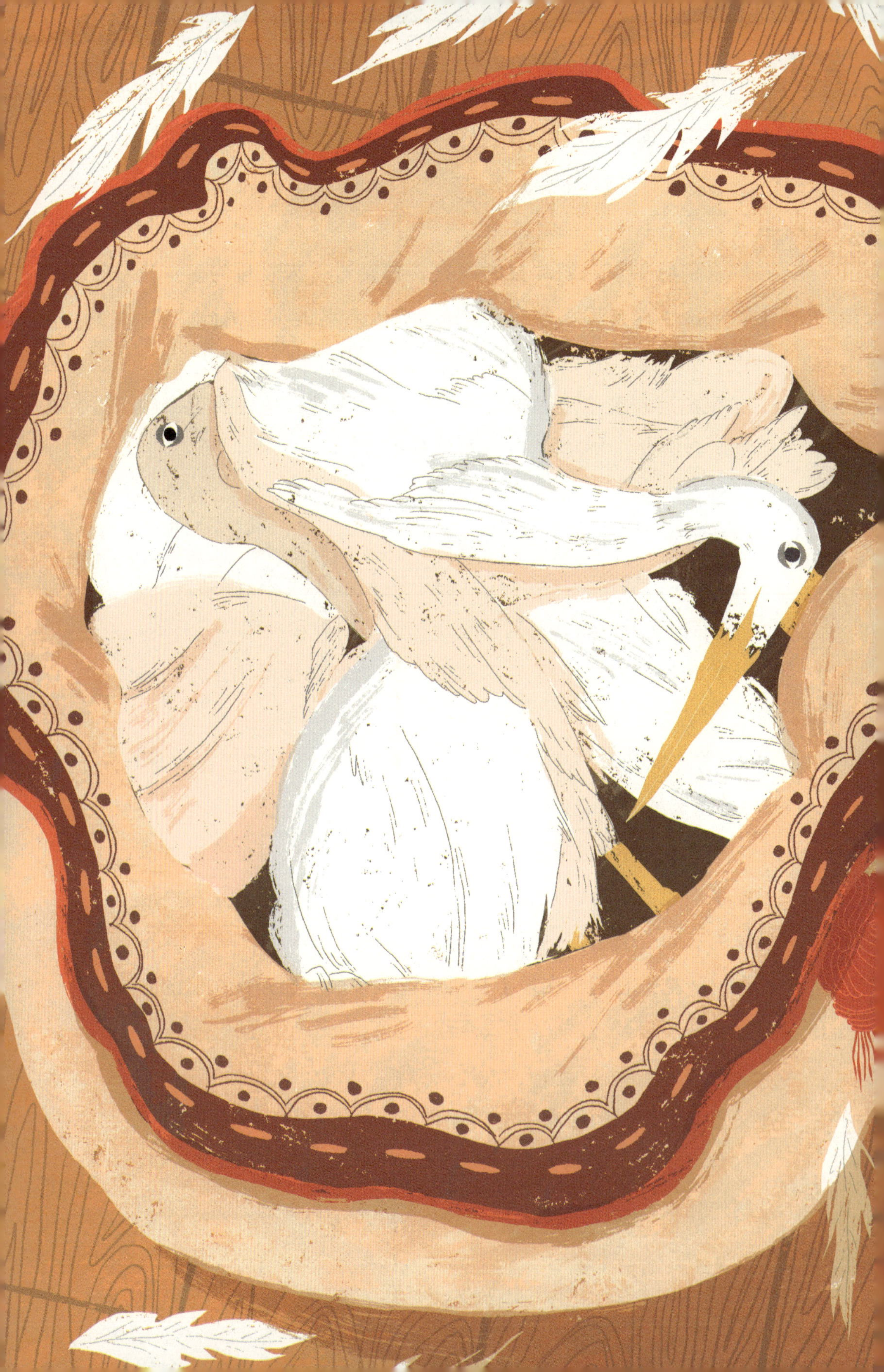

这个动作让乔凡尼感觉很不好意思。

“吃白鹭这感觉好奇怪啊。”康帕瑞拉歪着脑袋说。

“一点都不奇怪！我给你们看一下。”说着，红胡子男人从行李架上把自己的袋子拿下来，他一层一层地把袋子打开，然后让乔凡尼和康帕瑞拉过来看。

“你们看，这是我今天刚刚捕到的白鹭。”

“啊，真的是白鹭呀！”乔凡尼和康帕瑞拉异口同声地喊道。

红胡子男人的袋子里有十几只纯白色羽毛的白鹭，它们长着长嘴，身体扁平，像玩具一样，安静地躺在袋子之中。

“怎么样？看到了吧？”捕鸟人把袋子拿起来，放回到行李架上。

乔凡尼依然非常好奇，他问捕鸟人：“谁会买白鹭的肉吃呢？我们那里没有人吃白鹭的肉，也没有人吃大雁的肉。”

“非常好吃，每天都有人买白鹭肉吃。不过，大雁的肉更好吃。”

捕鸟人一边说着，一边打开另一个袋子，里边是黄色的大雁。和白鹭一样，大雁也被压扁了，它们紧闭着双眼，就像在安静地睡觉一样。

“你们看，大雁肉现在就可以吃，我给你们拿一块，你们尝尝好吃吗？”说着，捕鸟人从袋子里拿出了一块大雁肉，从中间撕开，分别给了乔凡尼和康帕瑞拉。

乔凡尼接过捕鸟人给的肉，看了一会儿，然后放在鼻子上闻了一下，大雁肉有甜甜的香味，他咬了一口，吃起来就像点心一样。

乔凡尼觉得，这个红胡子叔叔可能是一个蛋糕店的老板，专门卖点心的。他把点心做成白鹭和大雁的样子，然后跟大家说这是白鹭肉和大雁肉。

捕鸟人又请坐在旁边座位上的一个老爷爷吃大雁肉。经过红胡子叔叔的介绍，大家知道了，老爷爷是银河灯塔上的看守，负责银河灯塔上灯光的开关。

这时候，康帕瑞拉想到了一个问题，他问捕鸟人："为什么白鹭肉不能像大雁肉那样，马上就吃呢？它们还需要再处理一下吗？"这也是乔凡尼的问题，他不好意思问。

捕鸟人看着康帕瑞拉，认真地回答："如果要吃白鹭肉，需要先把压扁的白鹭挂在银河河岸上，挂上十几天。或者把它们埋在沙滩里，三四天之后挖出来，才能吃。"

"为什么呢？"乔凡尼好奇地问。

"因为它们身上有一种叫水银的东西，水银是有毒的，必须把水银去干净了，白鹭肉才能吃。"捕鸟人说。

康帕瑞拉还是有点疑惑："这应该不是鸟儿吧？吃起来像点心，您是不是把点心做成了白鹭和大雁的样子？"

康帕瑞拉把心中的疑惑说了出来。其实，乔凡尼也是这么想的，听到康帕瑞拉这么说，乔凡尼看着捕鸟人，等待着他的回答。

这时候，捕鸟人突然说："不好意思，我要在这一站下车了，一会儿见！"然后，捕鸟人从行李架上拿起自己的袋子，匆匆地转身离开了。

"这个大叔，怎么说走就走了呢？"乔凡尼和康帕瑞拉互相看了一眼，觉得非常奇怪。

看守灯塔的老爷爷笑了起来，他伸了个懒腰，打了个哈欠，然后转头看向了窗外。乔凡尼和康帕瑞拉顺着老爷爷的方向看过去：刚才坐在座位上的红胡子男人，此时已经站在了银河岸边，他举着双手，认真地看着天空中飞来飞去的鸟儿。

“看，他竟然在岸边，太不可思议了！”乔凡尼对康帕瑞拉说。

“看他的动作，他应该是等着鸟儿落下来吧。等鸟儿落下来，他就可以扑上去抓住鸟儿了。”康帕瑞拉说。

康帕瑞拉刚刚说完，蓝色的天空中就传来了“嘎——

嘎——”的叫声，一大群白鹭从远处飞到银河岸边，它们像雪花一样，一片一片地落下来。

看到这么多白鹭飞来，捕鸟人手舞足蹈。一有白鹭落在沙滩上，捕鸟人便捉住它们的双脚，塞进布兜里。而那些没有捕到的白鹭一落地，身体就好像融化了似的，变成一颗颗银色的沙子，落在了沙滩上。

乔凡尼和康帕瑞拉简直不敢相信自己的眼睛，他们看着一只只白鹭在沙滩上消失不见。

接着，捕鸟人开始捕捉大雁。相比于白鹭，大雁的数量很少，好不容易有两只出现在沙滩上空，捕鸟人赶紧跑过去捉住它们的双脚，把两只大雁装进了自己的袋子里。

捕鸟人给落下的白鹭写上标签，放在沙滩上，然后举起双手，跳起了欢快的舞蹈。

正在人们盯着他看时，突然间，捕鸟人消失了。

接着，一个熟悉的声音从乔凡尼和康帕瑞拉的身后响起："太棒了！抓了这么多白鹭，能赚不少钱了！"

乔凡尼回头一看，捕鸟人已经回到了车厢，坐在他们身边的座位上。

"太奇怪了，您怎么一下子就回来了？"乔凡尼惊奇地问道。

"没有什么好奇怪的，想离开就离开，想回来就回来。"捕鸟人高兴地说。

"您放在沙滩上的白鹭，不会被人偷走吗？"乔凡尼问。

"偷？什么叫偷？"这会儿，轮到捕鸟人好奇了。

"就是说，本来那是您的白鹭，您放在那里，会不会被别人拿走？”

捕鸟人笑了起来：“在这里，没人拿别人的东西，大家只会拿属于自己的东西。”

然后，捕鸟人朝乔凡尼和康帕瑞拉眨了下眼睛，说道：“这么说，你们是从人间来的？你们要在哪一站下车？”

乔凡尼不知道他们要去哪儿，康帕瑞拉也不知道，他们都不知道自己为什么会坐上这辆火车。

看到两个小孩子不知所措的样子，捕鸟人点了下头，说：“我知道了，你们果然是从很远很远的地方来到这里的。”

九、来自三维空间的车票

一个戴着红帽子、长着一头白发的乘务员走进车厢。他的手上戴着一副白色手套，手里拿着一个手电。“各位乘客，各位乘客，现在需要检查一下你们的车票。”

乘务员晃晃悠悠地走到捕鸟人面前，捕鸟人从衣服口袋里拿出了一张车票。乘务员看了一眼车票，没说什么，然后把

头转向乔凡尼和康帕瑞拉："你们的车票呢？"

康帕瑞拉翻了一下书包，拿出了一张小小的车票。乘务员看了下，又还给了康帕瑞拉。

这时候，乔凡尼却找不到自己的车票了。"不好！我的车票丢了！"乔凡尼着急地翻着自己的衣服口袋。

"你的书包里没有吗？"康帕瑞拉问，他把车票放回到自己的书包里，拉上了书包的拉链。

"我的书包扔在家里了，没有拿出来。"

乔凡尼没有找到自己的车票，却从衣服口袋里翻出了一张像明信片一样的绿色纸片。乔凡尼心里想：这个纸片怎么会在我的口袋里？不管了，先给乘务员看看再说吧。"

他不好意思地把纸片放到了乘务员手上，说："真是抱歉，我没有找到我的车票，但我发现了这张纸片。"

没想到，乘务员一见到这张纸片，立刻认真起来。他整理好自己的衣服，笑着对乔凡尼敬了个礼，一脸严肃地说："尊贵的客人，您一定是从三维空间来的吧！我们欢迎您踏上这趟银河之旅，希望您度过一个愉快的旅途。"

乔凡尼听不懂什么叫"三维空间"，但是他知道，这个纸片一定有着神奇的力量，因为，捕鸟人和看守灯塔的老爷爷也凑到了乔凡尼面前。

乔凡尼有点不好意思："我不知道您说的'三维空间'是什么意思，我是从家里来的，不知道为什么上了这趟火车。"

"没关系，三维空间的客人经常会走上我们的火车，我们会安全地把你们送到终点。我们很快要到南十字星站了，那是一个可以去三维空间的车站，您可以在那里下车。"说完，乘务员又向乔凡尼敬了一个礼，转身离开了。

康帕瑞拉拿过乔凡尼的绿色纸片，仔细地看了一下。纸片上画着一些美丽的花朵，还有很多康帕瑞拉和乔凡尼都不认识的字。看了半天，他们也没有弄明白这张绿色纸片是什么。

“为什么我没有这张卡片？”康帕瑞拉问。

乔凡尼也感到很奇怪：“咱们俩应该都是从一个地方来的呀。”

正在这时，捕鸟人凑过来，神秘地跟他们说：“不得了呀，有了这张通行证，你就可以去真正的天堂了。不仅仅是去天堂，全宇宙所有地方你都可以去。你可以坐着我们的四维火车，到所有你想去的地方。”

“四维”是什么？比“三维”更高级吗？“四维火车”能把我们带到爸爸妈妈身边？能把我们带到幸福的世界？

“通行证”“四维火车”这些词，乔凡尼都听不懂，他脑子里有很多很多的问号。但他知道，这张绿色纸片有着神奇的魔力，有了它，乔凡尼和康帕瑞拉可以去任何地方玩耍。

想到这里，乔凡尼高兴了起来。

“你看，我们马上要到天鹰站了。”康帕瑞拉对乔凡尼说。他把地图摆在桌上，认真地研究着火车的前进方向。

乔凡尼没有听到康帕瑞拉说什么，他在想着那个红胡子的捕鸟人，想起他在银河岸边抓到白鹭时开心的样子。而现在，捕鸟人正看着乔凡尼手里的绿色纸片，脸上露出羡慕和悲伤的表情。

他是因为没有绿色纸片而悲伤吗？乔凡尼心里想，虽然以前不认识捕鸟人，但只要捕鸟人能感觉到快乐和幸福，我很愿意帮助他。

“可是，什么是幸福呢？”乔凡尼又想起了这个问题。

他想了想，试着回答自己的问题：妈妈身体健康、爸爸能平安回家，这些都是幸福；同学们不再嘲笑自己，也是一种幸福；当然，能跟康帕瑞拉一起玩耍、一起长大，也是一件幸福的事。

我真不知道同学们为什么嘲笑我，因为我笨？还是因为我家里穷？

他正想跟捕鸟人说说自己的心事，捕鸟人突然消失了，行李架上装着大雁和白鹭的袋子也不见了。

会不会又去岸边抓白鹭了？乔凡尼赶紧往窗外看。但是，银河岸边的沙滩上没有白鹭和大雁，也没有捕鸟人的身影。

“那个捕鸟人又不见了。”乔凡尼对康帕瑞拉说。

“是吗？真是个怪人。我还想跟他聊天呢！”

捕鸟人离开没多久，车厢里突然有了苹果的香味。

“乔凡尼，你闻到了吗？是苹果！”康帕瑞拉好奇地看着周围，他在寻找苹果的香味。

“我也闻到了，是苹果的香味，还有玫瑰花的味道。”

这时候，一个六岁左右的小男孩出现在车厢里。他穿着红色的外套，衣服上画着一条可爱的小狗，可是，他外套上的衣扣没有扣上。

男孩的身边，是一个高个子的青年男人，他戴着一副厚厚的眼镜，穿着一身黑色的西装，脚上踩着一双干净的皮鞋。男人紧紧牵着小男孩的手。

紧接着，一个十二岁左右的女孩从青年男人身后跳出来，她穿着黑色上衣，一朵紫色的花儿开在她的衣服上。

小女孩走进车厢，看了看车厢里的乘客，然后专心地看起了车窗外的风景。

“咱们现在正在去天堂的路上。神在召唤我们，我们再也不用害怕了。”穿西装的青年男人对小女孩说。

说完这句话后，青年男人的脸上出现了悲伤的表情。他尽量挤出笑容，安排小男孩坐在了乔凡尼身边，而小女孩在康帕瑞拉一旁的座位上坐下。

“我想去妈妈那里。”刚一坐下，小男孩就喊了起来，他一边喊一边摸着自己湿润的头发，一滴滴水从他的头发上滴下来。

女孩听了男孩的话，双手捂住了脸，低声地哭了起来。

青年男人一边抚摩着小女孩低下的头，一边安慰小男孩说：“妈妈已经等你们很久了，妈妈非常想你们，她在等着你们呢，我们现在就去找她。”

听了男人的话，埋头哭泣的小女孩从口袋里掏出了一块小小的手帕，她拿着手帕擦干了眼泪，又帮弟弟擦去头发上的水。这时候，大家才注意到，男孩、女孩和青年男人的头发都湿了，他们好像刚刚洗了澡，头发上还在滴水。

小女孩帮弟弟擦完头发，将手帕使劲地拧了一下，叠起来，放进了口袋里，然后看着窗外的银河，陷入了沉思。

青年男人跟姐弟俩说：“伤心的事都过去了，神在迎接我们。天堂里阳光明媚，遍地都是花朵。”

这时，看守灯塔的老爷爷问青年男人：“你们从哪里来？发生了什么事？”

男人看了一眼老爷爷，微笑着回答：“我在大学读书，是这两个孩子的家庭老师。我带着两个孩子，坐船出国去找他们的爸爸。但在大海上，船撞到了冰山，整条船都沉没了。在海里，大家都拼命地抓住救生圈和救生艇。有人给我们扔过来一个救生圈，但我们没有抓住。我们慢慢昏迷了，这之后，我们就来到了这辆火车上。这俩孩子的母亲前几年就去世了。”

听完青年男人讲的故事，火车里都是叹气和祈祷的声音。

乔凡尼想：有冰山的大海，那应该是太平洋吧。人们坐船靠近北极时，有可能撞上冰山。这个失去了妈妈的男孩和女孩也太可怜了。我要做点什么，才能让他们感觉幸福和快乐呢？

乔凡尼低着头想着。

慢慢地，坐在座位上的姐弟俩打起了盹儿，没过多久，他们就安静地睡着了。进车厢时，小男孩的脚上没有鞋，不知道什么时候，他竟然穿上了一双白色小皮鞋。

火车在明亮的银河岸边行驶着，一个个蓝色的三角形路标竖立在田野上。

乔凡尼望着窗外，看着那蓝色的天空，田野上飘来了玫瑰花的香味。

这时候，看守灯塔的老爷爷拿出了一袋大苹果。

“你看，没见过这种大苹果吧！”他把苹果拿在手里，然

后放在双腿上。乔凡尼看着老爷爷的大苹果，苹果发出了红色和金色的光。乔凡尼想起来，在火车上，他一直没吃东西，他有些饿了。

老爷爷好像看出了乔凡尼的想法，他把乔凡尼和康帕瑞拉叫到跟前，把两个苹果放到了他们手中。“谢谢！”康帕瑞拉对老爷爷说。而乔凡尼也向老爷爷鞠了个躬。

“给你，你也拿一个吧，别客气。”老爷爷对青年男人说。

看守灯塔的老爷爷拿起袋子里的最后两个苹果，把它们放在正睡觉的小男孩和小女孩的膝盖上。他小心翼翼的，害怕把两个孩子吵醒。

青年男人一边道谢，一边问：“老爷爷，太感谢您了。我想问一下，这么好看的苹果是哪里长出来的？”

“就是银河岸边的苹果树上长出来的。”

“银河上长出来的苹果都这么大吗？看来这里的土壤非常肥沃呀！”

“年轻人，你们刚来这里，可能不太了解。这里有很多种果树的农民，他们只要把水果和蔬菜的种子埋在土里，不用管它们，就能长出大大的水果和蔬菜。因为这里的土壤、天气、温度都很适合农作物的生长。”

不一会儿，乔凡尼身边的小男孩醒了，他睁大了眼睛，说道：“我刚刚做梦了，梦里见到了妈妈。她站在一个大大的书架旁边，一直笑呵呵地看着我，还要伸出手来抱我。我跟妈妈说：‘妈妈，我们给你带来了大苹果。’接着我就醒了，我还在火车上吧？”

青年男人指了指男孩膝盖上的苹果，跟他说：“这就是你带给妈妈的苹果，老爷爷送给你的。”

小男孩拿起苹果，说道：“真是个大苹果呀！谢谢您！”小男孩向老爷爷鞠了个躬，然后把苹果在衣服上擦了一下，认认真真地把它放进了口袋里。

接着，小男孩看到了正在睡觉的姐姐，他拉着小女孩的胳膊：“姐姐，姐姐，你快醒醒，你看，这是老爷爷送给咱们的苹果，好大的苹果呀。”

小女孩从梦中醒来，她的嘴角，还有淡淡的笑容。

她刚睁开眼睛，银河的亮光显得很刺眼，她忙抬起手捂住了眼睛。

小女孩看到了手中的苹果，开心地吃了起来。苹果在女孩的嘴里发出了银色的光。

乔凡尼和康帕瑞拉把苹果放进了衣服口袋里，他们舍不得吃。

银河的岸边，出现了一片茂密的森林，仔细一看，一颗颗红色的苹果挂在树上。这时候，从森林里传来一阵好听的音声。那乐声随着微风飘进了车厢之中。

听到这音乐，青年男人望向了窗外，他喜欢这优美的旋律，仔细地听着，慢慢地流下了眼泪。

“老师，这首歌像不像你教给我们的那首曲子。”小女孩侧着脸问青年男人。

“没错，就是那首曲子，它叫《欢乐颂》，你们都学会了吗？下次你们要弹给我听哦。”青年男人擦了下眼泪，笑着

说道。

火车开过了森林，从森林中传来的优美乐声，也在火车“轰隆轰隆”的声音中消失了。

小男孩把手伸向了窗外：“你们看，有好多孔雀！”

“真的是孔雀，好漂亮呀！”

小女孩趴到了窗边，乔凡尼和康帕瑞拉也把头伸出了窗外。

银河的岸边，一群绿色的孔雀站在那里，打开了自己美丽的尾巴。它们在“吱吱吱吱”地叫着，像一首动听的乐曲。乔凡尼感觉到这些孔雀非常快乐。或许这就是幸福吧！他想。

康帕瑞拉对小女孩说：“我刚才就听到了孔雀的叫声，你听见了吗？”

“我也听见了，应该有好几十只孔雀吧。它们的声音听起来像是钢琴弹奏出来的，特别好听。”

就在这时，乔凡尼和康帕瑞拉突然看到，银河中有一条条“鱼”从水底游出水面，它们长得很大，皮肤光滑，反射着银河的白光。这些“鱼”游得非常快，游出水面之后，又迅速地沉入水底。

乔凡尼从来没有见过这种动物，他认真地看着，对坐在他旁边的小男孩说：“你见过这些奇怪的鱼吗？它们游得太快了，好奇怪，我从来没见过它们！”

小男孩揉了揉眼睛，看着在银河中游来游去的动物，他也不认识这是什么：“我也没见过这种鱼，爸爸妈妈都没跟我讲过。”

“这些鱼看着太怪了！”乔凡尼说。

这时，康帕瑞拉对他们说：“这不是鱼，是海豚。乔凡尼，你仔细看一下，它们的身体是光滑的。”

听了康帕瑞拉的话，乔凡尼看得更认真了。“这是海豚呀！我以前从来没见过海豚，没想到它们游得那么快。但是，海豚不是生活在大海之中吗？”

“不是所有的海豚都生活在大海之中，银河里也有海豚。”看守灯塔的老爷爷对乔凡尼说。

“海豚不算鱼类吗？”坐在康帕瑞拉旁边的小女孩问。

“海豚不算鱼类，它和鲸鱼一样，属于哺乳动物。”康帕瑞拉想起了老师在课堂上讲过的鱼类和哺乳动物的区别。

“你还见过鲸鱼呀？”

“见过。不过我只见过鲸鱼的头和尾巴，它喷出的水柱比树还要高大。”康帕瑞拉对小女孩说。

“这么说，鲸鱼非常大？”小女孩好奇地问。

“非常非常大，连小鲸鱼都比海豚大。”

“世界上还有这么神奇的动物，我一定要看一看。”

火车越开越快，不久便离开了银河河岸，朝着与银河相反的方向开去。

这时候，乔凡尼看见，火车外有一片红色的东西，像一块红色的布，也像一顶红色的帽子。

“那片红色是什么？”

“像不像一块红宝石，可真好看呀。”

“不像红宝石，看着像一团火，正在燃烧。”

听着大家七嘴八舌地讨论，康帕瑞拉拿出地图，仔细地看了一下，告诉大家："那是天蝎座。"

"原来是天蝎的火光！"小女孩说。

"什么是天蝎的火光啊？我没有听说过。"乔凡尼感到好奇。

康帕瑞拉回答说："我爸爸给我讲过好多遍了，天蝎是被烧死的，那团大火一直燃烧到现在，没有熄灭。"

"天蝎就是蝎子吗？是一种虫子？"

"对，天蝎就是蝎子，是一种虫子，而且是一种益虫。"

"你说得不对，蝎子才不是益虫呢！我在博物馆里见到过泡在酒精里的蝎子。它们的尾巴上有一个大大的钩子。老师说，如果被蝎子的钩子碰到，人就会死的。"小女孩说。

康帕瑞拉认真地说："你们老师说得没错，但蝎

子也是益虫。我爸爸讲过一个故事：从前，有一只小蝎子生活在田野上，它专吃小虫子。有一天，蝎子遇上了黄鼠狼，黄鼠狼要把它吃了。蝎子拼命地跑，马上要被黄鼠狼抓住的时候，蝎子一下子跳到路边的水井里。井很深，小蝎子怎么都爬不出来了。小蝎子向神灵祈祷：‘我以前吃了太多的小虫子，所以今天才会被黄鼠狼追。我可能被黄鼠狼吃掉，也可能在水井里淹死。反正都要死，我想把自己的肉给黄鼠狼。这样，就算我死了，也能让黄鼠狼感到幸福。’小蝎子祈祷完，它的身体就变成了一团火。那团火到现在还没有熄灭，这就是天蝎的火光。你们说，蝎子是不是益虫？”

“没错，你们看，那红色的火光，不就像一只蝎子吗？”乔凡尼说道。

大家看到，那红色的火光中，确实有三个三角形，它们像蝎子的头和尾巴。而那红色的天蝎火光，好像永远不会熄灭的火炬，照亮了远处的天空。

没过多久，穿着黑色西服的青年男人来到小女孩和小男孩面前，对他们说：“马上要到南十字星站了，咱们准备下车吧。”

“我想在车上多坐一会儿。”小男孩不想下车，他想跟身边的乔凡尼聊天。

乔凡尼也不舍得这个小男孩，他跟青年男人说：“让他留下吧，我们一起去旅游，我有一张可以到达所有地方的车票。”

小女孩把弟弟拉起来，认真地对他说：“我们必须在南十字星车站下车，只有在这儿下车，我们才可以到达天堂。”

“我们一定要去天堂吗？”小男孩问。

“妈妈已经在天堂等着我们了。这是神的安排。”

“说不定你的神在骗你呢！”小男孩倔强地说。

“才不是呢，神不骗人。”

“好了，你们俩不要争了，我们准备下车了，南十字星车站到了！”青年男人牵着小男孩的手，小女孩帮弟弟整理了一下衣服，帮他扣好衣服扣子，三个人一步一步慢慢地向车门走去。

在南十字星车站，很多乘客都下车了，车厢里空空的。

乔凡尼叹了口气：“康帕瑞拉，现在只剩我们两个人了。不管我们去哪里，我们都要一起往前走。我觉得我们应该像那只小蝎子一样，只要能让大家得到幸福，就算燃烧一百次，也心甘情愿。”

康帕瑞拉点了点头：“是的，我同意你说的话。”

“可是，什么才是真正的幸福呢？我不知道。”乔凡尼说。

“这个问题我也没有办法回答。”康帕瑞拉看着乔凡尼，不知道说什么好了。

“那我们尽力去寻找幸福吧！我相信它就在不远的地方等着我们。”乔凡尼深深地呼吸了一下，看着远处蔚蓝的天空，看着那白茫茫的银河，乔凡尼觉得自己有了无穷的力量，一股熊熊烈火在自己的心中燃烧。

这时候，康帕瑞拉把手指伸向了远方：“乔凡尼，你快看，那个黑黑的大洞，是不是书上说的黑洞？”康帕瑞拉不敢直视那个大洞，好像怕被它吸进去似的。

乔凡尼也看到了大洞，他的心跳开始加速，紧张地说：“康

帕瑞拉，那就是黑洞，宇宙裂开的一个大洞。”

乔凡尼使劲地揉了揉眼睛，看着那大大的黑洞，他觉得眼睛很疼，就像双眼直视太阳时那么疼。

过了一会儿，乔凡尼好像想到了什么，他说：“无论多大的黑洞，我也不害怕，我一定要帮大家找到真正的幸福。你也一样，无论我们去哪里，都应该一起往前走。”

“你说得对，我们一定要一起往前走！你看那边的田野，多么美丽呀！那应该是真正的天堂吧。我的妈妈，她也在那里。”康帕瑞拉用手指着远方的美丽田野，大声叫喊起来。

乔凡尼看着康帕瑞拉手指的方向，但他看不到田野，也看不到田野上的人，他的眼中，只是白茫茫的一片。他觉得很奇怪：“为什么我看不到真正的天堂？”

没有人回答他。

乔凡尼接着说：“康帕瑞拉，咱们一起走吧，现在就下火车！”

仍然没有人回答。

乔凡尼转过头，发现康帕瑞拉已经消失不见了，他的座位上，只剩下一朵紫色的龙胆花，闪着耀眼的光芒。

乔凡尼看着窗外，他大声地叫喊着，眼泪止不住地流了下来。

这时候，他的眼前一片漆黑。世界消失了。

十、与好友告别

田野上的萤火虫闪着微弱的亮光，发出“嗡嗡嗡”的声音。天琴座仿佛梦游一样，在西边的天空中游动着。乔凡尼突然感觉心中有一团火在燃烧。“这是天蝎座的火光吗？”迷迷糊糊中，他问自己。

慢慢地，乔凡尼睁开了双眼，头上是一颗颗闪着白光的星星，周围什么人都没有，只有田野上飘动的花香。他的脸上还挂着泪水，用手摸一下，凉凉的。

乔凡尼一下子站了起来。

“原来是一个长长的梦！”乔凡尼对自己说。捕鸟人、老爷爷、乘务员、穿西装的男人、小男孩和小女孩，都是梦里的人！他们并不存在！

那康帕瑞拉呢？康帕瑞拉应该和同学们在一起吧，他们现在应该是在河边，一起往河里放王瓜灯笼呢！

真是一个奇怪的梦，银河那么美！乔凡尼看着天空，白色的银河依然挂在天上，像一条白色的丝巾。而正在熊熊燃烧的天蝎座，也在银河的右边，它闪着红色的光，那么美丽。

现在是几点了？我睡了多久呀？竟然一点感觉都没有。乔凡尼揉了揉眼睛，他看到山下的小镇。小镇里依然亮着点点灯光，他看到了自己的房子，房间里的灯还亮着。妈妈还没有睡觉呢，她是在等我回家吧。他突然觉得，此时的灯光要比以前看到的更加温暖。

这时候，乔凡尼想起来，他还没有给妈妈拿牛奶呢！妈妈一定在等着自己把牛奶拿回家。

乔凡尼低下头，在小山丘上找起了紫色的花朵。他从花丛里采了一些花，捧在手里。然后飞快地跑下小山丘，从牧场的白色栏杆旁跑过，来到卖牛奶的商店门前。

商店的门口多出了两个木桶，乔凡尼猜想，里边装的应该是刚刚挤出来的牛奶，商店老板刚刚是去牧场挤牛奶了吧。

商店里亮着灯，有一个黑色的影子在窗户前走过，乔凡尼认出来，那是商店的主人。

“叔叔，晚上好！”乔凡尼有礼貌地说。

“乔凡尼，你好呀！怎么了，有事吗？”商店老板穿着蓝色的上衣和白色的裤子，高兴地跟乔凡尼打招呼。

“您好，今天我们家没有收到牛奶，我想您太忙，忘了给我们送了。”

“哎呀，真是抱歉！”老板进到里屋，拿出一瓶牛奶，放到了乔凡尼的手上，不好意思地说，“真是抱歉，今天我一直忙着照顾小奶牛，忘记给你送牛奶了，还要你自己过来拿，太对不起了。”

“原来是这样，没关系的。我现在把牛奶拿回去，妈妈应该等急了。”乔凡尼笑着说。

老板一直在道歉，乔凡尼也有些不好意思了：“真的没关系，您不用客气！”

手里拿着热乎乎的牛奶瓶，乔凡尼一边哼着歌曲，一边穿过商店旁的十字路口，蹦蹦跳跳地走到了大街上。不远处，是同学们要去放王瓜灯笼的河流。

乔凡尼想了一下，朝河流的方向走去。他想去那里看一下康帕瑞拉，把自己刚刚梦到的奇幻旅行告诉他。

河流的上面有一座桥，桥头的杂货店门前，几个女人围在一起，一边看着河中，一边一起说着什么。

再看河岸边，那里有很多人，他们手里打着手电，有人在河边跑了起来。

“发生了什么事？”乔凡尼突然觉得非常紧张，他大声地问旁边的人，“这是怎么回事？为什么大家都在河边？”

“有个小孩子掉到河里了，现在还没找到。”有人回答乔凡尼。

乔凡尼急忙跑向河边，岸上都是打着灯笼的大人们，他们站在河岸上，焦急地盯着河面。

穿着白色衣服的警察也来了，他们在人群中，就像白色的星星在黑色的天空中一样。

他呆呆地站在河岸上，看着黑色的河水静静地流着，河里没有王瓜灯笼，只有着急的大人们在寻找落水的孩子。

这时，乔凡尼在岸边看到了马尔绍。马尔绍是他和康帕瑞拉的同班同学，刚才还和康帕瑞拉一起在河边放王瓜灯笼。

乔凡尼走近马尔绍，着急地问：“马尔绍，到底是怎么回事？谁掉进河里了？”

马尔绍看见乔凡尼，哭着说：“乔凡尼，康帕瑞拉掉进河里了，我们都找不到他。”

乔凡尼的眼前一片漆黑，他有些站不稳了：“康帕瑞拉？

怎么会这样？”

马尔绍扶着乔凡尼，跟他说：“是查内力……我们坐在小船上，一边观察水流的方向，一边把王瓜灯笼放进河里。查内力坐在船靠边的地方。不知道为什么，船突然晃了一下，查内力就掉到水里了。看到查内力掉进水里，康帕瑞拉也跳进去了，他把查内力救了上来，可康帕瑞拉……康帕瑞拉没有上来。”

说着，马尔绍“哇哇”地哭了起来。

“大家都在找他，肯定能找到的。”乔凡尼想安慰马尔绍，可到了嘴边的话变成了小声的自言自语。

乔凡尼也很害怕，他怕康帕瑞拉真的回不来了，他可是自己最好的朋友啊。

乔凡尼走向人群，看到了康帕瑞拉的爸爸，他穿着一身黑色的衣服，脸色苍白，也呆呆地站在河边，手里拿着一块手表，看着河里的警察。

人们围在他的周围，没有人说话，大家目不转睛地盯着流动的河水，期盼着那里出现康帕瑞拉的身影。

乔凡尼的心“怦怦怦”直跳，两条腿也颤抖起来。警察手里都拿着灯，那是渔民用的捕鱼灯，灯光照亮了黑色的河水，河流变成白颜色的了。

这让乔凡尼想到了天上的银河，这时候，白茫茫的银河正挂在天上。

康帕瑞拉是不是留在银河中了？他刚才是不是在南十字星车站下车了，进入了天堂？想到这儿，乔凡尼的眼角流下了眼泪。

他不希望这是真的，希望那只是一个梦。可能没过多久，康帕瑞拉就会从河水中露出脑袋，顽皮地说：“你们都在找我呢！我只是游到了很远的地方。”或许他会从树林里揉着眼睛回来，对大家说：“大家不要找我了，我在树林里睡着了，做了一个很长的梦……”

这样想着，乔凡尼突然听到了康帕瑞拉的爸爸叹了一口气。

乔凡尼走到他面前，他想把自己和康帕瑞拉一起坐火车在银河中游玩的事告诉康帕瑞拉的爸爸，跟他说：“我知道他去了哪里，刚才我们还在一起呢！”

但是，乔凡尼还没说话，康帕瑞拉的爸爸却先开口了：“晚上好，乔凡尼，今天辛苦你了。”他摸着乔凡尼的头，乔凡尼感觉他的手是冰凉的。

乔凡尼没有说话，鞠了个躬，然后站在了他的旁边。

“你爸爸回来了吗？”康帕瑞拉的爸爸问乔凡尼。

“还没有。”乔凡尼摇摇头，眼睛还在看着河里。

“怎么还没回来呢？前几天，他给我写信，告诉我他一切都好，今天就能回来了。他还说会给你带好多礼物呢。可能明天就回来了吧。”

说完，康帕瑞拉的爸爸抬起了头，看着天空中的银河，白茫茫的银河光映照在他的脸上。

牛奶还热乎着呢，要快点拿给妈妈了！我还要告诉妈妈，爸爸就快要回来了，他给我们都带了礼物……心里想着，乔凡尼离开了河边，他没有跟任何人说话，朝着家的方向飞快地跑了过去。

紫色的花朵在他手上闪闪发光。乔凡尼流出了眼泪，心里感觉到了幸福。

图书在版编目（CIP）数据

世界名著一本读 / (英) 查尔斯 · 狄更斯等著 ; 波点童趣编译 . -- 南京 : 江苏凤凰文艺出版社 , 2024.6
ISBN 978-7-5594-8145-0

Ⅰ . ①世… Ⅱ . ①查… ②波… Ⅲ . ①世界文学 – 作品综合集 Ⅳ . ① I11

中国国家版本馆 CIP 数据核字 (2024) 第 000062 号

世界名著一本读

【英】查尔斯 · 狄更斯 等 著　波点童趣 编译

责任编辑　周颖若
特约编辑　静　眉
装帧设计　廖若凇　杨　龙
出版发行　江苏凤凰文艺出版社
　　　　　南京市中央路 165 号，邮编：210009
网　　址　http://www.jswenyi.com
印　　刷　北京世纪恒宇印刷有限公司
开　　本　710 毫米 × 1000 毫米　1/16
印　　张　27
字　　数　288 千字
版　　次　2024 年 6 月第 1 版
印　　次　2024 年 6 月第 1 次印刷
书　　号　ISBN 978-7-5594-8145-0
定　　价　79.00 元